# Éloges pour la trilogie des Trylles d'Amanda Hocking

« Le soir où j'ai commencé *Échangée*, incapable de le lâcher, je n'ai pas pu m'endormir avant trois heures. Je devais travailler le lendemain, et toute la journée je n'ai eu qu'une idée en tête : rentrer à la maison pour le finir. Oui, il est *aussi* bon que ça. »

— A Tale of Many Reviews

« *Échangée* est décidément un roman paranormal pour jeunes adultes d'un style nouveau. Son rythme différent nous change de toutes les fantaisies littéraires du genre… J'ai particulièrement apprécié le suspens sentimental, le déroulement réaliste de l'histoire d'amour et la trajectoire psychologique des personnages. Je le recommande. »

— I'd So Rather Be Reading

« J'ai dévoré ce livre. Je n'arrivais pratiquement pas à le laisser avant d'aller dormir, et pendant ma matinée de boulot, j'essayais encore d'en lire quelques pages à l'arraché. C'est un premier livre vraiment extraordinaire. Je meurs d'envie de découvrir toute la série. Amanda, s'il te plaît, écris vite la suite. Je crève d'impatience ! »

— Midnight Glance Reviews

« J'ai *adoré* ce roman ! Les personnages sont tout à fait vraisemblables […] et on ne s'ennuie jamais. Si vous aimez le genre de fantaisie romanesque qui vous laisse pantelant jusqu'au prochain épisode, je vous conseille vivement la lecture de ce livre. »

— The Light Under the Covers

« Plein d'action, de suspense et de romance […]. J'ai trouvé l'histoire totalement fascinante. »

— A True Reality

« Cette série concentre tout ce qu'on peut imaginer : magie, mythologie, action, amour… Ah ! l'histoire d'amour ! Il est vrai qu'un amour interdit a toujours quelque chose de très attrayant, surtout lorsqu'il se termine bien. Et je dois dire que j'adore la façon dont cela se termine. Je ne vais rien dévoiler, bien sûr, mais la fin est parfaite. »

— Diary of a Bibliophile

La trilogie
des
TRYLLES

# Échangée

La trilogie
des
**TRYLLES**

# Échangée

# AMANDA HOCKING

Traduit de l'anglais par
Anne Butcher et Sophie Beaume

éditions

Éditeur : François Doucet
Traduction : Anne Butcher et Sophie Beaume
Révision linguistique : Isabelle Veillette
Correction d'épreuves : Nancy Coulombe, Catherine Vallée-Dumas
Conception de la couverture : Mathieu C. Dandurand
Mise en pages : Sylvie Valois
ISBN papier 978-2-89733-034-7
ISBN PDF 978-2-89683-971-1
ISBN ePub 978-2-89683-972-8
Première impression : 2013
Dépôt légal : 2013
Bibliothèque et Archives nationales du Québec
Bibliothèque Nationale du Canada

**Éditions AdA Inc.**
1385, boul. Lionel-Boulet
Varennes, Québec, Canada, J3X 1P7
Téléphone : 450-929-0296
Télécopieur : 450-929-0220
www.ada-inc.com
info@ada-inc.com

**Diffusion**
Canada :         Éditions AdA Inc.
France :          D.G. Diffusion
                 Z.I. des Bogues
                 31750 Escalquens — France
                 Téléphone : 05.61.00.09.99
Suisse :          Transat — 23.42.77.40
Belgique :        D.G. Diffusion — 05.61.00.09.99

**Imprimé au Canada**

Participation de la SODEC.
Nous reconnaissons l'aide financière du gouvernement du Canada par l'entremise du Fonds du livre du Canada (FLC) pour nos activités d'édition.
Gouvernement du Québec — Programme de crédit d'impôt pour l'édition de livres — Gestion SODEC.

**Catalogage avant publication de Bibliothèque et Archives nationales du Québec et Bibliothèque et Archives Canada**

Hocking, Amanda
    Échangée
    (La trilogie des Trylles ; 1)
    Traduction de: Switched.
    Pour les jeunes de 13 ans et plus.
    ISBN 978-2-89733-034-7
    I. Beaume, Sophie, 1968-   . II. Titre.
PZ23.H62Ec 2013            j813'.6            C2013-940558-5

À Pete — membre des Fraggin' Aardvark, camarade et mannequin pour la couverture originale.

# REMERCIEMENTS

Je tiens à remercier avant tout les lecteurs des livres en ligne et les blogueurs. Je l'ai déjà dit, mais il est important de le souligner à nouveau : je ne serais jamais parvenue si loin sans leur soutien et leurs encouragements. J'aurais aimé pouvoir tous les saluer nommément, mais si je le faisais, les remerciements deviendraient à eux seuls un roman. Je souhaite ici simplement dire merci à chaque personne qui, après avoir lu *Échangée*, en a parlé à ses amis, a donné une opinion, «twitté» à son sujet, blogué ou cliqué «j'aime» sur Facebook ; un million de fois encore, merci !

Je souhaite remercier ma mère pour son soutien merveilleux et sa compréhension de toutes mes tentatives, aussi folles et insensées qu'elles aient pu lui paraître. Ce que font les mères de ce livre — Kim et Elora, pour ne pas les nommer — n'est en aucune manière le reflet du comportement de ma propre mère ou de ma belle-mère. Toutes deux sont des femmes intelligentes, fortes et généreuses, qui m'ont toujours appuyée et aimée, même quand je ne le méritais pas.

# ÉCHANGÉE

Je tiens aussi à remercier Eric Goldman, mon platonique colocataire et ami, seule personne au monde à savoir tolérer mes fréquentes et incohérentes obsessions, le volume de ma voix, et le fait que je passe plus de temps avec des personnages de mon invention qu'avec des gens du monde réel.

Je ne peux pas ne pas citer aussi le reste de la bande : Fifi, Valerie, Greggor, Pete, Matthew, Bronson et Baby Gels. Vous êtes les meilleurs amis du monde. Sans blague. Je ne sais pas pourquoi vous êtes aussi gentils avec moi, mais je vous en suis reconnaissante tous les jours.

Le processus d'écriture auquel je me suis livrée m'a permis de rencontrer d'autres romanciers fabuleux, dont ceux de la mafia des auteurs indépendants : Daniel Arenson, David Dalglish, David McAfee, Robert Duperre, Sean Sweeney, Mike Crane et Jason Letts. Non seulement ces garçons sont-ils des auteurs merveilleux (si vous n'avez encore rien lu d'eux, il est temps d'y remédier), mais ils sont également drôles, intelligents, adorables et d'une fidélité sans faille. Ils m'ont aidée à garder la tête froide en pleine période de folie. Je tiens à donner aussi un grand coup de chapeau au reste de mon équipe : à Stacey Wallace Benefiel et Jeff Bryan, et à tous ceux qui ont travaillé à la gestion du projet Kindle.

Enfin, et non des moindres, mes remerciements vont à toute mon actuelle équipe d'écriture. On me demande souvent si je n'éprouve pas d'amertume ou de rancœur envers les agents qui ont refusé mon travail auparavant, et à cela je réponds par un non catégorique. Ce n'était ni le bon moment ni le bon endroit, et sans tous ces « non », je n'aurais jamais trouvé le bon agent et le bon éditeur.

Depuis le premier jour, mon agent, Steve Axelrod, a énormément travaillé pour moi et mes livres. Je n'ai pas peur de dire qu'il est l'agent le plus formidable de la planète. Mes nouveaux éditeurs, chez St. Martin's Press, j'ai nommé mon éditrice, Rose Hilliard, et le premier vice-président, Matthew Shear, sont merveilleux. Rose a cru en moi depuis si longtemps! Bien avant que je ne signe pour eux.

Et pour terminer, je veux vous remercier, vous qui lisez mes livres. Sans le soutien de lecteurs tels que vous, je ne serais qu'une rêveuse. C'est vous qui permettez à mes rêves de devenir chaque jour réalité.

# Onze ans plus tôt

Cette journée ne ressemblait pas aux autres pour deux raisons :
c'était le jour de mes six ans, et ma mère brandissait un couteau.
Pas un anodin petit couteau de table, mais un de ces énormes
ustensiles de boucher qui luisait dans la lumière comme dans un
mauvais film d'horreur. Assurément, elle cherchait à me tuer.

J'essaie de me remémorer l'enchaînement des jours et des
années qui ont précédé, pour voir si quelque chose avait pu
m'échapper dans le comportement de maman, mais je n'ai aucun
souvenir d'elle avant cet épisode. Je me rappelle mon enfance et
papa, mort quand j'avais cinq ans. D'elle, je ne me souviens pas.

Quand je questionne mon frère, Matt, à ce sujet, il me répond
toujours par des choses vagues, du genre :

— Elle est cinglée, Wendy. C'est tout ce qu'il y a à savoir.

Il se souvient forcément mieux des événements, puisqu'il a
sept ans de plus que moi, mais il refuse toujours d'en parler.

Quand j'étais petite, nous vivions dans les Hamptons, et
ma mère avait énormément de loisirs. Elle avait embauché une

gardienne d'enfants à domicile pour prendre soin de moi, mais le soir précédant mon anniversaire, cette dernière avait dû partir pour une urgence familiale. Ma mère eut à s'occuper de moi pour la première fois de sa vie, ce qui ne ravissait ni elle ni moi.

Pour tout dire, je ne voulais même pas de cette fête. J'aimais les cadeaux, mais je n'avais pas d'amis. Les personnes conviées étaient toutes des relations de ma mère, affublées de leurs enfants prétentieux. Elle avait organisé une sorte de goûter de princesse dont je ne voulais pas, même si Matt et notre domestique avaient passé la matinée à tout mettre en place.

Les invités n'étaient pas encore arrivés que j'avais déjà esquinté mes souliers et arraché les boucles de mes cheveux. Ma mère apparut au salon, au beau milieu de l'ouverture des cadeaux, examinant la scène de son glacial regard bleu.

Ses cheveux blonds étaient lissés vers l'arrière et elle portait un rouge à lèvres qui lui donnait un teint encore plus pâle que d'habitude. Toujours vêtue de la robe de chambre en soie rouge de mon père qu'elle avait adoptée à son décès, elle l'avait agrémentée d'un collier et de hauts talons noirs, comme s'ils devaient rendre la tenue plus appropriée.

Personne ne commenta sa mise, mais il faut dire que l'assistance était bien trop occupée à contempler mon cinéma. Je rouspétais à propos de tous les cadeaux offerts. Ce n'était que des poupées, des poneys et d'autres objets avec lesquels je ne jouerais jamais.

Se faufilant parmi les invités, ma mère approcha de moi. Je venais de déchirer le papier cadeau couvert d'oursons qui enveloppait un paquet contenant une énième poupée de porcelaine. Au lieu de faire preuve de gratitude, je me mis à beugler que je trouvais ce présent stupide.

Avant que j'eusse pu terminer ma diatribe, la main de ma mère s'abattit sur mon visage.

— Tu n'es pas ma fille, s'exclama-t-elle d'une voix froide.

Ma joue me faisait mal et je la dévisageai, éberluée.

Les réjouissances furent rapidement relancées par la domestique, mais cette pensée dut fermenter tout l'après-midi dans la tête de ma mère. Elle avait sans doute prononcé cette phrase comme n'importe quel parent agacé par un enfant insupportable. Mais plus elle y pensait, plus elle se persuadait du fondement de la chose.

Après un après-midi de caprices semblables de ma part, quelqu'un décida qu'il serait temps d'en venir au gâteau. Ma mère semblait prendre tout son temps en cuisine, et j'allai vérifier où elle en était. Je ne sais pourquoi elle s'était chargée d'aller chercher ce gâteau alors que la bonne, généralement plus maternelle, aurait dû le faire.

Un énorme gâteau au chocolat recouvert de fleurs roses se dressait sur l'îlot, au centre de la cuisine. De l'autre côté de ce comptoir, un gros couteau à la main, ma mère découpait les parts qu'elle glissait sur les assiettes à dessert. Des épingles à cheveux s'échappaient de sa coiffure qui commençait à se défaire.

— Chocolat?

Comme elle déposait prudemment des parts égales dans les assiettes, je fis la grimace.

— Mais si, Wendy, tu aimes le chocolat, affirma-t-elle.

— Non, pas du tout! protestai-je en croisant les bras. Je déteste le chocolat! Je n'en mangerai pas et tu ne m'en feras pas avaler!

— Wendy!

La pointe du couteau recouverte de glaçage chocolaté qui se trouvait par hasard pointée dans ma direction ne me fit pas peur. Sans quoi tout aurait probablement évolué différemment. Mais je ne demandais qu'à exploser de rage à nouveau.

— Non, non et non! Je ne veux pas de chocolat pour mon anniversaire! hurlai-je en tapant des pieds aussi fort que possible.

— Tu ne veux pas de chocolat? s'écria ma mère en me dévisageant de ses grands yeux bleus incrédules.

Un tout nouvel éclair de folie brillait dans ces yeux, et ce fut à ce moment que je pris peur.

— Quel genre d'enfant es-tu donc, Wendy ?

Elle avançait lentement vers moi en contournant l'îlot. Le couteau qu'elle brandissait semblait bien plus menaçant qu'un instant plus tôt.

— Si tu n'es pas ma fille, qui es-tu, Wendy ?

Je reculai de quelques pas sans la perdre de vue. Elle avait l'air démente. Son peignoir s'était ouvert, révélant la combinaison noire qui s'accrochait à ses maigres clavicules. Elle avança encore de quelques pas, le couteau pointé vers moi. J'aurais dû crier ou m'enfuir, mais j'étais tétanisée.

— J'étais enceinte, Wendy ! Mais tu n'es pas l'enfant dont j'ai accouché ! Où est mon enfant ?

Des larmes lui montaient aux yeux tandis que je ne faisais que secouer la tête.

— Tu l'as probablement tué, n'est-ce pas ?

Elle se rua sur moi en hurlant pour m'intimer de lui dire ce que j'avais fait de son bébé. Je m'écartai juste avant qu'elle ne m'isolât dans un coin. Je me plaquai contre les armoires avec nulle part où aller, mais elle ne semblait pas vouloir lâcher prise.

— Maman ! s'écria Matt en surgissant dans la cuisine.

Reconnaissant la voix du fils qu'elle aimait tant, elle cligna plusieurs fois des yeux. J'ai pensé un instant que ceci l'arrêterait dans son élan, mais convaincue qu'elle manquait de temps, elle leva au contraire son couteau.

Matt plongea sur elle, malheureusement trop tard. La lame trancha le tissu de ma robe et me déchira le ventre. Du sang coulait sur mes vêtements tandis que la douleur me saisissait. Je me mis à sangloter violemment. Ma mère se débattait contre Matt, qui tentait en vain de lui faire lâcher son couteau.

— Elle a tué ton frère, Matthew ! criait-elle en le regardant de ses yeux égarés. C'est un monstre ! Il faut qu'on l'arrête !

# Échangée

# UN

# À la maison

Un peu de bave coula sur mon bureau et j'ouvris les yeux juste à temps pour entendre M. Meade refermer bruyamment un manuel. Cela faisait à peine un mois que j'étais à cette école, et j'avais saisi que c'était là sa façon de me réveiller pendant les cours d'histoire. J'essayais pourtant de garder les yeux ouverts, mais le ton de sa voix monocorde me plongeait invariablement dans un sommeil irrépressible.

— Mademoiselle Everly ? lança M. Meade. Mademoiselle Everly ?

— Hum ? murmurai-je.

J'essuyai discrètement la salive qui coulait de ma bouche et levai la tête en jetant un coup d'œil autour, pour voir si cela avait été remarqué. La majorité des élèves semblait n'avoir rien vu, à l'exception de Finn Holmes. Arrivé une semaine plus tôt, il était avec moi le seul nouvel élève de l'école. Quand par hasard je le regardais, il me dévisageait, bouche bée, comme si la chose était parfaitement normale.

Il avait quelque chose d'étrangement calme et serein, et bien que présent à quatre de mes cours, je ne l'avais encore jamais entendu prononcer une parole. Il portait les cheveux lissés en arrière et ses yeux étaient aussi sombres que sa chevelure. Il était plutôt beau garçon, mais son regard perçant me mettait bien trop mal à l'aise pour que je le trouvasse séduisant.

— Désolé d'interrompre votre sommeil, dit M. Meade en se raclant la gorge afin que je le regarde.

— Pas de problème, dis-je.

— Mademoiselle Everly, pourquoi n'iriez-vous pas faire un petit tour du côté du directeur ? suggéra-t-il tandis que je grommelais. Puisqu'il semble que vous preniez l'habitude de dormir à mes cours, peut-être aura-t-il une solution pour vous aider à y remédier ?

— Je suis réveillée, insistai-je.

— Mademoiselle Everly… tout de suite ! s'exclama M. Meade en montrant la porte, comme si j'avais oublié comment sortir de classe.

Je le fixai du regard, et aussi sévères que fussent ses yeux gris, je savais qu'il céderait facilement. Je me répétais continuellement : *Il n'y a aucune raison pour que j'aille dans le bureau du directeur. Vous ne voulez pas m'y envoyer. Laissez-moi rester en classe.* En quelques secondes, son visage se détendit et ses yeux se voilèrent.

— Vous pouvez rester et continuer à suivre le cours, dit M. Meade, un peu abattu.

Il secoua la tête, comme pour essayer d'y voir clair à nouveau.

— Mais la prochaine fois, vous filez tout droit chez le directeur, Mademoiselle Everly.

Il eut l'air embarrassé l'espace d'un instant, puis reprit son cours d'histoire là où il l'avait laissé.

Je n'étais pas certaine de ce que je venais de faire ; j'essayai de ne plus trop y penser, pour éviter d'avoir à l'identifier. Il y avait à peu près un an, j'avais découvert que si, en regardant quelqu'un avec assez d'intensité, je pensais à une chose précise, je pouvais obtenir ce que je voulais de cette personne.

Aussi étrange que cela puisse paraître, j'avais évité autant que possible de le refaire, en grande partie car il me semblait dément d'y croire, même si cela marchait à tous les coups. J'évitais surtout parce que cela me déplaisait. Je me sentais devenir vache et manipulatrice.

M. Meade continua de parler et, mon sentiment de culpabilité me tenant en éveil, je l'écoutai religieusement. Je n'avais pas voulu faire ça, certes, mais il était hors de question que je me rendisse chez le directeur. Je venais à peine d'être expulsée de mon école précédente, obligeant mon frère et ma tante à déménager encore une fois pour que nous puissions nous rapprocher de ma nouvelle école.

Je m'étais franchement donné du mal dans ce dernier établissement, mais la fille du doyen avait fait tout ce qu'elle pouvait pour me rendre la vie impossible. J'avais toléré ses railleries et moqueries jusqu'au jour où, me coinçant dans les toilettes, elle m'avait affublée de tous les noms les plus infâmes du dictionnaire. N'en pouvant plus, je l'avais frappée.

Le doyen, sans tenir compte de leur sacrée loi du premier avertissement, m'avait renvoyée sur-le-champ. J'avais beau avoir exercé une violence physique contre sa fille, je ne suis pas convaincue que ce fût la seule raison de mon expulsion. Je ne comprends vraiment pas pourquoi on n'a jamais voulu faire preuve d'indulgence envers moi, contrairement à ce qui se passait pour d'autres élèves.

À la fin du cours, je rangeai mes livres pour sortir au plus vite. Je n'aimais pas trop traîner sur les lieux où j'avais manipulé les esprits. Comme M. Meade pouvait changer d'avis et m'envoyer au bureau du directeur, je me précipitai au vestiaire.

Des affiches de couleurs vives appliquées sur des casiers cabossés enjoignaient à chacun de participer aux débats d'idées, de s'essayer au théâtre de l'école et de ne pas louper le bal mi-officiel d'automne ce vendredi. Sans pour autant m'être souciée de poser la question à qui que ce soit, je me demandais ce que pouvait bien vouloir dire « bal mi-officiel » dans une école publique.

Au moment où je sortais mes livres du casier, sans même regarder derrière moi, je sus que Finn s'y trouvait. Je jetai un coup d'œil par-dessus mon épaule et vis qu'il buvait de l'eau à la fontaine. À peine avais-je posé les yeux sur lui qu'il leva la tête pour me dévisager. Un peu comme si, lui aussi, pouvait lire dans mes pensées.

Le garçon me regardait, sans plus, mais d'une certaine manière, ça me faisait peur. J'en avais assez de ses regards insistants posés sur moi depuis une semaine. C'était lui qui agissait de façon bizarre, pas moi. Je ne voyais pas pourquoi je ne pourrais lui parler.

— Salut, lui dis-je en claquant la porte de mon casier.

J'ajustai la courroie de mon sac d'école et me dirigeai vers lui.

— Pourquoi est-ce que tu me dévisages ?

— Parce que tu es juste en face de moi, répondit simplement Finn.

Sans l'ombre du plus petit embarras ou du moindre déni, il me regardait de ses yeux sombres encadrés de grands cils noirs. C'était particulièrement irritant.

— Tu me dévisages *toujours*, insistai-je. C'est étrange. Tu es étrange.

— Je n'essayais pas d'avoir l'air normal.

— Pourquoi me regardes-tu tout le temps comme ça ?

Sachant que je ne faisais que la reformuler, je répétai la question à laquelle il n'avait pas répondu.

— Ça t'embête ?

— Réponds à ma question.

Je me redressai, tentant de me rendre plus imposante pour qu'il ne vît pas à quel point il m'impressionnait.

— Tout le monde te regarde tout le temps, dit Finn calmement. Tu es très jolie.

Cela ressemblait à un compliment, mais il le lâcha si platement que je ne parvenais pas à savoir s'il se moquait d'une vanité, que je n'avais même pas, ou s'il ne faisait que constater des faits. Cherchait-il à me flatter ou à se moquer de moi ? À moins que ce ne fût tout à fait autre chose ?

— Personne ne me dévisage autant que toi, rétorquai-je le plus naturellement du monde.

— Si ça te dérange, j'essayerai d'arrêter, proposa Finn.

C'était malin. Pour lui demander d'arrêter, je devais admettre qu'il avait marqué un point, alors que je ne voulais pas qu'il le sache. Et si je mentais en lui disant que tout allait bien, il n'aurait plus qu'à continuer.

— Je ne t'ai pas demandé d'arrêter, je t'ai demandé pourquoi, rectifiai-je.

— Je t'ai dit pourquoi.

— Non. Tu as seulement répondu que tout le monde me regardait. Tu ne m'as jamais expliqué pourquoi *toi*, tu me regardais.

Le coin de ses lèvres se releva en un léger sourire suffisant. Ce n'était pas uniquement que je l'amusais ; je sentis qu'il était content de moi. Comme s'il m'avait défiée et que j'avais réussi.

Mon estomac se souleva, comme il ne l'avait jamais fait auparavant. J'avalai ma salive prestement en espérant le remettre en place.

— Je te regarde parce que je ne peux pas m'en empêcher, répondit Finn.

J'étais médusée. J'essayai de trouver une réponse intelligente, mais mon cerveau refusait de fonctionner. Me rendant compte que je le regardais bouche bée et que j'avais probablement l'air d'une écolière ahurie, je me dépêchai de rassembler mes esprits.

— C'est tout de même un peu louche, dis-je enfin, mais les mots que je prononçais ne semblaient pas assez accusateurs.

— Dans ce cas, je m'efforcerai d'être moins louche, promit Finn.

Je venais de l'accuser d'être louche, et cela ne le déroutait pas le moins du monde. Il ne bredouilla pas d'excuse, ne rougit pas. Il continuait simplement de me regarder comme si de rien n'était. Il était vraisemblablement un tantinet sociopathe, et pour je ne sais quelle raison, je trouvais cela charmant.

Je ne savais comment lui rétorquer quelque chose d'intelligent. À cet instant précis, la cloche sonna, me délivrant des efforts nécessaires à la poursuite de cette étrange conversation. Finn se contenta de secouer la tête, concluant ainsi notre échange en tournant les talons pour regagner son prochain cours. Fort heureusement, c'était un des rares que nous n'avions pas en commun.

Fidèle à sa parole, Finn ne fut plus louche du reste de la journée. Chaque fois que je le croisais, il faisait quelque chose d'inoffensif n'impliquant pas de regard en ma direction. J'aurais mis ma main à couper qu'il continuait de me regarder dès que j'avais le dos tourné, mais je n'aurais pu le prouver.

Quand la dernière cloche annonça quinze heures, je m'efforçai d'être la première dehors. Tant qu'il n'aurait pas trouvé de travail, mon frère aîné, Matt, viendrait me chercher à la sortie de l'école, et je ne voulais pas le faire attendre. Je n'avais d'ailleurs pas non plus envie de renouer la conversation avec Finn Holmes.

Je filai rapidement vers le terrain de stationnement situé à l'angle de la pelouse de l'école. Tout en cherchant la Prius de Matt du regard, je me mis à me ronger machinalement l'ongle du pouce. Un sentiment étrange me tenaillait, en même temps qu'un frisson me parcourait le dos. M'attendant quasiment à trouver Finn derrière moi, je me retournai. Mais il n'y avait personne.

Plus j'essayais de chasser cette sensation, plus mon cœur battait. Tout ceci n'avait rien à voir avec la simple présence d'un garçon à l'école, c'était bien plus alarmant. J'étais encore occupée à scruter mes arrières pour essayer de comprendre ce qui avait pu me troubler à ce point quand un bruit de klaxon me fit bondir.

Matt, garé quelques voitures plus bas, me regardait par-dessus ses lunettes de soleil.

— Désolée, dis-je en ouvrant la portière et en montant dans l'auto.

Matt me considéra avec étonnement.

— Quoi? Tu as l'air bizarre. Il s'est passé quelque chose? demanda-t-il.

Je soupirai. Il prenait son rôle de grand frère trop au sérieux.

— Non, non, rien. C'est juste l'école qui craint, répondis-je pour le faire taire. Rentrons.

— Ceinture, exigea Matt.

Je fis comme il ordonnait.

Matt avait toujours été calme et réservé, réfléchissant à deux fois avant de prendre une décision. Tout le contraire de moi, excepté que nous étions tous deux relativement petits. Je n'étais pas grande, mais j'avais assurément un joli visage, fin et féminin. Mes cheveux consistaient en une masse indomptée de boucles brunes que j'attachais en chignon souple.

Les cheveux blond sable de Matt avaient une coupe impeccable, et ses yeux avaient le même éclat bleu que ceux de notre mère. Même s'il n'était pas visiblement très musclé, il conservait de son entraînement sportif régulier un solide corps d'athlète. De la même façon qu'il voulait se montrer assez fort pour pouvoir nous défendre contre tout, il avait un grand sens du devoir.

— Comment ça se passe à l'école? interrogea-t-il.

— Super, extra, génial.

— Tu crois avoir ton diplôme cette année?

Matt avait depuis longtemps cessé de porter un jugement sur mes exploits scolaires. Il se fichait pas mal de savoir si j'allais ou non avoir mon diplôme.

— Qui sait? dis-je en haussant les épaules.

Partout où j'avais été, avant que je dise ou fasse quoi que ce soit, aucun élève ne m'avait appréciée. J'avais l'impression que quelque chose ne tournait pas rond chez moi et que tout le monde s'en rendait compte. J'avais essayé de me mélanger aux autres, mais à force de me faire rabrouer, j'avais fini par rendre les coups. Il fallait assez peu de temps aux directeurs et aux doyens pour décider de m'expulser, sans doute parce qu'ils se rendaient compte que les élèves l'avaient déjà fait.

Je ne cadrais tout simplement pas dans le paysage.

— Tu sais que Maggie prend ça très à cœur, ajouta Matt en signe d'avertissement. Cette année, elle a tout misé sur l'obtention de ton diplôme dans cette école.

— Charmant! soupirai-je.

Si Matt se fichait éperdument de mon parcours scolaire, il n'en allait pas de même de tante Maggie. Et comme elle était ma tutrice légale, c'était son opinion qui comptait.

— C'est quoi son plan?

— Maggie s'inquiète de tes heures de sommeil, m'informa Matt avec un sourire narquois.

Comme si le fait de me coucher tôt pouvait m'épargner une bagarre à l'école.

— J'ai presque dix-huit ans! grognai-je. Qu'est-ce qu'elle s'imagine?

— Encore quatre mois avant tes dix-huit ans, rétorqua Matt d'un ton tranchant en tenant plus fermement son volant.

Il avait la ferme conviction que je m'en irais dès ma majorité, et rien que je pus dire ne lui faisait changer d'idée.

— Ouais, peu importe, éludai-je. Tu lui as fait comprendre qu'elle était dingue?

— Inutile, depuis le temps que tu le lui répètes.

Matt sourit.

— Tu as un trouvé du boulot? demandai-je timidement.

Il secoua la tête.

Il venait de terminer un stage d'été dans un gros cabinet d'architectes. Même s'il avait prétendu que ça ne l'ennuyait pas de déménager pour se retrouver dans une ville où il n'y aurait guère de propositions pour un jeune architecte prometteur, je ne pouvais m'empêcher de me sentir coupable.

— Jolie ville, dis-je en regardant par la fenêtre.

Nous approchions de notre nouvelle maison, dissimulée dans une rue de banlieue moyenne flanquée d'érables et d'ormes. Cet endroit avait tout de la petite ville ennuyeuse, mais j'avais juré de m'y plaire. J'y tenais. Je ne pouvais me faire à l'idée de décevoir Matt encore une fois.

— C'est vrai qu'ici, tu vas vraiment essayer d'y arriver? demanda Matt en me regardant à nouveau.

Nous venions de nous arrêter dans l'allée de la petite maison victorienne couleur crème acquise par Maggie le mois précédent.

— Je ne fais que ça, insistai-je avec un sourire. J'ai même engagé la conversation avec un garçon, un certain Finn.

Évidemment, ne lui ayant parlé qu'une seule fois, je ne pouvais le considérer comme un ami, loin de là, mais il me fallait trouver quelque chose à dire.

— Regardez-moi ça, déjà en train de se faire un copain!

Coupant le moteur, Matt me regarda d'un air amusé.

— Ouais, enfin bon, combien as-tu d'amis, toi? lui renvoyai-je.

· Il se contenta de hocher la tête avant de sortir de la voiture. Je le suivis de près.

— C'est bien ce que je pensais.

— J'avais des copains avant. Je sortais. J'embrassais les filles. Tout le bataclan, quoi, affirma Matt en passant la porte latérale.

— Que tu dis.

À peine entrée dans la cuisine, dont la vaisselle n'était pas encore complètement déballée, je balançai mes chaussures d'un coup sec. À force de déménager, nous en avions tous tellement marre de défaire les cartons que nous avions tendance à vivre en piochant dedans.

— Je n'ai d'ailleurs jamais vu qu'une seule de ces supposées filles, conclus-je.

— Évidemment, quand je les amène à la maison, tu trouves le moyen de ficher le feu à leur robe! Quand elles sont encore dedans!

Matt me regarda durement après avoir retiré ses lunettes noires.

— Ho! allez, c'était un accident, et tu le sais très bien.

— Que tu dis.

Matt ouvrit le frigo.

— Il y a quelque chose de bon, là-dedans? demandai-je en sautillant jusqu'à l'îlot central. Je meurs de faim.

— Probablement rien qui te plaise.

Matt, qui avait commencé à trier ce qui se présentait dans le réfrigérateur, avait raison. J'étais connue pour pinailler. Bien que n'ayant jamais cherché à me faire passer pour végétalienne, je détestais tout ce qui contenait de la viande ou des produits chimiques manufacturés. Étrange et très énervant pour les personnes qui essayaient de me nourrir.

Maggie apparut sur le seuil de la porte, des taches de peinture plein ses boucles blondes. Son bleu de travail fatigué était couvert de couches de peinture anciennes et récentes, témoins de toutes les pièces qu'elle avait eu à repeindre au cours des dernières années. Comme elle restait plantée là, les mains sur les hanches, Matt referma le frigo pour lui accorder toute son attention.

— Je croyais vous avoir demandé de me prévenir quand vous arriviez à la maison, dit-elle.

— Nous sommes rentrés? tenta Matt.

— Visiblement!

Levant les yeux au ciel, Maggie se tourna vers moi.

— C'était comment en classe?

— Bien. J'essaie de faire mon trou.

— J'ai comme l'impression d'avoir déjà entendu ça quelque part, dit Maggie en me regardant d'un air las.

Je détestais ce regard-là. Je détestais savoir qu'elle prenait les choses ainsi et que je la décevais. Elle avait tant fait pour moi. Tout ce qu'elle me demandait, c'était d'*essayer* de faire de mon mieux en classe. Il fallait absolument que je m'arrangeasse pour que ça marche cette fois-ci.

— Bon, ouais… mais…

Je regardai Matt pour qu'il me vînt en aide.

— En fait, je l'ai également promis à Matt cette fois-ci. Et puis, je suis en train de me faire un ami.

— Elle parle à un type nommé Finn, ajouta Matt pour me seconder.

— Vous voulez parler d'un ami *garçon*?

Maggie souriait trop largement à mon goût.

L'idée que Finn pouvait représenter le début d'une aventure romantique n'avait pas effleuré Matt, qui, se tournant vers moi, se raidit en me regardant d'un œil soupçonneux. Heureusement pour lui, cette idée ne m'avait pas effleurée non plus.

— Non, non, rien de ce genre, le rassurai-je en secouant la tête. C'est juste un copain, je suppose. Je ne sais pas, en tout cas, il a l'air sympa.

— Sympa?

Maggie s'extasiait déjà.

— Mais c'est un bon début ça! C'est tout de même mieux que cet anarchiste avec un tatouage au visage.

— Nous n'étions pas amis, corrigeai-je. Je lui avais seulement piqué sa moto. Alors qu'il était encore assis dessus.

Personne n'avait jamais cru à cette histoire, qui pourtant était exacte. C'était même ce jour-là que je m'étais rendu compte pour la première fois que je pouvais forcer quelqu'un à faire un truc juste parce que j'y avais pensé. D'abord, je m'étais persuadée que j'avais vraiment envie de sa moto. Puis, je l'avais regardé, et il m'avait entendue alors que je ne lui parlais même pas. L'instant d'après, je conduisais sa moto.

— Alors c'est vrai, nous repartons à zéro pour de bon cette fois-ci?

Maggie ne contenait plus son enthousiasme. Ses yeux bleus se remplissaient de larmes de joie.

— Wendy, c'est merveilleux. Nous allons enfin pouvoir faire notre vie ici!

J'étais loin d'être aussi enthousiaste, même si je ne pouvais m'empêcher d'espérer qu'elle eût raison. Ce serait bon de se sentir enfin chez soi quelque part.

# DEUX

# Si tu pars

Notre nouveau domicile possédait un grand potager qui comblait d'aise Maggie. Matt et moi étions nettement moins emballés. J'aimais la campagne, mais je n'étais pas une acharnée des travaux manuels.

L'automne avançant, Maggie insista pour que nous éliminions la végétation morte et fassions un grand nettoyage du jardin pour mieux le préparer aux plantations du printemps suivant. Elle utilisait des mots comme « motoculteur », « paillage », et j'espérais bien que Matt saurait quoi en faire. Quand le moment de trimer se présentait, je me contentais généralement de passer à Matt les outils nécessaires et de lui tenir compagnie.

— Quand vas-tu sortir le motoculteur ? demandai-je à Matt, qui était en plein ramassage de mauvaises herbes.

Je n'étais pas très sûre de ce que c'était, mais ça ressemblait à de la vigne vierge. Mon boulot consistant à tenir la brouette pour qu'il pusse y jeter les plantes, je regardais Matt tirer dessus.

— Nous n'avons pas de motoculteur.

Il me jeta un regard contrarié en larguant les feuilles mortes dans la brouette.

— Tu sais que tu pourrais m'aider un peu, et qu'il n'est pas utile que tu tiennes cet engin en permanence.

— Comme je prends mon boulot très au sérieux, je me disais que ce serait mieux, dis-je.

Il leva les yeux au ciel.

Matt continua de rouspéter, mais je ne l'écoutais plus. Une douce brise nous parvenait. Je fermai les yeux en humant l'air chaud qui sentait bon le blé fraîchement coupé, l'herbe et les feuilles humides. Un carillon éolien se mit à tinter légèrement, me faisant soudain redouter que l'hiver proche n'emportât à nouveau tout avec lui.

Saisie par l'instant présent, je jouissais de sa plénitude quand quelque chose m'en extirpa soudainement. Difficile de dire quoi exactement. Les poils de ma nuque se dressèrent. L'air se rafraîchit brusquement, et je sus que quelqu'un nous observait.

J'examinai autour de nous pour voir qui c'était quand une étrange peur m'envahit. La maison était entourée de haies nous protégeant des regards extérieurs. Je scrutai la clôture, à la recherche de quelque silhouette tapie ou d'une paire d'yeux nous espionnant. Je ne vis rien. Le malaise, cependant, ne me quittait pas.

— Puisque tu tiens à rester dehors, mets au moins des chaussures, s'écria Matt, qui me tira de mes pensées.

Il se redressa en s'étirant et me regarda.

— Wendy ?

— Oui, oui, répondis-je, l'air absent.

Ayant cru discerner un mouvement d'un côté de la maison, je m'y rendis. Matt m'appela, mais je l'ignorai. Après avoir contourné le coin, je m'immobilisai. Finn Holmes se tenait au milieu de l'allée et, contre toute attente, il n'était pas en train de me regarder. Il observait quelque chose dans la rue, hors de mon champ de vision.

Aussi étrange que cela parût, l'appréhension ressentie quelques instants plus tôt s'évanouit dès que je le vis. J'aurais dû me dire qu'il était le seul à pouvoir être à l'origine de mon malaise, puisque c'était lui qui me regardait toujours d'une manière aussi suspecte. Mais ce ne fut pas le cas.

Quoi que j'aie pu ressentir dans la cour auparavant, cela n'était pas de son fait. Quand il me regardait, il me mettait mal à l'aise, certes, mais ceci... ceci me donnait plutôt la chair de poule.

Une seconde plus tard, Finn se tourna pour poser brièvement ses yeux noirs sur moi, le visage comme toujours dépourvu d'expression particulière. Puis, sans un mot, il se retourna et partit en direction de ce qu'il avait vu un instant plus tôt.

— Wendy, que se passe-t-il? demanda Matt, qui m'avait rejointe.

— J'ai cru voir quelque chose, dis-je en secouant la tête.

— Ah bon? dit-il en me regardant attentivement, le visage plein d'inquiétude. Tout va bien?

— Oui. Ça va.

Je m'efforçai de lui sourire et repris le chemin de la cour.

— Allez, nous avons pas mal de boulot à finir, si je veux pouvoir me rendre à ce bal.

— Tu es toujours branchée là-dessus? s'enquit-il en grimaçant.

Ma vie ne reposant que sur des idées mauvaises, parler de cette fête à Maggie avait sans doute été la pire de toutes. Je n'avais pas la moindre envie d'y aller, mais à peine eut-elle entendu parler d'un bal qu'elle décida que c'était l'évènement le plus épatant qui fût. Je n'avais encore jamais été à une soirée de ce genre, mais Maggie était tellement excitée par cette idée que je lui laissais cette petite satisfaction.

Le bal commençant à dix-neuf heures, elle croyait avoir assez de temps pour finir de passer sa couche de peinture dans la salle de bain. Matt, de son côté, s'était mis à pester, principalement contre le fait que j'allais fréquenter des inconnus d'un autre sexe, mais Maggie le rembarra. Pour l'éloigner, elle l'envoya terminer le travail de jardinage. Sachant pertinemment que, cette fois, Maggie ne reviendrait pas sur sa décision, il s'exécuta.

En dépit des efforts de Matt pour ralentir le travail, nous terminâmes le nettoyage du jardin assez vite et je retournai me préparer à l'intérieur. Pendant que je fouillais dans le placard, Maggie, assise sur le lit, m'observait en dispensant suggestions et commentaires sur tout, y glissant surtout un interminable flot de questions sur Finn. Comme j'entendais Matt grogner et se moquer de certaines de mes réponses, je compris qu'il nous écoutait.

Après avoir choisi une robe bleue toute simple qui, d'après Maggie, m'allait à ravir, je la laissai s'occuper de mes cheveux. Quelle que soit ma façon d'essayer de les discipliner, mes cheveux refusaient toujours de coopérer. Cette fois-ci, même s'ils n'obéissaient pas complètement à Maggie, elle en vint à bout. Elle laissa échapper quelques mèches bouclées de sorte qu'elles encadrassent mon visage et attacha le reste.

À la tête à la fois furieuse et sidérée de Matt quand il me vit, je compris que je devais être plutôt séduisante.

Peu convaincue que Matt m'ouvrirait la porte de sa voiture pour que je pusse en sortir, Maggie préféra me déposer au bal. Tout en sachant que le bal durait jusqu'à vingt-deux heures, Matt avait souhaité que je ne dépasse pas vingt et une heures. Je pensais être rentrée bien plus tôt, mais Maggie insista pour que je prisse tout mon temps.

Mon unique expérience de bal était ce que j'en avais vu à la télé. La réalité ne s'en écartait guère. Pour la déco de la soirée, « Papier crépon au gymnase » semblait le thème dont on s'était largement inspiré.

Les couleurs de l'école étant blanc et bleu marine, alors des banderoles bleues et blanches inondaient tout, jusqu'aux ballons. Pour l'effet romantique, des guirlandes lumineuses blanches de Noël pendaient dans tous les coins.

Des bouteilles de boissons garnissaient une table sur le côté, et le groupe de musiciens, à l'œuvre sur une scène improvisée sous le panier de basket, n'était pas si mauvais. Son répertoire reposait uniquement sur des chansons sorties des films de John Hughes, et j'arrivais au milieu de la reprise d'*Une créature de rêve*.

La différence essentielle entre ce que les films m'avaient appris et la vraie vie était qu'ici, personne ne dansait. Hormis un groupe de filles qui se pâmaient au plus près de la scène en écoutant le chanteur du groupe, la piste était quasiment vide.

Les gens étaient assis en groupes dispersés sur les gradins et, faisant un effort pour m'intégrer, je m'installai au premier rang. Comme je détestais les chaussures de façon générale, je les balançai immédiatement sous le banc. N'ayant ensuite plus rien à faire, je me contentai d'observer. Au fur et à mesure que la soirée avançait, je m'ennuyais ferme, me sentant de plus en plus seule.

Une fois le gymnase vraiment rempli, l'orchestre entama un pot-pourri du groupe Tears for Fears et des jeunes se mirent à danser. Estimant avoir passé assez de temps dans cet endroit, j'allais m'en échapper lorsque Finn poussa les portes du gymnase.

Il avait plutôt belle allure dans sa chemise cintrée noire et ses jeans sombres. Il avait retroussé ses manches et défait le premier bouton de sa chemise, si bien que je me demandais pourquoi je ne l'avais jamais trouvé séduisant jusqu'ici.

Son regard rencontra le mien et il vint vers moi, me surprenant par son approche directe. Toutes les fois où il m'avait regardée, il n'avait jamais pris l'initiative d'une conversation ; pas même aujourd'hui, quand il était passé devant chez moi.

— Je ne t'imaginais pas en assidue des pistes de danse, commenta Finn en me rejoignant.

— Je pensais exactement la même chose de toi, dis-je.

Il haussa les épaules.

Finn s'assit à côté de moi sur les gradins, et je me redressai légèrement sur mon banc. Il me regarda sans rien dire. Il n'était là que depuis un instant, mais il avait déjà l'air de s'ennuyer. Un silence étrange s'installa entre nous, que je m'empressai de remplir.

— Tu es arrivé très tard, tu ne savais pas quoi mettre ou quoi? dis-je pour le taquiner.

— J'avais du boulot, expliqua-t-il, évasif.

— Ah bon? Tu travailles près de chez moi?

— Ouais, si on veut.

Il soupira, visiblement impatient de changer de sujet.

— Tu as dansé?

— Danser? C'est d'un ringard!

— C'est pour ça que tu es venue au bal, alors?

Finn baissa les yeux vers mes pieds nus.

— Tu n'as pas les bonnes chaussures pour danser, ni même pour marcher.

— Je n'aime pas les chaussures, répondis-je, sur la défensive.

L'ourlet de ma robe me remontait au-dessus des genoux et je tâchai de tirer dessus, comme pour cacher mes pieds nus et mon embarras.

Avant de se remettre à observer les gens qui dansaient devant nous, Finn me jeta un regard que je n'aurais su interpréter. La piste était presque pleine. Quelques élèves occupaient encore les gradins, mais c'était surtout des jeunes en capuches ou à pellicules.

— Alors finalement, c'est ça que tu fais? Regarder les autres danser? demanda Finn.

— Je suppose, rétorquai-je en haussant les épaules.

Comme Finn se penchait en avant, en posant les coudes sur ses genoux, je me redressai un peu plus sur mon siège. Le bustier de ma robe était sans bretelles et, me sentant nue et mal à l'aise, je me frottai les bras.

— Tu as froid? me demanda Finn en tournant la tête vers moi.

Comme je hochais la tête, il ajouta :

— Je trouve qu'on gèle ici.

— Oui, il fait un peu froid. Mais ça va, c'est supportable.

Finn me regardait à peine, ce qui représentait un virage à cent quatre-vingts degrés après ses regards précédents, appuyés et inquiétants, mais dans un sens, je trouvais cela pire. Je ne comprenais pas pourquoi il était venu au bal s'il détestait tant que ça danser, et j'allais le lui demander quand il se tourna à nouveau vers moi.

— Tu veux danser ? me demanda-t-il de but en blanc.

— Tu me demandes de danser avec toi ?

— Ben ouais, dit-il en haussant les épaules.

— Ben ouais ? persiflai-je. C'est dingue comme tu sais parler aux filles !

Sa bouche esquissa un vague sourire, qui me ravit. En même temps, je me détestai d'y succomber de la sorte.

— Bon.

Finn se leva en me tendant la main.

— Accepteriez-vous, Wendy Everly, de danser avec moi ?

— Bien sûr.

Je mis ma main dans la sienne, en tentant d'oublier autant le battement excessif de mon cœur que la douce chaleur de sa peau. Et je me mis debout.

L'orchestre venait tout naturellement d'entamer le tube d'OMD, *If You Leave*, et je me sentis comme emportée dans un magique instant de cinéma. Je mis une main sur son épaule pendant qu'il prenait l'autre dans la sienne.

Si proche de lui, je sentais la délicieuse chaleur qui irradiait de son corps. Ses yeux étaient les plus noirs que j'aie jamais vus et ils ne regardaient que moi. L'espace d'une minute à l'écart de tout, pour la première fois de ma vie, tout me parut parfait. Un peu comme si un projecteur venait d'être braqué sur nous, nous deux, seuls au monde.

Et puis soudain, quelque chose changea dans le regard de Finn, une chose que je ne saisis pas sur le moment, mais qui assombrit son expression.

— Tu n'es pas terrible comme danseuse, lâcha-t-il d'un ton froid.

— Merci? dis-je, mal assurée.

Nous tournions juste en petits cercles et je me demandais comment je pouvais mal m'y prendre, d'autant que nous faisions exactement la même chose que les autres couples. Pensant qu'il avait peut-être voulu plaisanter, je décidai de la jouer détachée en ajoutant :

— Tu n'es pas terrible non plus.

— Je suis un excellent danseur, répliqua Finn promptement. Il me faut juste une meilleure partenaire.

— Bon, bon.

J'arrêtai de le regarder pour fixer la ligne d'horizon, loin par-dessus son épaule.

— Là, je ne sais plus quoi dire.

— Pourquoi faudrait-il que tu dises quelque chose? Tu n'es pas obligée de parler sans arrêt comme tu fais, même si je ne suis pas certain que tu t'en rendes compte.

Le ton de Finn était devenu glacial, mais je continuais à danser parce que je ne parvenais pas encore à imaginer comment en finir.

— Je n'ai pratiquement rien dit. Je n'ai fait que danser avec toi.

J'avalai péniblement ma salive, sans vraiment me rendre compte à quel point j'étais vexée.

— C'est toi qui as voulu m'inviter! Ce n'est pas comme si tu me faisais une faveur.

— Allons, dit Finn en roulant exagérément des yeux. Tu transpirais le désespoir. Tu me suppliais presque de danser avec moi. Je t'ai fait une faveur.

— Hé!

Je m'écartai de lui, sentant les larmes me monter aux yeux, en même temps qu'une terrible douleur au fond de moi.

— Je ne comprends pas ce que je t'ai fait !

Son expression se radoucit, mais trop tard.

— Wendy…

— Non ! l'interrompis-je.

Autour de nous, tout le monde avait cessé de danser pour nous regarder, mais je m'en fichais.

— Tu n'es qu'un salaud !

— Wendy ! répéta Finn alors que je me retournais pour traverser rapidement la foule des danseurs.

Je ne souhaitais rien tant que de sortir de cet endroit. Patrick, un élève de classe de biologie, se tenait près du bol de punch, et je courus vers lui. Nous n'étions pas précisément amis, mais c'était un des rares de l'école à avoir été gentil avec moi. Quand il me vit, il eut l'air embarrassé et inquiet, mais au moins, j'avais capté son attention.

— Je veux m'en aller. *Maintenant*, crachai-je en serrant les dents.

— Quoi…

Avant que Patrick eût le temps de me demander ce qui se passait, Finn avait surgi à côté de moi.

— Écoute, Wendy, je suis désolé.

Finn s'excusait sincèrement, ce qui m'irrita d'avantage.

— Je ne veux plus entendre parler de toi ! lançai-je sans le regarder.

Le regard inquiet de Patrick, qui essayait de comprendre, passait en boucle de l'un à l'autre.

— Wendy, bredouilla Finn. Je ne cherchais pas à…

— Je t'ai dit que je ne voulais plus rien entendre !

Je le dévisageai l'espace d'une seconde.

— Tu devrais peut-être accepter les excuses de ce gars, suggéra Patrick gentiment.

— Non, je ne vois pas pourquoi !

Et comme une enfant, je me mis à taper du pied en hurlant :

— Je veux partir !

Finn, qui se tenait juste à côté de nous, me regardait intensément. Je serrai les poings et fixai Patrick du regard. Je n'aimais pas faire cela en présence d'autres personnes, mais il fallait que je quittasse les lieux. Je me répétais intérieurement ce que je voulais, encore et encore. *Je veux rentrer à la maison, reconduis-moi, c'est tout, s'il te plaît, s'il te plaît, raccompagne-moi. Je ne veux pas rester ici.*

Le visage de Patrick se mit à changer d'expression, celle-ci devenant de plus en plus relâchée et distante. Il me fixa à son tour du regard, en clignant des yeux.

— Je crois que je devrais te raccompagner chez toi, dit Patrick doucement, passablement étourdi.

— Qu'est-ce que tu viens de faire exactement ? me demanda Finn en fronçant les sourcils.

Mon cœur cessa de battre. Le temps d'une terrifiante seconde, j'eus la certitude qu'il comprenait ce que je venais de faire. Mais je me persuadai que cela ne se pouvait pas et j'évacuai cette pensée.

— Je n'ai rien fait ! m'exclamai-je.

Je me retournai vers Patrick.

— Partons d'ici.

— Wendy ! lança Finn. Sais-tu seulement ce que tu viens de faire ?

— Je n'ai rien fait !

J'attrapai Patrick par le poignet pour le tirer vers la sortie. À mon grand soulagement, Finn ne nous suivit pas.

Dans la voiture, Patrick essaya de savoir ce qui s'était passé avec Finn, mais je restai muette. Nous avons roulé un bon moment, si bien qu'en arrivant devant la maison, je m'étais suffisamment calmée quand il me déposa. Je ne savais comment le remercier pour ce qu'il venait de faire.

Matt et Maggie m'attendaient. Je ne proférai pratiquement pas une parole. Cela énerva tellement Matt qu'il menaça d'aller casser la figure à tous les garçons du bal. Je m'arrangeai pour le rassurer, lui expliquant que j'allais très bien et que rien d'embêtant ne s'était produit. Il me laissa finalement monter dans ma chambre, où je réussis à me jeter sur mon lit sans pleurer.

La soirée repassait dans ma tête en tourbillonnant comme un rêve étrange. Je n'arrivais pas à décider de la nature de mes sentiments pour Finn. La plupart du temps, il m'apparaissait bizarre et inquiétant. Mais en même temps, nous avions passé ensemble un moment merveilleux pendant cette danse, juste avant qu'il ne gâche tout.

Même à l'instant où je me remémorais comment il m'avait traitée, je ne pouvais m'empêcher de repenser au bonheur d'avoir été dans ses bras. Je n'aimais pas qu'on me touche en général. Je détestais être trop près des gens, mais j'aimais la façon dont il m'avait tenue. Sa main forte et brûlante appliquée sur le creux de mes reins et cette douce chaleur qui émanait de lui. Quand il m'avait regardée avec autant de sincérité, j'avais pensé…

Je ne sais pas ce que j'avais pensé, mais il faut croire que c'était une stupidité.

Le plus curieux était que Finn avait paru comprendre ce que j'avais fait à Patrick. Comment quelqu'un pouvait-il être au courant? Moi-même, je n'étais pas certaine de le savoir. Mais une personne normale et saine ne pourrait même pas soupçonner ce que je pouvais faire.

Le comportement étrange de Finn ne pouvait finalement s'expliquer que d'une façon. Il était complètement fou.

En définitive, je ne savais rien de lui. Je ne parvenais pas à saisir quand il se moquait ou quand il était sincère. Parfois, j'avais le sentiment qu'il m'aimait bien et, à d'autres moments, qu'il me détestait résolument.

Il était certain que je ne connaissais pas grand-chose de ce garçon que, malgré tout, je commençais à apprécier.

Au cours de la nuit, après avoir enfilé un pyjama et un débardeur et m'être retournée et agitée un bon moment dans mon lit, je finis par m'endormir. Quand je me réveillai, il faisait toujours nuit. Mes joues portaient des traces de larmes sèches. J'avais pleuré pendant mon sommeil, ce qui me semblait injuste, parce que jamais je ne m'autorisais à pleurer lorsque j'étais éveillée.

Je me retournai pour regarder le réveil. Ses chiffres obstinés affichaient un peu plus de trois heures, et je me demandais bien pourquoi je ne dormais pas. J'allumai ma lampe de chevet, dont l'éclairage enveloppa tout d'une douce lueur. Ce fut alors que j'aperçus quelque chose qui me terrifia tant que mon cœur s'arrêta.

# TROIS

# Harceleur

Une silhouette se tenait accroupie devant ma fenêtre, ma fenêtre du *premier étage*. Certes, un petit toit se trouvait juste là, mais le fait que quelqu'un s'y trouvât était la dernière des choses à laquelle je m'attendais. Qui plus est, ce quelqu'un n'était pas n'importe qui.

Finn Holmes, plein d'espoir, ne semblant ni honteux ni effrayé d'avoir été surpris en train d'épier ma chambre, frappait doucement au carreau. Je compris un peu tard que c'était ce bruit qui m'avait réveillée.

Il m'avait espionnée intentionnellement et il avait essayé d'attirer mon attention afin que je le fisse entrer dans ma chambre. C'était *un peu* moins suspect, dans ce cas, imaginai-je.

Sans savoir pourquoi, je me levai et me dirigeai vers la fenêtre. Apercevant mon reflet dans le miroir, je dus constater que je n'avais pas fière allure. Mon pyjama était triste, de l'espèce pantouflarde. Mes cheveux se trouvaient dans un désordre effroyable, et mes yeux étaient rouges et gonflés.

Je savais que je ne devais pas laisser entrer Finn dans ma chambre. Ce garçon vraisemblablement psychopathe ne pouvait me renvoyer une bonne image de moi-même. En plus, Matt nous tuerait tous les deux s'il le surprenait ici.

Je me tins donc devant la fenêtre, les bras croisés, à le fixer. Furieuse et blessée, je tenais à ce qu'il le sût. En temps normal, je mettais un point d'honneur à ne pas me blesser et surtout à ne pas montrer que je l'étais. Mais cette fois-ci, il me semblait préférable qu'il sût à quel point il avait été infect.

— Je suis désolé! lança Finn assez fort pour que sa voix traverse la vitre et que ses yeux lui fissent écho.

Même s'il semblait réellement envahi de remords, je n'étais pas pour autant résolue à lui pardonner. Je ne le serais peut-être jamais.

— Qu'est-ce que tu veux? demandai-je aussi fort que possible, mais sans que Matt pût m'entendre.

— M'excuser. Et te parler, dit Finn avec sérieux en me regardant droit dans les yeux. C'est important.

Je me mordis les lèvres, tiraillée entre ce que je devais faire et ce que j'avais vraiment envie de faire.

— S'il te plaît, ajouta-t-il.

Contre tout bon sens, je lui ouvris la fenêtre. Je n'ôtai pas la moustiquaire et retournai m'asseoir au bord du lit. Finn repoussa l'écran avec une telle aisance que je me demandais à combien de filles il rendait visite comme ça, la nuit, après les avoir espionnées.

Il entra précautionneusement en refermant la fenêtre derrière lui. Il parcourut ma chambre du regard, ce qui me fit rougir. Même si la plupart de mes affaires se trouvaient encore dans deux grandes caisses en carton et une malle, ma chambre était jonchée de vêtements et de bouquins en pagaille.

— Qu'est-ce que tu veux? demandai-je en essayant de détourner son attention de mon désordre.

— Je suis désolé, répéta Finn avec la même sincérité que celle qu'il avait manifestée dehors. J'ai été cruel ce soir, dit-il en laissant planer à nouveau son regard. Je ne souhaitais pas te faire de mal.

— C'est pourtant ce que tu as fait, non ? demandai-je d'un ton brusque.

Il se passa la langue sur les lèvres en changeant d'appui et inspira profondément. Sa cruauté avait été intentionnelle. Ce n'était pas un accident dû à une trop grande assurance ou à une quelconque maladresse. Tout ce qu'il avait fait avait été méticuleusement calculé.

— Je ne souhaite pas te mentir et je te jure que je ne l'ai pas fait, répondit Finn prudemment. Je ne reviendrai pas là-dessus.

— Il me semble tout de même que j'ai droit à quelques explications, criai-je presque et, me souvenant que Matt et Maggie dormaient au fond du couloir, je baissai la voix. Qu'est-ce que tu fabriques devant ma fenêtre en pleine nuit ?

— Je suis venu te parler, assura Finn. Tout t'expliquer. Comme ça ne se passe pas ainsi d'habitude, j'ai dû passer un coup de fil avant de venir te voir. J'ai essayé de comprendre, c'est pour ça que je suis arrivé si tard, désolé.

— Appeler qui ? Comprendre quoi ?

Je reculai un peu.

— À cause de ce que tu as fait ce soir à Patrick, dit Finn doucement.

Un nœud se reforma dans mon estomac.

— Mais je n'ai rien fait à Patrick, dis-je en secouant la tête. Qu'est-ce que tu insinues ?

— Ah bon, vraiment ?

Finn me dévisageait avec perplexité, incapable de décider s'il devait me croire ou non.

— Je… je ne sais pas de quoi tu parles, martelai-je.

Parcourue de frissons, je me sentais prise de nausée.

— Si, tu sais très bien ce que tu as fait.

Finn secouait la tête d'un air grave.

— Mais tu ne sais pas ce que c'est.

— Je suis juste très... convaincante, c'est tout, répliquai-je sans trop y croire.

Je ne cherchais pas à le nier, mais le fait d'en parler ne ferait qu'accréditer ma propre folie, et de cela, j'avais encore plus peur.

— Ouais, sûr, admit Finn. Mais il ne faut pas que tu recommences, surtout pas comme tu l'as fait ce soir.

— Mais je n'ai rien fait du tout ! Et même si c'était le cas, pour qui te prends-tu d'essayer de m'en empêcher ?

Une autre chose me traversa l'esprit et j'ajoutai en le regardant :

— Tu pourrais vraiment m'en empêcher ?

— Tu ne peux l'utiliser sur moi maintenant, dit Finn en hochant la tête, l'air absent. Ton don n'est pas assez puissant, surtout vu la façon dont tu t'en sers.

— C'est quoi alors ? demandai-je doucement, tant j'avais du mal à articuler.

Au fur et à mesure que j'abandonnais toute intention de prétendre ignorer de quoi il s'agissait, mes épaules s'affaissaient.

— On appelle ça de la *persuasion*, expliqua Finn avec emphase, comme si c'était tellement différent de ce que je venais de dire. Techniquement, cela s'appelle la psychokinésie, une sorte de faculté qui permet de maîtriser les esprits.

Je trouvais perturbant qu'il en parle de manière aussi terre-à-terre, comme si nous étions en train de commenter un cours de biologie plutôt que d'évoquer le fait que je sois affublée d'une aptitude paranormale.

— Comment le sais-tu ? interrogeai-je. Comment sais-tu ce que j'ai et comment sais-tu même que je le pratique ?

Il haussa les épaules.

— L'expérience.

— Ce qui veut dire ?

— C'est compliqué.

Il se frotta la nuque et regarda le sol.

— Tu ne vas pas me croire, mais je ne t'ai jamais menti et je ne le ferai jamais. Tu veux bien croire ça, au moins ?

— Il me semble que oui, répliquai-je, non sans hésitation.

Étant donné que nous n'avions eu qu'une ou deux conversations jusqu'ici, il n'avait pas eu beaucoup d'occasions de me mentir.

— C'est déjà ça.

Finn prit une longue inspiration pendant que je tirais nerveusement sur une mèche de mes cheveux en l'observant. Presque timidement, il ajouta :

— Tu es une enfant substituée. Il y a eu un échange.

Il me regarda ensuite intensivement, s'attendant à quelque théâtrale réaction de ma part.

— Je ne sais même pas ce que c'est. Tu ne me parles pas d'un scénario avec Angelina Jolie, au moins ?

Je secouai la tête.

— Je ne sais pas ce que ça veut dire.

— Tu ne sais pas ce que c'est ? persifla Finn. Bien sûr que tu ne sais pas. Tout serait trop simple si tu avais la moindre idée de ce qui se passe.

— En effet, n'est-ce pas ?

— Un enfant substitué est un enfant qui a été secrètement échangé contre un autre.

La pièce devint bizarrement un peu brumeuse. Ma mère me revint à l'esprit et avec elle, toutes les horreurs qu'elle avait pu me dire. J'avais toujours eu le sentiment de ne pas être à ma place dans cette famille et, en même temps, je ne pouvais me résoudre à y croire.

Finn venait tout à coup de faire remonter à la surface les soupçons que j'avais enfouis au fond de moi. Toutes les choses épouvantables que ma mère m'avait dites étaient donc vraies.

— Mais comment…

Étourdie, je secouai la tête avant qu'une autre question essentielle ne me vînt à l'esprit.

— Comment se fait-il que toi, tu le saches? Même si c'est exact, comment est-il possible que tu sois au courant?

— Eh bien…

Finn m'observa un moment pendant que j'essayais de laisser les choses me pénétrer calmement.

— Tu es une Trylle, et nous, les Trylles, c'est ce que nous faisons.

— Trylle? C'est quoi ça? Ton nom de famille?

— Non, dit Finn en souriant. Trylle est le nom de notre « tribu », si tu veux.

Il se frotta les tempes.

— C'est dur à expliquer. Nous sommes, euh, des trolls.

— Tu es en train de me dire que je suis une *troll*?

Je haussai un sourcil et décidai qu'il ne pouvait qu'être fou.

Rien chez moi ne ressemblait à une poupée aux cheveux roses avec un bijou dans le nombril ou à un effrayant petit monstre vivant sous un pont. Certes, je n'étais pas bien grande, mais Finn lui, mesurait au moins un mètre quatre-vingts.

— Je suis sûr que tu t'imagines les trolls comme on les a toujours mal représentés, s'empressa d'expliquer Finn. C'est pour cette raison que nous préférons le mot Trylle. On n'y associe pas cette stupide imagerie à la « Billy Goats Gruff ». Mais je vois bien que tu me dévisages comme si j'étais complètement cinglé.

— Tu es totalement cinglé!

En état de choc, je tremblais de rage, sans plus savoir quoi penser. J'aurais dû le jeter dehors de ma chambre. En fait, j'aurais mieux fait de ne jamais le laisser entrer.

— OK. Réfléchis-y, Wendy.

Finn continuait de vouloir me raisonner, comme si son idée avait la moindre chance d'être juste.

— Tu ne t'es jamais réellement sentie adaptée. Tu as un tempérament très vif. Tu es intelligente et, à table, tu chipotes toujours. Tu détestes les chaussures. Tes cheveux, bien que ravissants, sont indomptables. Tu as des yeux foncés et tes cheveux le sont également.

— Qu'est-ce que la couleur de mes yeux a à voir là-dedans ? rétorquai-je. Ou avec quoi que ce soit d'ailleurs ?

— Les couleurs de la terre. Nos yeux et nos cheveux sont toujours couleur terre, répondit Finn. Et souvent, notre peau peut prendre une petite coloration verdâtre.

— Je ne suis pas verte !

Pour en avoir la certitude, j'examinai ma peau, qui n'avait vraiment rien de verdâtre.

— C'est très faible quand c'est le cas, ajouta Finn. Mais non, en effet, toi, tu ne l'as pas. Enfin, pas vraiment. Ça peut devenir plus marqué quand on a vécu quelque temps auprès des Trylles.

— Je ne suis pas une troll, insistai-je férocement. Tout ceci n'a aucun sens. Ça n'a… Oui, bon, je suis révoltée et différente, comme la plupart des adolescents. Et alors ? Ça ne signifie rien.

Je passai la main dans mes cheveux pour les lisser et comme pour prouver qu'ils n'étaient pas si emmêlés que ça. Mes doigts y restèrent bloqués, ce qui confirmait plus sa thèse que la mienne. Je soupirai.

— Cela ne signifie rien du tout.

— Je ne fais pas ici que supposer, Wendy, m'informa Finn avec un sourire narquois. Je sais qui tu es. Je sais que tu es une Trylle, raison pour laquelle je suis venu te chercher.

— Tu es venu me chercher, ah bon ? dis-je, bouche bée. C'est pour ça que tu passes ton temps à me harceler.

— Je ne *harcèle* personne.

Finn leva la main comme pour se protéger.

— Je suis un pisteur. C'est mon travail. Je piste les enfants substitués et les ramène.

Parmi les choses les plus intolérables, celle qui me déplut souverainement fut de l'entendre affirmer que c'était là son travail. En somme, il n'y avait jamais eu d'attirance entre nous. Il faisait juste son boulot, qui consistait à me suivre.

Il me harcelait et j'étais furieuse qu'il le fasse parce qu'il y était obligé et non parce qu'il le souhaitait.

— Je sais que ça fait beaucoup à absorber d'un seul coup, admit Finn. Je suis désolé. En général, nous attendons que vous soyez plus âgés. Mais toi, comme tu es déjà en train d'user de persuasion, je crois qu'il te faut revenir avec moi à l'enclave. Tu es trop précoce.

— Je suis trop quoi ? dis-je en le dévisageant.

— Précoce. En matière de psychokinésie, dit Finn, comme si c'était évident. Les Trylles atteignent différents stades du développement de leurs talents progressivement. Toi, tu es clairement très en avance.

— Ils ont des talents ?

Ma gorge se serra.

— Et toi, tu en as, des talents ?

Quelque chose de nouveau me dérangeait un tantinet.

— Tu peux lire dans mes pensées ?

— Non, moi, je ne peux pas.

— Tu mens.

— Je ne te mentirai jamais, promit Finn.

S'il n'avait pas été aussi beau, debout devant moi dans ma chambre, il aurait été plus facile de l'ignorer. Et si je n'avais pas eu l'impression d'une stupide attirance entre nous, je l'aurais fichu dehors tout de suite.

Tel que les choses se présentaient, il était difficile de le regarder dans les yeux sans lui faire confiance. Mais, après tout ce qu'il venait de dire, je ne pouvais décemment pas le croire. Si je le faisais, cela signifiait que ma mère avait raison. Que j'étais mauvaise, un vrai monstre. J'avais passé ma vie à tenter de prouver qu'elle avait tort, à essayer d'être bonne en faisant les choses au mieux, et je ne laisserais pas quelqu'un me prouver le contraire.

— Je ne peux pas te croire.

— Wendy, tu sais que je ne mens pas.

Finn semblait énervé.

— Je sais, dis-je en hochant la tête. Pas intentionnellement du moins. Mais après tout ce que j'ai enduré avec ma mère, je ne suis pas disposée à laisser entrer dans ma vie un autre malade. Il faut que tu t'en ailles.

— Wendy !

L'expression de son visage témoignait d'une incrédulité totale.

— Tu t'attendais vraiment à ce que je réagisse autrement ?

Je me tenais devant lui, les bras croisés sur la poitrine, en essayant d'avoir l'air aussi sûre de moi que possible.

— Tu as vraiment cru possible de me traiter comme de la crotte au bal, de t'infiltrer dans ma chambre en pleine nuit, pour m'annoncer que j'étais une troll aux pouvoirs magiques, et que j'allais gober tout ça en répondant « ah oui, bien sûr » ?

»D'ailleurs, où espérais-tu en venir ? ajoutai-je de manière directe. Que cherches-tu à obtenir de moi ?

— Tu es censée revenir avec moi à l'enclave, annonça Finn, vaincu.

— Et tu t'imaginais sans doute que j'allais te suivre, juste comme ça ?

Je ris bêtement pour dissimuler que j'étais vraiment tentée par cette proposition. Même si elle était complètement folle.

— En général, c'est ce que les autres font, répondit Finn d'une façon qui ne fit que m'horripiler d'avantage.

Cette assertion fut la goutte d'eau qui fit déborder le vase. J'aurais pu avoir envie de le suivre et de croire en son fantasme parce qu'il m'attirait plus que de raison, mais quand il me fit comprendre qu'il y avait eu quantité d'autres filles avant moi, prêtes à faire la même chose, la moutarde me monta au nez. Fou, je pouvais m'y faire, mais coureur de jupons, ça non !

— Maintenant, tu fiches le camp, lui dis-je fermement.

— Il faut que tu y réfléchisses. C'est probablement différent pour toi, plus que ça ne l'est pour d'autres, et je le comprends fort bien. Je te laisse le temps d'y réfléchir.

Il se retourna pour ouvrir la fenêtre.

— Mais tu appartiens à un endroit. Une famille t'attend. Penses-y, c'est tout.

— Ben voyons !

Je lui décochai un sourire sarcastique.

Comme il se penchait à la fenêtre, je courus pour refermer derrière lui. Il s'arrêta et se retourna pour me regarder. Il semblait dangereusement près, les yeux emplis de quelque chose qui couvait sous la surface.

L'air me manquait quand il me regardait de cette façon, et je me demandais si c'était ce que Patrick avait ressenti quand je l'avais persuadé.

— J'allais oublier de te dire, dit Finn doucement, son visage si près du mien que je pouvais sentir son souffle. Tu étais *vraiment* belle ce soir.

Il demeura ainsi un petit moment, me captivant complètement, puis il se retourna pour descendre par la fenêtre.

Ayant soudain oublié comment respirer, je restai là à l'observer tandis qu'il attrapait la branche la plus proche de la maison pour s'y accrocher et atterrir. Comme un air plus frais s'engouffrait, je fermai la fenêtre et tirai les rideaux.

Étourdie, je chancelai vers mon lit, où je m'écroulai. Jamais je ne m'étais sentie aussi déconcertée.

Je ne réussis pratiquement pas à dormir. Le peu de sommeil que je parvins à trouver fut rempli de rêves où des petits trolls verts venaient me chercher. Après m'être réveillée, je restai allongée un long moment. Tout me semblait confus et embrumé.

Je ne parvenais pas à croire que Finn disait vrai et, en même temps, je ne pouvais écarter l'idée que je souhaitais terriblement que tout cela fut exact. Jamais je n'avais eu le sentiment d'appartenir à quoi que ce soit. Jusqu'à très récemment, Matt avait été le seul avec qui j'avais pu établir une vraie relation.

Allongée sur mon lit à six heures et demie, j'entendais les oiseaux piailler à tue-tête. Je sortis doucement de mon lit et descendis sans faire de bruit. Je ne voulais pas réveiller Matt et Maggie si tôt. Pour Matt, qui se levait tôt toute la semaine pour s'assurer que j'étais debout et me conduire à l'école, c'était le jour de grasse matinée.

Je ne sais pour quelle raison j'avais toujours trouvé difficile de prouver que nous faisions partie de la même famille. Toute ma vie, j'avais plutôt réussi à me persuader du contraire, mais il avait suffi que Finn évoque cela comme une réalité, pour que j'eusse au contraire l'envie étrange de protéger l'idée de famille.

Matt et Maggie avaient tout sacrifié pour moi. Je n'avais jamais réussi à me montrer aussi bonne envers eux alors qu'ils m'aimaient, l'un et l'autre, inconditionnellement. Cette preuve ne suffisait-elle pas?

Au salon, je m'accroupis près d'une boîte en carton sur laquelle le mot « souvenirs » était inscrit, de la belle calligraphie de Maggie.

Sous les diplômes de Matt et Maggie, et sous les nombreuses photos de concours de Matt, je trouvai plusieurs albums. En fonction des couvertures, je pouvais dire lesquels avaient été achetés par Maggie. Elle choisissait des albums photo à fleurs, à pois ou avec des petits motifs joyeux.

Ma mère n'en possédait qu'un, doté d'une couverture marron délavé impersonnelle. Il y avait aussi un carnet de naissance bleu clair. Je le sortis précautionneusement en même temps que l'album photo de maman.

Mon journal de bébé était bleu, car toutes les échographies avaient prédit un garçon. Agrafé au dos, il y avait même un cliché échographique craquelé, sur lequel le médecin avait encerclé ce qu'il croyait, à tort, être mon pénis.

La plupart des familles auraient pris ce genre de détail avec humour, pas la mienne. Ma mère s'était contentée de me regarder avec dédain, en disant :

— Tu aurais dû être un garçon.

La plupart des mamans commencent par remplir leur carnet de bébé soigneusement, puis avec le temps, elles l'oublient. Pas la mienne. Elle n'y avait jamais inscrit quoi que ce soit. L'écriture était soit celle de mon père, soit celle de Maggie.

Mes premières empreintes de pieds y figuraient, de même que mes mensurations et une copie de mon acte de naissance. Je passai délicatement le doigt dessus, histoire de me prouver que ma naissance était bien réelle et tangible. Que cela plaise ou non à ma mère, j'étais née dans cette famille.

— Que fais-tu là, ma puce ? me demanda Maggie doucement, penchée derrière moi.

Je sursautai légèrement.

— Pardon, je ne voulais pas te faire peur.

Enveloppée dans son peignoir, elle bâilla et passa une main dans ses cheveux tout décoiffés.

— Non, ça va.

Je tâchai de dissimuler le carnet de bébé, comme si j'avais été prise en faute.

— Qu'est-ce que tu fais, debout si tôt ?

— Je pourrais te demander la même chose, répliqua Maggie en souriant.

Elle s'assit par terre près de moi, le dos appuyé au dossier du canapé.

— Je t'ai entendue te lever.

Contemplant la pile de photos sur mes genoux, elle ajouta :

— Un peu de nostalgie ?

— Je ne sais pas.

— Tu regardes quoi?

Elle se pencha pour voir l'album de plus près.

— Ho! ça, c'est un très vieil album. Tu n'étais qu'un bébé.

J'ouvris l'album classé chronologiquement et dont les premières pages étaient consacrées à Matt, petit. Maggie regardait avec moi, gloussant chaque fois qu'on voyait apparaître mon père. Elle toucha délicatement une des photos en faisant remarquer à quel point son frère était beau.

Même si tout le monde s'accordait à trouver mon père fort agréable, on parlait rarement de lui. C'était sans doute une façon d'éviter d'évoquer ma mère et ce qui s'était passé. Rien ne comptait avant mon sixième anniversaire et, comme par hasard, cela incluait tout souvenir de mon papa.

La plupart des photos de l'album étaient consacrées à Matt, et il y en avait beaucoup de lui avec ma mère et mon père, où ils semblaient incroyablement heureux. Avec leurs cheveux blonds et leurs yeux bleus, tous trois semblaient sortir d'une publicité pour Hallmark.

En arrivant vers la fin de l'album, tout changeait. Dès qu'apparaissaient des photos avec moi, ma mère avait l'air renfrognée et maussade. Sur la première d'entre elles, où je devais avoir à peine quelques jours, je portais une tenue décorée de petits trains bleus, et ma mère me dévisageait.

— Tu étais si mignonne, bébé! dit Maggie en riant. Mais je me souviens bien de ça. Tu portais des vêtements de petit garçon dès le premier mois, parce qu'ils étaient persuadés que tu serais de sexe masculin.

— Ça explique pas mal de choses, marmonnai-je, ce qui fit rire Maggie. Pourquoi ne m'ont-ils pas tout simplement acheté de nouveaux vêtements? Ils avaient assez d'argent pour ça.

— Alors ça, je ne sais pas, soupira Maggie, le regard dans le vague.

Elle secoua la tête.

— C'est ce que souhaitait ta mère, qui pouvait être si étrange.

— Et mon nom, ça aurait dû être quoi ?

— Hum…

Maggie claqua dans les doigts en se souvenant.

— Michael ! Michael Conrad Everly. Mais comme tu étais une fille, ça a tout fichu par terre.

— D'où est sorti Wendy ?

Je grimaçai.

— Michelle aurait été plus logique.

— Eh bien…

Maggie réfléchit en regardant le plafond.

— Ta mère refusait de te donner un nom et ton père… Je suppose qu'il ne trouvait rien, alors c'est Matt qui t'a nommée.

— Ah ouais.

Je me rappelais vaguement avoir entendu cela auparavant.

— Mais pourquoi Wendy ?

— Il aimait ce nom-là, désigna Maggie en haussant les épaules. Il était un grand admirateur de *Peter Pan*, ce qui est assez ironique puisque *Peter Pan* est l'histoire d'un gamin qui ne grandit jamais, alors que Matt a toujours été très mature.

Je souris d'un air entendu.

— C'est peut-être pour cela qu'il a toujours été si protecteur avec toi. Il t'a donné ton nom. Tu étais à lui.

Mes yeux s'arrêtèrent sur une photo de moi dans les bras de Matt. Je devais avoir deux ou trois ans. J'étais allongée sur le ventre, les bras et les jambes écartées, ce qui le faisait rire comme un fou. Il avait l'habitude de me faire tourner comme ça autour de lui dans la maison, pour faire comme si je volais, en disant :

— Wendy l'oiseau !

Et moi aussi, je riais.

Au fur et à mesure que je grandis, il devint de plus en plus évident que je ne ressemblais pas à cette famille. Mes yeux foncés et mes cheveux sombres et touffus contrastaient complètement avec les leurs.

Ma mère avait l'air totalement hors d'elle sur chacune des photos prises avec moi, comme si elle avait passé la demi-heure précédente à se fâcher contre moi. C'était probablement ce qui avait dû se passer, d'ailleurs. J'avais toujours été le contraire de ce qu'elle était.

— Tu étais une enfant très déterminée, admit Maggie, qui regardait la photo de mon cinquième anniversaire, celle où j'avais la figure couverte de gâteau au chocolat. Les choses devaient être exactement comme tu le voulais. Enfant, même si tu avais souvent des coliques, tu étais adorable, toujours drôle et fort intelligente.

Maggie écarta de mon visage une mèche bouclée, en disant :

— Tu as toujours été adorable. Tu n'as rien fait de mal, Wendy. C'est elle qui avait un problème, pas toi.

J'opinai.

— Je sais.

Mais pour la première fois, je croyais dur comme fer que tout ceci ne pouvait être que de ma faute. Si Finn avait raison, comme ces photos semblaient le confirmer, je n'étais pas leur enfant. Je n'étais même pas humaine. J'étais exactement ce que ma mère avait soupçonné. Elle avait simplement eu plus d'intuition que les autres.

— Qu'y a-t-il ? demanda Maggie, soudain songeuse. Qu'est-ce qui ne va pas ?

— Rien, mentis-je en fermant l'album photo.

— Il s'est passé quelque chose hier soir ?

Ses yeux étaient emplis d'amour et d'inquiétude, au point que j'avais du mal à penser que je ne faisais pas partie de sa famille.

— Tu as bien dormi ?

— Ouais. C'est juste que je me suis… réveillée, je crois, répondis-je vaguement.

— Qu'y a-t-il eu au bal ?

Maggie, appuyée contre le canapé, avait posé la main sur mon menton, comme si elle m'étudiait.

— Il s'est passé quelque chose avec un garçon ?

— Les choses ne se sont pas déroulées comme j'imaginais, dis-je honnêtement. En fait, elles n'auraient pas pu se dérouler plus différemment.

— Ce Finn a été désagréable avec toi ? demanda Maggie d'un ton protecteur.

— Non, non, rien de tel, assurai-je. Il a été super. Mais c'est juste un copain.

— Oh ! fit Maggie en ayant l'air de saisir.

Je voyais bien qu'elle se faisait une idée fausse, mais je fis en sorte qu'elle ne me posât plus de questions.

— Ce n'est pas facile d'être adolescent, quelle que soit la famille d'où l'on vient.

— Tu ne crois pas si bien dire ! murmurai-je.

J'entendis Matt se lever et marcher à l'étage. Maggie me jeta un regard inquiet et je refermai les albums photo en vitesse. Il ne serait certainement pas furieux que je les regarde, mais cela ne le comblerait pas d'aise. Surtout de bon matin, au saut du lit. Outre le fait de ne pas être certaine qu'il était vraiment mon frère, je n'avais aucune envie de me chamailler avec lui.

— Tu sais que tu peux me parler de tout ça quand tu veux, chuchota Maggie tandis que je rangeais les albums dans la boîte en carton. Du moins, tant que Matt n'est pas dans le coin.

— Je sais.

Je lui souris.

— Je crois que je devrais te faire un petit déjeuner.

Magie se leva, s'étira et me regardant, elle dit :

— Que dirais-tu d'un bol de flocons d'avoine avec des fraises ? C'est le genre de choses que tu aimes, non ?

— Ouais, super.

J'opinai. Quelque chose dans sa question me faisait pourtant de la peine.

Il y avait tant de produits que je n'aurais mangés pour rien au monde, et j'avais continuellement faim. Cela avait toujours été un problème de me nourrir. Quand j'étais bébé, je ne voulais pas boire le lait de ma mère. Ce qui n'avait fait, au fond, qu'étayer l'idée que je n'étais pas son enfant.

Maggie était partie vers la cuisine et je l'appelai pour lui dire :

— Hé, Mags. Merci pour tout. Comme… de me faire la cuisine et tout…

— Ah ?

Maggie eut l'air surprise, puis sourit.

— Pas de soucis.

Matt descendit une minute plus tard, fort embarrassé que Maggie et moi nous étions levées avant lui. Pour la première fois depuis bien longtemps, nous prîmes notre petit déjeuner ensemble, Maggie suprêmement heureuse, surtout à cause de mon petit compliment. J'étais triste, mais je m'efforçais de faire comme si tout allait à merveille.

Je ne savais pas s'ils étaient ma véritable famille : tant de choses semblaient indiquer le contraire ; mais ils m'avaient élevée et supportée comme personne. Ma propre mère m'avait trahie, mais jamais Matt ni Maggie. Leur amour pour moi était sans faille et pourtant, la plupart du temps, ils n'avaient rien reçu en retour.

Cette dernière constatation était peut-être la preuve que ma mère avait raison. Ils ne faisaient que donner, et je ne faisais que prendre.

QUATRE

# Substitution

La fin de semaine fut agitée. Je continuais d'espérer que Finn réapparût à ma fenêtre, mais il ne vint pas. Je ne parvenais pas à décider si c'était un bien ou un mal. Je voulais lui parler et, en même temps, j'étais terrifiée. J'avais peur qu'il me mentît, comme j'avais peur qu'il me dît la vérité.

Je passais mon temps à chercher des indices partout. Par exemple, Matt était plutôt petit et moi aussi, donc il devait être mon frère. Mais une seconde plus tard, je me rappelais qu'il préférait l'hiver à l'été, alors que moi, je détestais l'hiver, donc il ne pouvait être mon frère.

Aucun indice ne pouvait confirmer ou infirmer quoi que ce soit et, au fond, je le savais pertinemment. Toute ma vie n'était qu'un gigantesque point d'interrogation, et j'attendais désespérément des réponses.

Restait aussi cette question brûlante au sujet de Finn : qu'attendait-il de moi ? Par moment, il me traitait comme si je n'étais qu'une emmerdeuse. Et quand il me regardait à d'autres moments, j'avais le souffle coupé.

J'espérais que le retour à l'école m'apporterait la solution. En me levant ce lundi matin, je me débrouillai pour avoir l'air plus jolie, tout en essayant de me persuader que ce n'était pour personne en particulier. Que ce n'était pas parce que je reverrais Finn pour la première fois depuis son intrusion dans ma chambre et que je pourrais lui parler. Mais je voulais bien sûr l'impressionner.

Quand la cloche du premier cours sonna et que je ne vis pas Finn quelques rangs derrière moi, je sentis un nœud à l'estomac. Je le cherchai du regard toute la journée, espérant le voir surgir. Cela ne se produisit pas.

Je ne fis presque pas attention à ce qui se dit en cours et me sentais incroyablement abattue au moment de rejoindre Matt à la voiture. J'avais espéré apprendre quelque chose aujourd'hui, mais j'étais, en fin de compte, assaillie par bien plus de questions.

Remarquant ma mine maussade, Matt essaya de m'interroger. Je me contentai de hausser les épaules. Il s'inquiétait de plus en plus depuis que j'étais rentrée du bal, et je n'avais pas réussi à calmer ses craintes.

Je ressentais l'absence de Finn comme une brûlure. Pourquoi n'étais-je pas partie avec lui ? Personne ne m'avait jamais autant attirée que lui, et ce n'était pas uniquement physique. En général, les gens ne m'intéressaient pas. Lui si.

Il m'avait promis une vie où j'aurais ma place, où je serais spéciale et, ce qui comptait plus encore, une vie avec lui. Pourquoi étais-je toujours ici ?

Au fond, je n'avais pas la conviction d'être mauvaise et je ne parvenais pas à renoncer aux énormes efforts entrepris pour me montrer meilleure.

Il n'existait qu'une personne qui m'avait percée à jour et qui savais exactement qui j'étais. Elle seule saurait me dire s'il y avait un peu de bon en moi, ou si je ferais mieux d'abandonner et de m'enfuir avec Finn.

— Dis donc, Matt? dis-je en regardant mes mains. Tu es très occupé cet après-midi?

— Je ne crois pas... répondit Matt à contrecœur tandis qu'il tournait le coin de la rue non loin de chez nous. Pourquoi? Qu'as-tu derrière la tête?

— Je me demandais... J'aimerais aller voir ma mère.

— Sûrement pas!

Matt m'envoya un regard furieux.

— Et pourquoi ça? C'est complètement hors de question. En aucun cas, Wendy. C'est tout simplement indécent.

Il se tourna vers moi pour me regarder droit dans les yeux. Je me répétai les mêmes pensées encore et encore. *Je veux aller voir ma mère. Emmène-moi la voir. S'il te plaît. Je veux la voir.* Son expression, très dure au départ, finit par se radoucir.

— Je vais t'emmener voir ta mère.

Matt semblait parler dans son sommeil.

J'eus aussitôt honte de ce que je venais de faire. Je le manipulais et c'était cruel. Mais je ne le faisais pas juste pour voir si j'en étais capable. Il fallait que je visse ma mère et c'était le seul moyen d'y arriver.

Je me sentais nerveuse et un peu nauséeuse, et je savais que Matt changerait d'avis quand il comprendrait ce qui se passait. Je ne savais pas jusqu'à quand durerait la persuasion. Nous ne parviendrions peut-être même pas jusqu'à l'hôpital où vivait ma mère, mais il fallait que j'essaie.

Ce serait la première fois que je reverrais ma mère en plus de onze ans. Plusieurs fois pendant le long trajet en voiture, il me sembla que Matt était sur le point de se rendre compte de ce qu'il était en train de faire. Il pourrait tout à coup s'emporter en repensant au caractère épouvantable de ma mère et ne pas comprendre pourquoi je voulais lui parler.

Mais cela ne se produisit pas. Peut-être que cela ne *pouvait* lui venir à l'esprit.

— C'est une personne horrible! dit Matt alors que nous approchions de l'hôpital public.

À la grimace qu'il fit et à ses yeux bleus torturés, je vis qu'il se débattait intérieurement. Sa main s'agrippait au volant d'une telle façon que je compris qu'il essayait de se détendre sans y parvenir.

Un nouveau sentiment de culpabilité m'envahit, que j'essayai de repousser. Je ne voulais pas lui faire de mal et je trouvais moche de le manipuler ainsi.

En revanche, savoir que je ne faisais rien de mal me réconfortait un peu. Je voulais voir ma mère et j'en avais parfaitement le droit. Matt, avec encore une fois trop de zèle, ne faisait qu'outrepasser ses devoirs de protection.

— Que veux-tu qu'elle me fasse? lui rappelai-je pour la centième fois. Elle est enfermée et gavée de médicaments! Tout ira bien.

— Je ne pense pas qu'elle puisse t'étrangler, ce n'est pas ça, concéda Matt, avec un ton qui me fit comprendre qu'il n'écartait pas cette possibilité. Mais c'est une personne... horrible. Je ne comprends pas ce que tu crois pouvoir retirer de cette rencontre.

— J'ai simplement besoin de la voir, dis-je doucement en regardant par ma fenêtre.

Je ne m'étais jamais rendue à l'hôpital, et ce n'était pas exactement comme ça que je l'imaginais. Ma seule référence provenant d'*Arkham Asylum*[1], je m'étais toujours représenté l'endroit comme une imposante structure en brique, derrière laquelle brillaient en permanence des éclairs.

La seule chose apte à correspondre à ce fantasme d'hôpital psychiatrique était la pluie qui tombait contre un ciel sombre lorsque nous nous étions garés. Abrité derrière une épaisse forêt de pins voisine de collines verdoyantes s'étalait un grand bâtiment blanc qui ressemblait plus à un hôtel qu'à un hôpital.

---

1. N.d.T.: *Arkham Asylum* est le nom d'un asile dans *Batman*.

Après que ma mère eut essayé de me tuer et que Matt eut pu la maîtriser dans la cuisine, quelqu'un avait appelé la police. Elle avait été jetée dans une voiture de police, hurlant que j'étais un monstre, tandis qu'on m'emportait en ambulance.

Des plaintes furent déposées contre ma mère, qui plaida coupable pour cause de déséquilibre mental, et son cas ne fut jamais jugé. Le diagnostic la concernant reposait à la fois sur une dépression chronique postnatale et une psychose transitoire due à la mort de mon père.

Tout le monde supposait qu'avec une thérapie et un suivi médical appropriés, elle sortirait guérie de la clinique assez rapidement.

Ellipse de onze années. Mon frère s'entretenait à présent avec le gardien afin que nous puissions avoir accès à l'hôpital. D'après ce que j'avais compris, elle refusait toujours d'éprouver le moindre remords pour ce qu'elle avait fait.

Quand Matt lui avait rendu visite cinq ans auparavant, il s'était avéré qu'elle ignorait avoir fait quoi que ce soit de mal. Ce qui sous-entendait que si elle sortait de la clinique, elle recommencerait.

Il y eut une grosse agitation après que nous eûmes enfin obtenu la permission d'entrer. Une infirmière dut appeler un psychiatre pour qu'il jugeât si j'étais mentalement capable de voir ma mère. Matt, en arpentant la pièce, maugréait que nous étions tous cinglés.

Après avoir attendu quarante-cinq minutes dans une petite pièce pleine de chaises en plastique et de magazines, je vis apparaître un médecin, qui vint à ma rencontre. Je lui expliquai, au cours d'un bref entretien, que tout ce que je souhaitais était de parler avec elle et, sans même que j'eusse recours à la persuasion, il admit qu'il pouvait être bénéfique pour moi de tourner la page. À mon grand soulagement, Matt finit par céder, ce qui m'évita d'user à nouveau de mon don de persuasion sur lui.

Il ne fallait pas qu'il vînt avec moi, car je souhaitais une conversation franche, en tête à tête, avec ma mère.

Une infirmière me conduisit vers une salle d'activités meublée d'un canapé et de quelques chaises et de tables, dont certaines étaient couvertes de casse-tête à demi terminés. Une bibliothèque, débordant de vieilles boîtes de jeux de société, occupait un pan de mur. Le seul signe de vie était des plantes en pots s'alignant devant la fenêtre.

L'infirmière m'ayant affirmé que ma mère arriverait bientôt, je m'assis à l'une des tables et attendis.

Un grand aide-soignant baraqué l'amena. Je me levai, comme si je lui devais quelque respect. Elle me sembla plus âgée que je m'y attendais. Son image était restée figée dans mon esprit à l'âge où je l'avais vue pour la dernière fois, alors que maintenant, elle devait bien avoir la mi-quarantaine.

Après des années de négligence, sa chevelure blonde, désormais frisottée, était tirée en petite queue de cheval. Elle était encore mince. Elle avait toujours arboré une élégante maigreur proche de l'anorexie. Un peignoir de bain bleu, trop grand, esquinté et effiloché, dont les manches lui pendaient sous les mains, pesait lourdement sur ses épaules.

Sa peau, d'une blancheur de porcelaine, était extraordinairement belle, même sans maquillage. Son port altier témoignait d'une personne qui n'avait jamais manqué d'argent, et avait imposé sa loi autant à l'école que dans son cercle social et dans sa famille.

— Ils m'ont dit que tu étais là, mais je ne les ai pas crus, me dit ma mère avec un sourire méprisant.

Elle était à quelques pas devant moi, et je ne savais pas exactement quoi faire. Elle me dévisageait du même regard haineux qu'une personne qui observerait un insecte avec dégoût, en sachant qu'elle va l'écraser sous sa chaussure.

— Salut maman, offris-je humblement, sans rien trouver de mieux à dire.

— Kim, me corrigea-t-elle sèchement. Mon nom est Kim. Ne fais pas semblant. Je ne suis pas ta mère et tu le sais très bien.

Tout en se dirigeant vers la table, elle fit un geste vague en direction de la chaise que j'avais repoussée derrière moi.

— Assieds-toi.

— Merci, bredouillai-je en m'asseyant.

Elle s'installa en face de moi en croisant les jambes, le dos appuyé au dossier de sa chaise, comme si j'étais contagieuse et qu'elle craignait d'être infectée.

— C'est donc bien ça ?

Elle agita la main devant son visage, puis la déposa délicatement sur la table. Ses ongles longs et impeccables avaient été récemment vernis d'une laque incolore.

— Alors ça y est, tu as fini par comprendre. À moins que tu ne l'aies su depuis le début ? Je n'aurais jamais su le dire.

— Non, je n'ai jamais rien su, dis-je tranquillement. Et je ne sais toujours rien.

— Mais regarde-toi ! Tu n'es *pas* ma fille, lâcha ma mère d'un ton dédaigneux en faisant ensuite claquer sa langue. Tu ne sais ni t'habiller, ni marcher, ni même parler. Et tu esquintes tes ongles.

Elle désigna mes ongles rongés du bout de son doigt manucuré.

— Et ces cheveux !

— Tes cheveux ne valent guère mieux, ripostai-je.

Comme chaque jour, j'avais attaché mes boucles brunes en chignon, sauf que ce matin en me préparant, j'avais essayé de les styliser un peu et je croyais m'en être plutôt bien sortie. Apparemment, je me trompais.

— En effet…

Elle sourit sans humour.

— J'ai assez peu de ressources, dit-elle en regardant au loin.

Elle reposa son regard glacial sur moi.

— Ça n'est pas comme toi, n'est-ce pas ? Tu dois disposer des meilleurs produits de beauté au monde. Entre Matthew et Maggie, j'imagine que tu es pourrie gâtée.

— Je m'en sors, rétorquai-je sèchement.

Elle sous-entendait que je devrais avoir honte de tout ce que j'avais, comme si je l'avais volé. Évidemment, de son point de vue, c'était ce qui avait dû se passer.

— Du reste, qui t'a amenée ici ?

La pensée venait visiblement de lui traverser l'esprit et elle regarda derrière elle, comme si elle s'attendait à voir Matt ou Maggie en coulisse.

— Matt, répondis-je.

— Matthew ?

Elle eut l'air réellement étonnée.

— Jamais il ne tolèrerait une chose pareille. Il n'a même pas…

De la tristesse passa dans son regard.

— Il n'a jamais compris. J'ai fait tout ce que j'ai pu pour le protéger, lui aussi. Je ne voulais surtout pas que tu jettes tes griffes sur lui.

Au moment où elle posa la main sur ses cheveux, des larmes commencèrent à emplir ses yeux, mais elle battit des paupières pour les repousser et retrouver un visage de marbre.

— Il pense qu'il doit me protéger, l'informai-je, principalement parce que je savais que ça l'ennuierait.

À ma grosse déception, elle ne sembla pas plus contrariée que ça. Elle se contenta de hocher la tête d'un air entendu.

— En dépit de son intelligence et de sa maturité, Matthew peut se montrer extrêmement naïf. Il t'a toujours considérée comme un petit chien malade et sans collier qu'il fallait recueillir et aider.

Elle repoussa brusquement une mèche frisée de son front et baissa les yeux.

— Il t'aime uniquement parce qu'il est un homme bon, comme son père d'ailleurs, mais ça a toujours été son point faible.

Puis, elle releva la tête et demanda, un accent d'espoir dans la voix :

— Il vient me voir aujourd'hui ?

— Non.

Cela me fit presque de la peine de le lui dire, mais son sourire plein d'aigreur me rappela vite pourquoi elle était là.

— Tu t'es débrouillée pour le retourner contre moi. Je savais que tu le ferais. Cependant…

Elle haussa les épaules en signe d'impuissance.

— Ça ne rend pas les choses plus faciles, n'est-ce pas ?

— Je ne sais pas.

Je me penchai vers elle.

— Écoute, m… Kim. Je suis là pour une seule raison. Je veux savoir qui je suis. Je veux dire, ce que *tu* crois que je suis, ajoutai-je en me reprenant.

— Tu es une enfant substituée, répondit-elle le plus naturellement du monde. Je suis étonnée que tu ne le saches pas, depuis tout ce temps !

Mon cœur cessa un instant de battre, mais j'essayai de garder une contenance. Je pressai mes mains sur la table pour les empêcher de trembler. Tout était exactement comme je m'y attendais, et peut-être qu'en effet, j'avais toujours su.

Quand Finn me l'avait dit, tout s'était immédiatement éclairé. Mais je ne savais pourquoi le fait de l'entendre de la bouche de Kim faisait paraître les choses si différentes.

— Comment l'as-tu appris toi-même ? demandai-je.

— À l'instant où le médecin t'a déposée dans mes bras, je savais que tu n'étais pas à moi.

Le regard au loin, elle tortillait une mèche de cheveux, en évitant de me regarder.

— Mon mari a refusé de m'écouter. J'ai passé mon temps à lui dire que tu n'étais pas à nous, mais il…

À la pensée douloureuse de cet époux qu'elle avait aimé, sa gorge se serra.

— C'est seulement une fois ici, quand j'ai eu tout le temps d'y repenser, que j'ai compris qui tu étais vraiment.

Elle continua d'une voix encore plus dure, les yeux brillants de conviction.

— J'ai consulté livre après livre pour trouver une explication, et c'est dans un vieil ouvrage consacré aux contes de fées que j'ai enfin compris quel genre de parasite tu es véritablement : une *substituée*.

— Une substituée ?

Je m'efforçai de garder une voix neutre.

— Qu'est-ce que ça signifie ?

— Que crois-tu donc ? décocha-t-elle en me dévisageant comme si j'étais une parfaite imbécile. Substituée ! Tu as été échangée contre un autre bébé ! Mon fils m'a été enlevé et on t'a mise à sa place !

Ses joues s'empourpraient de rage et l'aide-soignant fit un pas vers elle. Elle leva la main et lutta pour tenter de reprendre son sang-froid.

— Mais pourquoi ? émis-je, me rendant soudain compte que j'aurais dû poser cette question à Finn bien avant. Qui pourrait avoir intérêt à cela ? Pourquoi volerait-on ton bébé ? Qu'en a-t-on fait ?

— Je ne sais pas à quel jeu tu joues.

Elle sourit tristement et des larmes emplirent à nouveau ses yeux. Ses mains tremblaient lorsqu'elle toucha ses cheveux et elle fit son possible pour ne pas me regarder.

— Tu sais ce que tu en as fait. Tu le sais bien mieux que moi.

— Non, je ne sais pas !

L'aide-soignant me regarda durement. Je compris qu'il valait mieux faire comme si je ne m'énervais pas. D'une voix calme, je demandai :

— De quoi parles-tu ?

— Tu l'as tué, Wendy ! beugla ma mère.

Elle se pencha vers moi le poing serré et je vis qu'elle faisait un gros effort de volonté pour ne pas me frapper.

— D'abord, tu as assassiné mon fils, ensuite, tu as rendu mon mari fou pour le tuer à son tour. Tu les as *tués* tous les deux.

— Maman… Kim, qu'importe !

Je fermai les yeux en me passant la main sur le front.

— Tout cela n'a aucun sens. Je n'étais qu'un bébé ! Comment aurais-je pu tuer quiconque ?

— Ah oui, et comment as-tu convaincu Matthew de te conduire ici ? interrogea-t-elle les dents serrées, tandis qu'un frisson glacé me parcourait le dos. Il ne t'aurait jamais conduite ici de son plein gré, car il ne voulait pas que tu me voies. Mais il t'a amenée. Que lui as-tu fait dans ce but ?

Je baissai les yeux, incapable de prétendre à la moindre innocence.

— C'est peut-être cela aussi que tu as fait à Michael !

Les poings toujours serrés, les narines dilatées, elle respirait violemment.

— Je n'étais qu'un bébé ! répétai-je sans grande conviction. Je n'aurais pas pu… et même si cela avait été le cas, il aurait fallu qu'il y ait d'autres personnes impliquées. Non, cela, n'explique pas tout ! Pourquoi prendrait-on ton bébé pour me mettre à sa place ?

Elle ignora ma question.

— Tu as toujours été mauvaise. Je l'ai su dès l'instant où je t'ai tenue dans mes bras.

Légèrement calmée, elle s'était reculée sur sa chaise.

— Cela se voyait dans tes yeux. Ils n'avaient rien d'humain. Ils n'étaient ni gentils ni doux.

— Et alors, pourquoi ne pas m'avoir tuée à ce moment-là ? demandai-je de plus en plus hors de moi.

— Tu étais un bébé !

Ses mains tremblaient et ses lèvres se mirent aussi à vibrer frénétiquement. Elle avait perdu l'assurance qu'elle avait en arrivant.

— Oui, enfin, je croyais que tu étais un bébé. Difficile à dire avec certitude.

Elle serra les lèvres pour tenter de retenir ses larmes.

— Mais d'où t'est venue cette certitude? Pourquoi avoir choisi l'anniversaire de mes six ans? Pourquoi ce jour-là? Que s'est-il passé?

— Tu n'étais pas à moi. Je le savais.

Elle s'essuyait les yeux pour éviter de laisser couler des flots de larmes.

— Je l'ai toujours su, mais je ne faisais que penser à ce que ce jour aurait dû être pour moi, entre mon mari et mon fils. Michael aurait dû avoir six ans ce jour-là, pas toi. Et voilà qu'ils étaient morts. J'ai simplement voulu… C'était devenu trop injuste.

Elle inspira profondément et secoua la tête.

— Ça n'est d'ailleurs toujours pas juste.

— J'avais six ans.

Ma voix tremblait. Chaque fois que j'avais pensé à elle, ou à ce qui s'était passé, j'avais toujours été tétanisée, mais pour la première fois, je me sentais réellement blessée et trahie.

— *Six ans*, tu comprends? J'étais une petite fille et tu étais ma mère!

Peu importe d'ailleurs qu'elle l'ait vraiment été ou non. J'étais une enfant et elle avait la charge de mon éducation.

— Je n'ai jamais rien fait à personne. Je n'ai même jamais *rencontré* Michael.

— Tu *mens*, lâcha ma mère entre ses dents. Tu as toujours été une menteuse et un monstre! Et je sais que tu manipules Matthew. Laisse-le tranquille! Il est un bon garçon!

En se penchant, elle avait atteint le centre de la table et m'attrapa le poignet. L'aide-soignant approcha.

— Prends ce que tu veux, prends tout, mais laisse Matthew tranquille !

— Kimberly, allons.

L'aide-soignant mit son bras sur sa main. Elle essaya de se dégager.

— Kimberly !

— Laisse-le tranquille ! hurla-t-elle encore une fois pendant que l'infirmier la tirait en arrière.

Elle se débattait en continuant de crier.

— Tu m'entends, Wendy ? Je sortirai d'ici un jour ! Et si tu as fait du mal à ce garçon, je finirai le travail que j'ai commencé avec toi.

— Ça suffit, cria l'aide-soignant en la sortant de la pièce.

— Tu n'es pas humaine, Wendy, je le sais !

Ce fut la dernière chose que je l'entendis hurler avant qu'on ne l'entraînât hors de ma vue.

Le personnel me laissa seule un moment, pendant que je tentais de retrouver mon souffle et essayais de me calmer. Il était hors de question que Matt me vît dans cet état. Je crus vraiment que j'allais vomir, mais je parvins à me retenir.

Tout était vrai. J'étais une enfant substituée. Je n'étais pas humaine. Elle n'était pas ma mère. Elle était Kim, une femme qui avait perdu pied en comprenant que je n'étais pas son bébé. J'avais été échangée contre son fils, Michael, et je n'avais aucune idée de ce qui lui était arrivé.

Peut-être était-il mort. Peut-être l'avais-je vraiment tué ou que quelqu'un d'autre l'avait fait. Peut-être quelqu'un comme Finn.

Elle était persuadée que j'étais un monstre et je ne pouvais guère affirmer le contraire. Toute ma vie, je n'avais fait que causer de la peine autour de moi. J'avais ruiné la vie de Matt et je continuais de le faire.

Non seulement il avait dû déménager sans cesse à cause de moi et s'inquiéter en permanence de mon sort mais, en plus, je le

manipulais, tout en étant incapable de dire depuis quand j'exer-
çais ce contrôle. Je ne savais pas non plus quelle était la durée de
l'effet de la persuasion.

Il eût sans doute été préférable qu'elle tue l'enfant de six ans
que j'avais été, ou mieux encore, le bébé. Je n'aurais jamais pu faire
de mal à qui que ce soit.

Quand le personnel me raccompagna enfin à la salle d'attente,
Matt se jeta sur moi pour me prendre dans ses bras. Mais j'étais de
marbre, incapable de lui rendre son étreinte. Il m'observa attentivement, pour être certain que tout allait bien. Ayant entendu parler d'une altercation, il était pétrifié à l'idée que quelque chose
avait pu m'arriver. Je me contentai d'opiner et de sortir des lieux
aussi vite que possible.

# CINQ

# Démence

— Alors…

Matt nous reconduisait à la maison. J'appuyais mon front contre la vitre froide de l'auto pour ne pas avoir à le regarder. Je ne lui avais pratiquement pas parlé depuis le départ de la clinique.

— Que lui as-tu dit?

— Des trucs, répondis-je vaguement.

— Non, sérieusement, insista-t-il. Que s'est-il passé?

— J'ai essayé de lui parler, ça l'a exaspérée.

Je soupirai.

— Elle m'a dit que j'étais un monstre, comme toujours. Enfin bon, tu vois le genre.

— Je ne comprends même pas pourquoi tu as voulu la voir. C'est une personne infecte.

— Mais non, elle n'est pas si mauvaise.

Ma respiration avait embué la vitre, sur laquelle je me mis à dessiner des étoiles.

— Elle est vraiment inquiète à ton sujet, tu sais. Elle a peur que je te fasse du mal.

— Cette femme est cinglée, railla Matt. Surtout depuis qu'elle vit là-bas. Mais… tu ne crois tout de même pas ce qu'elle t'a dit, Wendy ? J'espère que tu ne te laisses pas impressionner par ses sorties ?

— Non, mentis-je.

Tirant sur ma manche, j'effaçai les dessins sur la vitre et me redressai.

— Comment le sais-tu ?

— Quoi ?

— Qu'elle est folle, et que… je ne suis pas un monstre ?

Tournant nerveusement la bague autour de mon pouce, je regardai Matt, qui secoua la tête.

— Je suis sérieuse. Et si j'étais vraiment mauvaise ?

Matt mit brusquement son clignotant et gara l'auto sur le côté. La pluie tombait dru sur les vitres pendant que des voitures filaient à toute allure sur l'autoroute. Se tournant vers moi, il posa le bras sur le dossier de mon siège.

— Wendy Luella Everly, il n'y a rien de mauvais chez toi. *Rien*, dit Matt gravement. Cette femme est complètement démente. Je ne sais pas pourquoi elle n'a jamais été une bonne mère pour toi, mais il ne faut pas l'écouter. Elle ne sait pas de quoi elle parle.

— Attends, Matt, réfléchis, dis-je en secouant la tête. J'ai été virée de toutes les écoles. Je suis indisciplinée, râleuse, entêtée et pinailleuse. Je sais bien que toi et Maggie passez votre temps à vous batailler avec moi.

— Cela ne veut pas dire que tu es mauvaise. Tu as eu une enfance *réellement* traumatisante et, même si tu as du mal à te sortir de certaines choses, tu n'es pas mauvaise, insista Matt. Tu es une adolescente déterminée et qui n'a peur de rien. C'est tout.

— Il faudrait quand même, au bout d'un moment, que tout cela cesse pour moi d'être une excuse. Bien sûr qu'elle a essayé de me tuer, mais il faut aussi que je m'assume, en tant qu'individu.

— C'est ce que tu fais! dit Matt en souriant. Depuis que nous avons déménagé ici, ton attitude s'avère très encourageante. Tes notes grimpent, tu te fais des amis. Et même si ça m'inquiète un peu parfois, je sais que c'est bon pour toi. Tu mûris, Wendy, et tu vas voir, ça va aller.

Incapable de trouver quoi que ce soit à répliquer, j'acquiesçai.

— Je sais que je ne le dis pas assez, mais je suis fier de toi, et je t'aime.

Matt se pencha vers moi pour déposer un baiser sur le sommet de mon crâne. Il n'avait pas fait cela depuis que j'étais toute petite, et cela remua quelque chose à l'intérieur de moi. Je fermai les yeux pour ne pas pleurer. Il se redressa sur son siège et me dévisagea.

— OK? Ça va aller maintenant?

— Oui, oui, ça va.

Je m'efforçai de sourire.

— Bien.

Il redémarra et reprit le chemin de la maison.

Même si je posais de gros soucis à Matt et Maggie, je savais que si je partais, cela leur briserait le cœur, et si je m'en allais avec Finn, ce qui était très tentant, ils seraient irrémédiablement blessés. Partir signifierait que je mettrais mes besoins avant les leurs et rester, au contraire, que je les prenais en charge.

Rester serait ma seule façon de leur prouver que je n'étais pas mauvaise.

En arrivant à la maison, je montai dans ma chambre avant que Maggie eût le temps de me parler. Ma chambre me paraissant bien trop calme, je m'emparai de mon iPod pour y choisir des morceaux. Un léger tapotement me détourna de ma recherche, et mon cœur se mit à battre.

Je me dirigeai vers la fenêtre et vis, en tirant le rideau, que la pluie avait cessé et que Finn se tenait accroupi sur le petit toit.

J'eus envie de refermer le rideau et de l'ignorer, mais ses yeux noirs m'en empêchèrent. D'ailleurs, n'était-ce pas l'occasion de lui dire au revoir une fois pour toutes?

— Qu'est-ce que tu fais? me demanda Finn à peine eus-je ouvert la fenêtre.

Il restait sur le toit, mais comme je n'avais pas bougé, il ne pouvait entrer.

— Qu'est-ce que *tu* fais? le contrai-je en croisant les bras.

— Je suis venu vérifier que tu allais bien, dit-il, légèrement inquiet.

— Et pourquoi n'irais-je pas bien?

— Juste une impression que j'ai eue.

Il évitait mon regard, observant derrière lui un homme qui promenait son chien sur le trottoir. Puis, il se tourna vers moi.

— Ça t'ennuie si je rentre pour que nous continuions cette conversation?

— Comme tu voudras.

Je reculai d'un pas en essayant d'avoir l'air aussi décontractée que possible. Mais au moment où il se glissa à l'intérieur et passa près de moi, les battements de mon cœur s'accélérèrent. Quand il fut devant moi, ses yeux sombres posés sur les miens, le monde autour disparut. Je secouai la tête et fis un pas en arrière, pour ne pas me laisser envoûter.

— Pourquoi es-tu revenu à ma fenêtre? demandai-je.

— J'aurais eu du mal à me présenter à la porte. Ce type ne me laisserait jamais entrer pour te parler.

Finn avait sans doute raison. Matt le détestait depuis l'histoire du bal.

— Ce *type* est mon frère et son nom est Matt.

J'étais sur la défensive, me sentant extrêmement protectrice envers Matt, surtout après le soutien qu'il m'avait manifesté à la suite de ma visite à Kim.

— Il n'est pas ton frère, arrête de le considérer comme tel.

Finn inspecta ma chambre du regard avec dédain.

— C'est à cause de tout ça, hein? C'est pour cela que tu refuses de partir?

— Tu ne peux pas comprendre.

Comme pour signifier que c'était toujours bien *ma* chambre, je fis un pas en arrière et m'assis sur le lit.

— Que s'est-il passé ce soir? interrogea Finn, faisant comme s'il n'avait pas remarqué ma méfiance.

— Comment es-tu si sûr qu'il s'est passé quoi que ce soit?

— Tu étais partie, dit-il, sans se soucier du fait que je trouvais gênant qu'il surveille mes allées et venues.

— J'ai vu ma mère. Enfin, bon… la femme censée être ma mère.

Je détestai la façon dont tout cela sonnait. J'avais cru pouvoir lui mentir, mais il en savait bien plus que n'importe qui.

— Comment puis-je la nommer? Existe-t-il un nom pour ce qu'elle est?

— En principe, son prénom devrait faire l'affaire, répliqua Finn.

Je me sentis stupide.

— Ouais, bien sûr.

Je respirai un grand coup.

— Bon, enfin, oui, je suis allée voir Kim.

Je le regardai.

— Que sais-tu d'elle? Je veux dire… Que sais-tu exactement de mon passé?

— Sincèrement, pas grand-chose.

Finn semblait peu satisfait de sa propre ignorance sur le sujet.

— Tu étais insaisissable. C'était plutôt déconcertant.

— Donc, tu ne…

Je me rendis compte sans y croire que j'étais au bord des larmes.

— Elle savait que je n'étais pas sa fille. Quand j'ai eu six ans, elle a essayé de me tuer. Elle m'a toujours dit que j'étais un monstre, que j'étais mauvaise, et moi, je l'ai toujours crue.

— Tu n'es pas mauvaise, affirma Finn avec gravité.

Ce qui déclencha chez moi un sourire, me faisant ravaler ma tristesse.

— Il ne faut pas que tu restes ici, Wendy.

— Mais les choses ont changé, dis-je en secouant la tête et détournant les yeux. Elle ne vit pas ici, et mon frère et ma tante feraient n'importe quoi pour moi. Je ne peux pas juste les quitter comme ça. Je ne le ferai pas.

Finn m'observa attentivement, en essayant de juger si je parlais sérieusement. J'avais horreur de son pouvoir de séduction sur moi et de sa beauté. Ma vie avait beau être en lambeaux, la façon dont il me regardait maintenant ne faisait que faire palpiter mon cœur, et rien d'autre ne comptait.

— Tu te rends compte de ce que tu abandonnes ? me demanda Finn doucement. Cette nouvelle vie aura tellement plus à t'offrir, cent fois plus que tout ce qu'ils peuvent te donner ici. Si Matt savait ce qui t'attend ailleurs, il te pousserait à partir avec moi.

— Exact, il me pousserait s'il pensait que c'est la meilleure solution pour moi. C'est la raison pour laquelle je dois rester.

— Mais moi aussi, je veux ce qu'il y a de mieux pour toi. C'est pourquoi je t'ai retrouvée et c'est pourquoi j'essaie de te ramener.

L'affection implicite contenue dans ses propos me chavira.

— Crois-tu vraiment que je t'encouragerais à revenir à la maison si cela devait te nuire ?

— Je ne crois pas que tu saches ce qui est bon pour moi, rétorquai-je d'un ton aussi détaché que possible.

Il avait réussi à altérer ma vigilance en envoyant des signaux affectueux, mais je devais me rappeler que ceci n'était que le fait de sa mission, comme tout ce qui était en train de se passer. Il devait s'assurer que j'étais en sécurité et me persuader de revenir à la maison, ce qui n'était pas tout à fait pareil que de réellement tenir à *moi*.

— Tu es certaine que c'est ce que tu veux ? me demanda Finn gentiment.

— Absolument.

J'avais l'air plus sûre que je ne l'étais en réalité.

— J'aimerais pouvoir dire que je te comprends, mais je ne peux pas.

Finn soupira en signe de résignation.

— Tout ce que je peux dire, c'est que je suis déçu.

— Désolée, dis-je humblement.

— Tu n'as pas à être désolée.

Il passa la main dans ses cheveux en les repoussant et me regarda à nouveau.

— Je ne retournerai pas à l'école ; cela ne semble plus nécessaire et je ne tiens pas à perturber tes études. Il faut au moins que tu reçoives une éducation.

— Et toi ? Tu n'en as pas besoin peut-être ?

Mon cœur vacilla quand je me rendis compte que je voyais peut-être Finn pour la dernière fois.

— Wendy, dit-il en riant amèrement. Je pensais que tu savais. J'ai vingt ans, mon éducation est faite.

— Mais alors, pourquoi étais-tu… ajoutai-je, tout en comprenant que je connaissais déjà la réponse.

— J'étais là uniquement pour te suivre, ce que j'ai fait.

Finn baissa les yeux et soupira.

— Quand tu changeras d'avis…

Il hésita un instant.

— Je saurai te retrouver.

— Tu t'en vas ? demandai-je en essayant de ne pas montrer ma déception.

— Tu es encore là, alors moi aussi. Du moins pour quelque temps, expliqua Finn.

— Pour combien de temps ?

— Tout dépend… de certaines choses.

Finn secoua la tête.

— Dans ton cas, tout échappe à la norme et il est difficile d'affirmer quoi que ce soit avec certitude.

— Tu prétends toujours que je suis différente. Pourquoi ? À quoi fais-tu allusion ?

— En général, nous attendons que les substitués soient un peu plus âgés pour qu'ils se rendent compte par eux-mêmes qu'ils ne sont pas humains, expliqua Finn. De sorte que, lorsque le pisteur vient les chercher, ils se sentent soulagés et souhaitent partir.

— Pourquoi donc être venu me chercher maintenant ? demandai-je.

— Tu as trop déménagé.

Finn fit un geste vers la maison.

— Nous avons eu peur que quelque chose se passe ici. J'étais là pour te surveiller jusqu'à ce que tu sois prête et je croyais que ça y était.

Il soupira profondément.

— Mais je vois que je m'étais trompé.

— Pourquoi ne pourrais-tu simplement me « persuader » de partir avec toi ? demandai-je, consciente du fait que quelque chose en moi souhaitait qu'il en fût capable.

— Je ne peux pas.

Finn fit un signe de la tête.

— Je ne peux te forcer à venir avec moi. Si telle est ta décision, je dois la respecter.

J'acquiesçai, tout en sachant pertinemment que j'étais en train de refuser la dernière chance de connaître mes véritables parents, l'histoire de ma famille et de passer plus de temps avec Finn. Sans oublier mes dons, comme celui de la persuasion, dont Finn m'avait assurée qu'ils se développeraient davantage en grandissant. Toute seule, j'étais bien persuadée que je ne saurais ni les entretenir ni les comprendre.

Quand nous nous regardâmes à nouveau, j'aurais préféré qu'il ne fût pas si loin de moi, car j'étais en train de me dire qu'il serait agréable de l'embrasser. À cet instant, la porte de ma chambre s'ouvrit.

Matt venait voir si j'allais bien. Dès qu'il aperçut Finn, il fulmina. Je me levai en vitesse pour me mettre en face de Finn et empêcher Matt de faire un geste fatal.

— Matt, tout va bien !

Je levai les mains.

— Non, tout ne va pas bien ! C'est qui celui-là ? gronda Matt.

— Matt, je t'en prie !

Appliquant mes mains sur sa poitrine, je le poussai loin de Finn, mais c'était un peu comme d'essayer de repousser un mur de briques. Je me tournai pour regarder Finn, qui, l'air absent, fixait mon frère.

— Tu ne manques pas de culot ! s'exclama Matt en pointant le doigt vers Finn par-dessus mon épaule.

Il hurlait.

— Elle n'a que dix-sept ans et j'aimerais bien savoir ce que tu fous dans sa chambre ! De toute façon, je te garantis que tu ne la reverras plus !

— Matt, je t'en prie, arrête, l'implorai-je. Il venait juste me dire au revoir. *S'il te plaît !*

— Tu devrais peut-être l'écouter, proposa Finn calmement.

Je savais que son sang-froid ne ferait qu'irriter davantage Matt. Lui aussi avait eu une dure journée, et la dernière chose dont il avait besoin, c'était de trouver à la maison un garçon qui aurait pu souiller sa sœur. Pour toute réaction, Finn restait là, calme et tranquille, alors que Matt aurait voulu le voir terrifié au point de ne plus jamais chercher à m'approcher.

Puis, Matt me bouscula littéralement pour passer, et je tombai. Les yeux de Finn se remplirent de haine, et quand Matt le poussa à son tour, il ne broncha pas. Finn se contenta de regarder mon frère de ses yeux noirs. Je savais que s'ils se battaient, Matt serait le premier à être sérieusement blessé.

— Matt !

Je bondis.

J'avais déjà commencé à murmurer : *Quitte ma chambre. Quitte ma chambre. Il faut que tu te calmes et que tu quittes ma chambre. S'il te plaît.* Mais comme je n'étais pas certaine que ça marche sans le contact des yeux, je le tirai par la manche pour qu'il se retournât vers moi.

Il essaya immédiatement de détourner son regard, mais je l'avais attrapé. Je gardai les yeux fixés sur un point, me contentant de répéter ma litanie en boucle. Son expression finit par s'adoucir et ses yeux s'embuèrent.

Tel un robot, Matt bredouilla :

— Je vais quitter ta chambre maintenant.

À mon grand soulagement, il se retourna, sortit et ferma la porte de ma chambre derrière lui. Comme je n'étais pas sûre qu'il avait avancé très loin dans le couloir et que je ne connaissais pas la durée de la persuasion, je m'adressai rapidement à Finn.

— Tu dois partir, insistai-je à bout de souffle, mais son expression était maintenant bien plus troublée.

— Ça lui arrive souvent ? demanda-t-il.

— Quoi ?

— De te bousculer comme ça. Ce garçon a visiblement un problème.

Finn regardait d'un air furieux la porte que Matt venait de refermer.

— Il est colérique et instable. Tu ne devrais pas rester sous le même toit que lui.

— Ouais, bon. Et vous, vous devriez faire un peu plus attention à qui vous confiez vos bébés, grommelai-je en me dirigeant vers la fenêtre. Comme je ne sais pas combien de temps nous avons devant nous, je préfère que tu files.

— Il ne faudrait jamais plus qu'il puisse entrer dans ta chambre, dit Finn gravement. Je suis sérieux, Wendy. Je ne veux pas te laisser seule avec lui.

— Sauf que tu n'as pas vraiment le choix ! dis-je, énervée. Matt n'est généralement pas comme ça, il ne me ferait jamais de mal. C'est juste qu'il a eu une *très* mauvaise journée et qu'il t'en veut de m'avoir importunée. D'ailleurs, il n'a pas tort.

La panique commençant à se dissiper, je me rendis compte que je venais d'utiliser à nouveau la persuasion contre Matt. J'en eus la nausée.

— Je *déteste* lui faire ça. Ce n'est pas juste et ce n'est pas bien.

— Je suis désolé.

Finn me regardait avec sincérité.

— Je sais que tu as fait ça pour le protéger. C'est ma faute, je n'aurais pas dû résister, mais quand j'ai vu comment il t'a poussée…

Il hocha la tête.

— Mes instincts ont repris le dessus.

— Il ne me fera pas de mal, l'assurai-je.

— Pardon pour les ennuis que je t'ai causés.

Finn jeta à nouveau un coup d'œil vers la porte et je voyais bien qu'il n'avait aucune envie de s'en aller. En se retournant vers moi, il soupira. Il était probablement en train de lutter contre son envie de me jeter sur son épaule pour m'enlever. Au lieu de cela, il franchit la fenêtre et se laissa glisser jusqu'au sol.

Ensuite, il tourna le coin de la maison des voisins et disparut. Je continuai de le chercher du regard, espérant que tout ceci n'était pas un adieu.

La terrible vérité était que j'étais terriblement triste de le voir s'en aller. Pour finir, je fermai la fenêtre et tirai les rideaux.

Après le départ de Finn, je trouvai Matt assis dans l'escalier, l'air stupéfié et vexé. Il aurait voulu m'enguirlander au sujet de Finn, mais il ne comprenait pas vraiment ce qui s'était passé. Le mieux que j'en retirai, ce fut qu'il finit par jurer de tuer Finn s'il s'approchait de moi et je fis comme si je trouvais que c'était une excellente idée.

Dans les jours qui suivirent, les journées à l'école n'en finissaient plus de ne pas finir. Ce qui n'arrangeait rien, c'était que je ne faisais que chercher Finn du regard. Quelque chose en moi trouvait que la semaine passée avait été un cauchemar, mais que Finn aurait encore dû se trouver ici à me dévisager comme il l'avait toujours fait.

Qui plus est, je continuais d'avoir le sentiment que j'étais observée. Mon cou me démangeait exactement comme il l'avait fait lorsque Finn m'observait trop longtemps, mais dès que je me retournais, il n'y avait personne. En tout cas, personne digne d'intérêt.

À la maison, j'étais distraite et mal à l'aise. Tôt jeudi soir, je m'excusai de ne pas avoir envie de dîner et montai dans ma chambre. Je jetai un coup d'œil derrière les rideaux, espérant apercevoir Finn rôder dans le secteur. Pas de chance, il n'y était pas. Chaque fois que je le cherchais du regard et ne le trouvais pas, mon cœur me faisait un peu plus mal.

Je me tournai et me retournai toute la nuit, essayant de ne pas me demander si Finn pouvait encore se trouver dans le coin. Il avait clairement dit qu'il mettrait bientôt fin à sa mission et partirait.

Je n'étais pas prête pour ça. L'idée qu'il s'en allât sans que j'en fisse autant ne me plaisait pas.

Vers cinq heures, je renonçai finalement à l'idée de dormir. Je regardai à nouveau par la fenêtre. Cette fois, il me sembla voir quelque chose. Rien de plus qu'une ombre en fuite à peine perceptible, mais pour moi, c'était assez pour me persuader qu'il était là, dehors, toujours en train de se cacher.

Pour être certaine qu'il n'était pas définitivement parti, il suffisait que je sortisse lui parler. Je ne songeai même pas à ôter mon pyjama ou à m'attacher les cheveux.

Je sautai vivement sur le petit toit pour essayer d'attraper la branche afin de glisser, comme Finn, jusqu'au sol. Mais à peine m'étais-je agrippée que mes doigts lâchèrent et que je tombai lourdement sur le dos. L'air jaillit brutalement de mes poumons, ce qui me fit tousser douloureusement.

J'aurais aimé rester allongée ainsi dix bonnes minutes, en attendant que la douleur passât, mais j'avais peur que Matt ou Maggie aient entendu ma chute. Je me relevai délicatement et contournai les haies vers la maison des voisins.

La rue était complètement déserte. J'entourai mon buste de mes bras pour me protéger du froid pénétrant et observer autour de moi. Je *savais* qu'il s'était trouvé ici. Qui d'autre aurait pu se balader dans le secteur juste avant l'aube ? Ma chute l'avait peut-être effrayé et il avait pu penser qu'il s'agissait de Matt.

Je décidai de descendre la rue un peu plus pour examiner chacun des jardinets, à la recherche d'un traqueur dissimulé. Mon dos me faisait mal à cause de cette chute et mon genou avait l'air un peu tordu. Et voilà que je boitais, en pyjama, à cinq heures, dans ma rue ! J'avais vraiment perdu l'esprit.

Puis, j'entendis quelque chose. Des pas ? Aucun doute, quelqu'un me suivait, et à en croire le frisson glacé qui me parcourait le dos, ça n'était pas Finn. Difficile d'expliquer pourquoi j'en étais si convaincue, mais c'était ainsi. Je savais que ce n'était pas lui. Lentement, je me retournai.

# SIX

# Monstres

Une fille se tenait à quelques mètres derrière moi. À la lueur des lampadaires, elle semblait ravissante. Ses courts cheveux bruns étaient hérissés. Elle portait une mini-jupe et un manteau de cuir noir qui lui descendait jusqu'aux mollets. Quand un petit coup de vent releva sa veste vers l'arrière, elle me fit penser à quelque vedette, sortie tout droit de *La Matrice*.

Mais la chose qui attira le plus mon attention fut qu'elle était nu-pieds.

Comme elle me dévisageait, j'eus le sentiment que je devais lui parler.

— OK…. Hum, je vais rentrer à la maison maintenant.

— Wendy Everly, tu ferais mieux de venir avec nous, dit-elle avec un sourire malicieux.

— Nous ? demandai-je, mais je le sentis derrière moi.

Je ne sais pas où il se trouvait juste avant, mais je sentis soudain sa présence derrière moi. Je regardai par-dessus mon épaule et vis qu'un homme grand, aux cheveux noirs plaqués en arrière, m'observait. Il portait le même manteau que la fille et je trouvais sympa qu'ils portent des vêtements assortis, comme le duo d'une brigade antigang.

Quand il me sourit, je compris que j'étais dans le pétrin.

— C'est vraiment sympa de votre part, mais ma maison est à deux pas d'ici.

Je la montrai du doigt, comme si je ne savais pas qu'ils connaissaient mon adresse.

— Je crois qu'il vaut mieux que je rentre avant que mon frère ne se mette à me chercher partout.

— Tu aurais dû y penser avant de quitter la maison, non ? suggéra le type derrière moi.

Je voulus faire un pas en avant pour m'éloigner de lui, mais me dis que cela risquait au contraire de l'encourager à se jeter sur moi. Je pouvais assurément affronter la fille, mais lui, je n'en étais pas certaine. Il mesurait au moins quarante centimètres de plus que moi.

— Vous êtes des pisteurs ? demandai-je.

Quelque chose dans leur façon de me dévisager me rappelait Finn, le Finn du début, surtout.

— Tu es une rapide, hein ?

La fille sourit encore plus, ce qui ne me rassura pas du tout.

C'étaient des pisteurs, mais sans doute pas de la même sorte que Finn. Peut-être étaient-ils des chasseurs de prime, ravisseurs ou simplement amateurs de filles à découper et à jeter en morceaux dans un fossé. La peur me saisit, mais je tâchai de n'en rien montrer.

— Eh bien, les amis, ce fut un plaisir, mais là, je dois me préparer pour l'école. Grosse journée d'examens, vous voyez le genre…

Je fis un pas en arrière, mais la main du type agrippa mon bras en me faisant mal.

— Ne l'abîme pas, insista la fille, les yeux écarquillés. Nous ne devons pas la blesser.

— Ouais, vas-y doucement, lançai-je en essayant de retirer mon bras de l'emprise qu'il refusait de desserrer.

J'étais bien décidée à ne pas les suivre là où ils voulaient m'emmener. Et puisqu'ils avaient des instructions de ne pas me blesser, cela me donnait un avantage sur eux. Il me suffisait de dépasser une ou deux maisons, et je serais devant la nôtre, où Matt cachait un fusil sous son lit.

Je donnai un coup de coude aussi puissant que possible dans l'estomac du gars. Il toussa très fort en se courbant, mais ne lâcha pas mon bras pour autant. Je lui envoyai un autre coup dans le tibia, prête à mordre ensuite la main qui m'agrippait.

Il hurla de douleur. La fille sauta en face de moi. Comme il m'avait lâchée, elle essaya de m'attraper, mais je lui filai un coup de poing. Elle l'esquiva, si bien que mon poing ne fit que lui cogner l'épaule.

Je perdis l'équilibre, ce qui permit au type de m'attraper par la taille. Je hurlai, le frappant de mes poings aussi fort que je pouvais. Apparemment lassé, il me lâcha brusquement sur le sol.

Je me relevai aussitôt. M'attrapant à nouveau par le bras, il me fit pivoter pour que je me retrouvasse face à lui, leva la main et me gifla de toutes ses forces. On ne m'avait jamais giflée ainsi. Tout devint blanc et mes oreilles se mirent à tinter. Il me lâcha encore. Cette fois, je tombai en arrière, sur l'herbe.

— Je t'avais dit de ne pas lui faire de mal, siffla la fille.

— Je ne l'ai pas blessée, je l'ai juste domptée, grogna le type. Et si elle se rebiffe à nouveau, je la dompterai encore, mais plus fermement cette fois.

À cause de ma chute, j'avais mal au cou et à la mâchoire. Quelque chose m'élançait derrière l'œil gauche, mais j'essayai de me relever. La fille me repoussa, pas trop fort pour que je ne me blessasse, mais suffisamment pour que je retombasse.

Je gisais sur le dos et regardais le ciel quand j'aperçus du coin de l'œil une lampe s'allumer dans une maison derrière moi. Nous avions fait assez de vacarme pour alerter le voisinage, même si nous nous trouvions un peu trop loin de la maison pour réveiller Matt.

J'ouvris la bouche pour crier et demander de l'aide, mais le gars comprit ce que je voulais faire. Un son à peine plus fort qu'un léger jappement sortit de ma bouche tandis que je sentais le pied du gars appuyer sur ma gorge.

— Si tu fais le moindre bruit, tu sentiras encore mieux mon pied ! menaça le type. Je n'ai peut-être pas le droit de te tordre le cou, mais rien ne m'empêche de te donner envie de mourir.

Respirant à peine, je m'accrochai à ce pied pour tâcher de le repousser. Quand il me demanda si je promettais d'être gentille, je hochai désespérément la tête. J'aurais accepté n'importe quoi pour pouvoir respirer à nouveau.

Il fit un pas en arrière et je haletai, avalant l'air par grandes bouffées, ce qui me brûlait la gorge.

— Emmenons-la à la voiture et c'est tout, lança la fille d'un ton exaspéré.

Quand il se baissa pour essayer de me soulever, je frappai ses mains avec mes pieds. Je n'essayais pas vraiment de le frapper, mais prenant appui sur le sol, j'avais relevé les jambes pour le repousser s'il approchait.

Pour toute réponse, il m'envoya un si grand coup dans le mollet que je ressentis une violente crampe qui me fit grincer des dents. Il mit ensuite son genou sur mon estomac, me plaquant solidement au sol pour m'empêcher de me débattre.

Quand il essaya de m'attraper, je le repoussai des mains. Il agrippa alors mes poignets d'une seule main en les tenant fortement ensemble.

— Ça suffit, ordonna-t-il.

Comme je m'efforçais de libérer mes mains, il resserra si fortement sa pression que j'eus l'impression que mes os allaient craquer.

— Arrête ça. Nous t'emmènerons de toute façon, que tu le veuilles ou non.

— Que tu crois! aboya Finn, surgissant de nulle part.

Je tordis le cou pour l'apercevoir. De ma vie, je n'avais jamais été aussi heureuse de revoir quelqu'un.

— Oh, zut, dit la fille en soupirant. Si tu n'avais pas passé ton temps à te bagarrer avec elle, il y a belle lurette que nous serions loin d'ici!

— Hé, c'est elle qui se battait, pas moi, répondit le type.

— À mon tour maintenant! gronda Finn en le dévisageant. Lâche-la! *Tout de suite!*

— Hé, Finn, nous pourrions peut-être causer de cela un peu?

La fille essaya le coup de la séduction en approchant de Finn et en jouant de ses charmes, mais il ne la regardait même pas.

— Je connais ton sens du devoir, mais nous devrions pouvoir arriver à un consensus, non?

Elle fit un pas de plus vers lui, et il la repoussa si fort qu'elle trébucha et tomba en arrière.

— Je déteste devoir me battre avec toi, Finn.

Le gars lâcha mes mains et retira son genou de mon plexus. Je saisis l'occasion pour lui balancer un coup de pied dans les parties et, par réflexe, il se retourna vers moi pour me flanquer une autre méchante gifle.

Avant même que j'eusse le temps de m'en prendre à lui, Finn s'était jeté sur lui. Comme j'avais roulé sur le côté en protégeant mon visage blessé d'un éventuel nouveau coup, je ne vis qu'une partie de ce qui se passait.

Mon attaquant était parvenu à se redresser et j'entendis les coups que Finn lui envoyait. La fille sauta sur le dos de Finn pour l'arrêter, mais il lui balança un grand coup de coude au visage. Elle s'effondra en se tenant le nez, qui commençait à saigner.

— OK, c'est bon! cria le gars, qui s'était accroupi en se protégeant le visage de ses bras, pour éviter les coups. Ça va! Nous partons.

— C'est ça, foutez le camp en vitesse, hurla Finn. Et que je ne vous revoie plus près d'elle, sans quoi je vous tue!

Le type s'approcha de la fille pour l'aider à se relever. Ils coururent jusqu'à un VUS noir garé en bas de la rue. Finn, planté devant moi sur le trottoir, ne les perdit pas des yeux tant qu'ils n'eurent pas démarré et accéléré pour filer.

Un peu plus tard, il s'agenouilla près de moi et posa la main sur ma joue, là où j'avais été giflée. Comme la peau était meurtrie à cet endroit, cela me fit un peu mal, mais je me gardai bien de le montrer. Sa main était trop douce pour être repoussée.

Alors qu'il me regardait, ses yeux noirs étaient peinés. Ce qui venait de se dérouler avait beau avoir été épouvantable, je n'aurais échangé ce moment contre rien au monde, car il aboutissait à cet instant où Finn me touchait et me regardait de cette façon.

— Pardon d'avoir mis autant de temps.

Il serrait les lèvres, visiblement désolé de n'être pas arrivé assez tôt.

— Je dormais et je ne me suis réveillé que lorsque j'ai entendu tes cris de détresse.

— Tu dors tout habillé ? lui demandai-je en regardant ses jeans foncés et sa chemise à moitié ouverte.

— Ça m'arrive.

Finn ôta sa main de mon visage.

— Je savais que quelque chose allait se produire aujourd'hui. Je le sentais, mais je ne savais pas en quoi ça consisterait, d'autant que je ne pouvais rester aussi près de toi que je le souhaitais. Je n'aurais jamais dû m'endormir, voilà tout.

— Tu ne peux pas t'en vouloir. Tout est ma faute, je n'aurais jamais dû sortir de ma chambre.

— Qu'est-ce que tu fais là, d'ailleurs ?

Finn me regardait d'un drôle d'air et je détournai les yeux, plus qu'embarrassée.

— J'ai cru te voir, admis-je doucement.

Son visage s'assombrit.

— J'aurais dû être là, avoua-t-il, comme pour lui-même.

Puis, il se releva et me tendit la main pour que je me relevasse. La douleur me fit un peu grimacer, mais je fis comme si de rien n'était.

— Tu te sens bien?

— Ouais, ça va, répondis-je en me forçant à sourire. Un peu fourbue, mais ça va.

Il toucha ma joue à nouveau, juste du bout des doigts, et de nouveaux frissons m'envahirent. Il examina ma blessure avec attention et reposa ses incroyables yeux noirs sur moi. À cet instant, je compris que j'étais officiellement tombée amoureuse de lui.

— Tu vas avoir un bleu, murmura Finn en baissant la main. Désolé.

— Ce n'est pas ta faute, insistai-je. C'est moi, j'ai été idiote, j'aurais dû savoir…

Sur le point de dire que j'aurais dû savoir que c'était dangereux, je m'interrompis. Car franchement, comment aurais-je pu m'en douter? Je n'avais pas la moindre idée de qui étaient ces gens.

— Qui étaient-ils? Que me voulaient-ils?

— Des Vittras, grommela Finn en regardant vers le bas de la rue, comme s'ils pouvaient réapparaître en entendant leur nom.

Il se redressa en scrutant l'horizon, puis il déposa sa main sur le creux de mes reins pour me faire avancer un peu plus loin.

— Viens, allons-y, je t'expliquerai tout cela dans la voiture.

— La voiture?

Je m'immobilisai. Il pressa sa paume plus fort sur mon dos avant de comprendre que je n'irais nulle part. Sa main resta figée et je dus faire un effort pour ignorer le plaisir que j'éprouvais.

— Je ne monterai dans aucune voiture. Je dois retourner à la maison avant que Matt ne se rende compte que je suis sortie.

— Tu ne peux pas y retourner, dit Finn fermement. Pardon, je sais que cela va à l'encontre de tes souhaits, mais tu ne seras plus en sécurité chez toi. Les Vittras t'ont trouvée. Je ne te laisserai pas ici.

— Je ne comprends pas qui sont ces Vittras, et Matt…

Mal à l'aise, je me retournai pour regarder la maison.

Matt était incontestablement costaud, mais face à un gars comme celui qui m'avait attaquée, je n'étais pas certaine qu'il fût à la hauteur. Et même si c'était le cas, je ne voulais pas que ces individus entrent chez nous. Si quoi que ce soit devait arriver à Matt ou à Maggie à cause de moi, je ne me le pardonnerais jamais.

Au passage d'une voiture de police, des rayons lumineux rouges et bleus balayèrent le quartier. En m'entendant me battre contre les pisteurs, des voisins avaient dû appeler les flics. Cela ne leur avait apparemment pas paru assez inquiétant pour qu'ils mettent leur sirène en route, mais les gyrophares éclairaient le pâté de maisons.

— Wendy, il faut partir en vitesse, insista Finn.

L'arrivée de la police l'inquiétait. Je hochai la tête et acceptai de le suivre.

Il était apparemment accouru à mon secours ce matin, car sa voiture était toujours garée chez lui à deux pâtés de maisons. Nous nous élançâmes, mais la voiture de police approchant, nous dûmes nous cacher derrière un appentis.

— Tout ça va briser le cœur de Matt, murmurai-je tandis que nous attendions que passe la voiture.

— Il ne désire rien d'autre que de te savoir en sécurité, m'assura Finn.

Et il avait raison, sauf que Matt ne saurait pas si j'étais en sécurité. Il ne saurait rien de moi.

Une fois persuadé que la voie était libre, Finn me fit sortir de notre cachette et nous courûmes vers sa voiture.

— Tu as un téléphone mobile ? demandai-je.

— Pourquoi ?

Finn continuait de regarder tout autour pendant que nous approchions de l'auto. Il sortit les clés de sa poche et, avec la commande à distance, ouvrit les portes.

— Je dois appeler Matt pour lui dire que je vais bien, dis-je pendant que Finn me tenait la porte du passager.

Dès qu'il fut assis au volant, je me tournai vers lui.

— Alors ? Je peux l'appeler ?

— Tu y tiens vraiment ? demanda Finn en faisant démarrer la voiture.

— Bien sûr ! Qu'est-ce que ça a de si surprenant ?

Finn passa la première et la voiture fila. Toute la ville était encore endormie, excepté nous et les voisins que nous avions réveillés. Il me regarda, perplexe, puis mit la main dans sa poche pour en retirer son cellulaire.

— Merci, dis-je avec gratitude en lui souriant.

En composant le numéro, mes mains tremblaient et je me sentais mal. Je plaçai le téléphone près de mon oreille pour l'entendre sonner et tâchai de ralentir ma respiration.

— Allô ? répondit Matt à moitié endormi.

Il ne s'était visiblement pas encore levé et ne devait donc pas savoir que j'étais partie. Je me demandai si cela valait mieux ainsi.

— Allô ? Qui est-ce ?

Je fermai les yeux et pris une inspiration profonde.

— Matt ?

— Wendy ?

Instantanément, la voix de Matt parut éveillée sous le coup de la panique.

— Où es-tu ? Que se passe-t-il ? Ça va ?

— Oui, oui, je vais bien.

Ma joue me faisait toujours mal, mais j'allais bien. Même si je ne comptais pas le faire, il était évident que je n'allais pas tout lui raconter.

— Euh, j'appelle parce que… je m'en vais. Et je voulais que tu saches que je vais bien.

— Que veux-tu dire par « je m'en vais » ? demanda Matt.

Je l'entendis ouvrir sa porte, puis je perçus le claquement de la porte de ma chambre, poussée précipitamment.

— Où es-tu, Wendy ? Tu vas rentrer à la maison tout de suite !

— Je ne peux pas, Matt.

Je me frottai le front, tout juste capable de laisser échapper un souffle.

— Pourquoi ? Tu es avec quelqu'un ? Finn t'a-t-il embarquée ? interrogea Matt.

J'entendais Maggie poser des questions en arrière-plan. Il avait dû la réveiller avec tout ce boucan.

— Je tuerai ce petit salopard s'il ose mettre la main sur toi !

— Ouais, je suis avec Finn, mais ce n'est pas ce que tu crois, dis-je d'une voix enrouée. J'aimerais pouvoir t'expliquer, mais je ne peux pas. Il prend soin de moi, ne t'en fais pas. Il fait tout pour que je sois en sécurité.

— En sécurité par rapport à quoi ? lâcha Matt. Je prends soin de toi. Pourquoi fais-tu cela ?

Il inspira profondément, essayant de se calmer.

— Si nous avons mal fait les choses, nous pouvons changer ça, Wendy. Mais il faut que tu reviennes tout de suite.

Sa voix, qui se fêlait, me brisait le cœur.

— S'il te plaît, Wendy.

— Tu n'as rien fait de mal.

Des larmes coulaient en silence sur mon visage tandis que ma gorge se serrait.

— Tu n'as rien fait. Il ne s'agit ni de toi ni de Maggie, crois-moi. Je vous aime tous les deux et je vous emmènerais avec moi si je le pouvais. Mais je ne peux pas.

— Pourquoi dis-tu continuellement que tu ne peux pas ? Est-ce qu'il te force ? Dis-moi où tu es, que j'appelle la police.

— Il ne me force pas, Matt.

Je soupirai en commençant à me demander si cet appel était une bonne idée.

— N'essaie pas de me retrouver, je t'en prie. Tu ne pourrais pas et je ne le souhaite pas. Je voulais juste que tu saches que je vais bien, que je t'aime et que tout ce que tu as fait pour moi était bien, OK? Je veux simplement que tu sois heureux.

— Wendy, pourquoi me parles-tu comme ça?

Matt semblait plus inquiet que jamais. Je ne pouvais en être sûre, mais j'avais l'impression qu'il commençait à pleurer.

— Tu parles comme si tu savais que tu ne reviendras jamais. Tu ne peux pas partir pour toujours. Tu… Si quelque chose ne va pas, je peux m'en occuper. Je ferai tout ce qu'il faut, mais reviens, Wendy.

— Pardon, Matt. Je ne peux pas.

J'essuyai mes yeux.

— Je te rappellerai, si je peux. Et même si je ne pouvais pas, ne t'inquiète pas. Je vais bien.

— Wendy! Arrête de parler ainsi! hurla Matt. Reviens, reviens à la maison! Wendy!

— Au revoir, Matt.

Je raccrochai tandis qu'il continuait de crier mon nom.

Je respirai profondément, essayant de me convaincre que c'était la seule chose à faire, puisque c'était la seule façon de les tenir à l'écart et en sécurité. C'était également mieux ainsi pour moi, ce que Matt voulait, de toute façon.

S'il pouvait savoir ce qui se passait, il serait entièrement d'accord avec moi, même si cela ne changeait rien au fait que c'était une véritable torture de lui dire au revoir de cette façon. Entendre sa douleur et sa frustration si clairement au téléphone…

— Hé, Wendy, tu as fait ce qu'il fallait, me rassura Finn.

Je me contentai de renifler.

Il se pencha vers moi et me prit la main, la serrant légèrement dans la sienne. Ordinairement, cela m'aurait ravie, mais à cet instant précis, je dus prendre sur moi pour ne pas éclater en sanglots et vomir. J'essuyai mes larmes, incapable pourtant d'en arrêter le flot.

Finn arrêta la voiture sur le côté de la route.

— Viens ici, dit-il gentiment.

Plaçant son bras autour de mon cou, il m'attira contre lui. Je laissai tomber ma tête sur son épaule et il me serra contre lui.

# SEPT

# Förening

Après avoir inspiré profondément, je parvins à ne plus pleurer. Même si les bras de Finn ne m'entouraient plus, il était assis tout près et nos bras se touchaient. Au moment où je le regardai, semblant s'en apercevoir soudain, il éloigna son bras du mien.

— Qu'est-ce qu'il y a ? demandai-je. Qui sont ces gens ? Pourquoi avons-nous dû fuir ?

Finn m'observa un instant et soupira.

— L'explication serait longue et tout ceci te sera mieux expliqué par ta mère.

— Ma mère ?

Je ne comprenais pas ce que Kim pouvait savoir de tout cela, puis je compris qu'il voulait parler de ma *vraie* mère.

— Nous allons la voir ? Où est-elle ? Où allons-nous ?

— Förening, expliqua Finn. C'est là que je vis… là où tu vas vivre aussi.

Il me sourit légèrement avec l'espoir de diminuer mes inquiétudes et, en effet, cela fonctionna, un peu.

— Malheureusement, il nous faut encore rouler environ sept heures.

— Où est-ce donc ?

— Dans le Minnesota, le long du fleuve Mississippi, dans un endroit très retiré.

— Mais c'est quoi, ce Förening où nous allons ? lui demandai-je en le regardant.

— Un genre de ville, répondit Finn. Nous la considérons plutôt comme une grande enclave, un peu comme le domaine des Kennedy. Un genre de gigantesque quartier sécurisé, en fait.

— Mais il y a aussi des gens qui y vivent ? Je veux dire, des humains ?

Je me demandais encore si je pourrais y faire venir Matt.

— Pas exactement au sens où tu l'entends.

Il hésita avant de continuer et me regarda du coin de l'œil.

— N'y vivent que des Trylles, des pisteurs et des mänskligs. Nous sommes à peu près cinq mille en tout, avec des stations-services, une épicerie et une école. Une petite communauté très calme, en somme.

— Mon Dieu ! m'exclamai-je les yeux écarquillés. Tu veux dire que c'est uniquement une ville de… trolls ? En plein Minnesota ? Et que personne ne l'a jamais remarquée ?

— Nous vivons très discrètement, répéta Finn. Nous savons comment éviter de nous faire remarquer.

— On dirait un genre de mafia ton truc, commentai-je.

Finn eut un drôle de sourire en coin.

— Est-ce que vous commettez des meurtres ou quoi ?

— La persuasion est un don extrêmement puissant.

Son sourire disparut.

— Tu as ce talent ? demandai-je prudemment.

Quelque chose semblait l'avoir énervé, et comme je m'y attendais, il secoua la tête.

— Pourquoi pas ?

— Je fais partie des pisteurs, et nos aptitudes sont différentes.

Il me regarda brièvement et, comprenant que j'allais poser d'autres questions, il préféra les devancer.

— Évidemment, elles sont plus adaptées à ce que nous avons à faire. La persuasion n'est pas forcément ce qu'il y a de plus utile dans notre domaine.

— Qu'est-ce qui est utile? insistai-je, en soupirant avec lassitude.

— Difficile à expliquer. Ce ne sont pas vraiment des dons au sens strict du terme.

Il fit une drôle de moue et gigota sur son siège.

— Il s'agit plus d'instinct, d'intuition. Un peu comme un limier qui suivrait une odeur, sauf que moi, ce n'est pas exactement ça que j'ai à suivre.

Il me regarda pour voir si je comprenais, mais je le dévisageais, ahurie.

— Par exemple, le jour où tu as rendu visite à cette femme récemment (cette femme étant la personne que, jusqu'ici, j'avais prise pour ma mère), je savais que tu étais loin et que quelque chose te bouleversait.

— Tu es capable de savoir quand je suis bouleversée? Même quand tu n'es pas avec moi?

Finn acquiesça.

— Tant que je suis en train de te suivre, oui.

— J'avais cru t'entendre dire que tu n'étais pas un devin, maugréai-je. Être capable de connaître mes sentiments me semble plutôt du domaine de la voyance

— Non, j'ai dit que je ne pouvais pas lire dans les pensées, et c'est vrai.

Avec un soupir d'exaspération, il ajouta :

— Je ne sais jamais ce que tu penses. Je ne sais même pas ce que tu ressens, poursuivit-il, sauf la détresse et la peur. Il faut que je sois au courant d'une situation particulière pour pouvoir t'aider, sans quoi je ne peux rien pour toi. Mon boulot consiste à veiller sur toi pour te ramener saine et sauve à la maison.

— De quelle façon sais-tu comment suivre des personnes comme moi ? Je veux dire, avant de nous trouver ?

— Chacune de vos mères possède des objets vous ayant appartenu bébé, une mèche de cheveux, la plupart du temps, développa Finn. À partir d'un tel objet, j'éprouve quelque chose. Généralement, vos vrais parents ont une idée de l'endroit où vous pouvez vous trouver. Une fois non loin de vous, je commence à vous percevoir vraiment, et voilà.

Une curieuse sensation de chaleur emplit ma poitrine. Ma mère avait des choses m'ayant appartenu. Kim n'avait jamais gardé quoi que ce soit me concernant, mais quelqu'un d'autre l'avait fait, quelqu'un qui avait gardé une mèche de mes cheveux à ma naissance, et l'avait conservée pieusement toutes ces années.

— C'est pour ça que tu me dévisageais constamment ? Tu ressentais cette… cette perception ?

Je me souvins de ses yeux continuellement posés sur moi et du fait que je ne parvenais pas à saisir d'expression dans son regard.

— Oui.

Quelque chose me surprit dans sa réponse, non qu'il mentait, mais il y avait quelque chose qu'il ne me disait pas. J'eus envie de le pousser dans ses retranchements, cependant il y avait tant d'autres questions à élucider.

— Bon, alors… Combien de fois as-tu fait cela ?

— Tu es ma onzième.

Il observa ma réaction. Je m'efforçai de garder un visage impassible.

J'étais pourtant intriguée par sa réponse. Tout ça avait l'air d'une mission si longue et qui prenait tant de temps, juste pour un seul résultat. Il me semblait vraiment jeune pour avoir accompli cela onze fois. Il était en outre assez troublant de penser que, d'une manière générale, il y avait autant d'enfants substitués.

— Depuis quand fais-tu cela?

— Depuis l'âge de quinze ans, répondit Finn.

— Quinze ans? Vraiment? dis-je en hochant la tête. Tu voudrais me faire croire qu'à l'âge de quinze ans, tes parents t'ont envoyé dans le monde chercher des enfants? Et ces enfants, comme par hasard, t'ont fait confiance et t'ont cru?

— Je suis très fort pour ça, répondit Finn comme si de rien n'était.

— Quand même, cela me paraît invraisemblable.

Je ne parvenais à embrasser cette idée.

— Et ils sont tous revenus avec toi?

— Évidemment, dit-il simplement.

— C'est ce qu'ils font toujours? Je veux dire, avec tous les pisteurs?

— Non, pas toujours; souvent, mais pas toujours.

— Mais avec toi, oui? insistai-je.

— Oui.

Finn me regarda à nouveau.

— Pourquoi trouves-tu cela si difficile à croire?

— Je trouve tout ceci difficile à croire.

J'essayais de mettre le doigt sur ce qui me gênait.

— Attends. Tu avais quinze ans, OK? Ce qui veut dire que tu n'as jamais été… Tu n'as pas été un substitué toi-même. Ainsi donc, tous les Trylles n'ont pas commencé leur vie en tant qu'enfants substitués, c'est ça? Sinon, c'est quoi le truc?

— Les pisteurs ne sont jamais des enfants substitués.

Il se frotta la nuque et se pinça les lèvres.

— Je crois qu'il vaut mieux que ce soit ta mère qui t'explique tout ça.

— Mais comment se fait-il que les pisteurs ne soient pas des substitués?

— Nous passons notre vie à être entraînés à cela, dit Finn. Et puis la jeunesse est un atout. Il est bien plus facile d'entrer en contact avec un adolescent lorsque nous sommes nous-mêmes adolescents qu'à l'âge de quarante ans.

— En définitive, tout ce que tu fais repose principalement sur la confiance.

Je le regardais maintenant avec suspicion.

— Oui, en effet, admit-il.

— Alors, au bal, quand tu t'es comporté avec moi comme un salopard, c'était pour établir la confiance ?

L'espace d'une demi-seconde, je le sentis blessé, puis son habituelle expression impassible reprit le dessus.

— Non. À ce moment-là, je cherchais à mettre une distance entre nous. Je n'aurais pas dû t'inviter à danser et je tâchais seulement de corriger cette erreur. J'avais besoin que tu me fasses confiance, c'est tout. Toute autre interprétation de ta part aurait été de trop.

Ainsi donc, tout ce qui avait pu se passer entre nous était uniquement dû au fait qu'il devait me ramener à l'enclave. Il avait veillé sur moi, s'était débrouillé pour que je le trouve sympathique, et quand il avait compris que je m'attachais un peu trop, il avait essayé de me remettre à ma place. Voilà qui faisait mal. La gorge serrée, je tournai la tête pour regarder par la fenêtre.

— Pardon de t'avoir blessée, dit Finn doucement.

— Ne t'en fais pas pour moi, répliquai-je froidement. Tu ne faisais que ton boulot.

— Je vois bien que tu es sarcastique, mais c'est vrai que je faisais mon travail.

Il marqua une pause.

— Et je suis toujours en train de le faire.

— Eh bien, on peut dire que tu es doué.

Je croisai les bras, les yeux toujours tournés vers la vitre.

Je n'avais plus envie de parler. Il restait un million de questions à poser sur tout, mais je préférais attendre et interroger quelqu'un d'autre, n'importe qui d'autre. Je croyais être trop anxieuse et agitée pour dormir, mais au bout d'une heure de route, je finis par sommeiller. Je m'étais efforcée de rester éveillée, jusqu'à ce que je me dise que le trajet me paraîtrait moins long si je dormais.

Quand je rouvris les yeux, le soleil brillait haut dans le ciel. Comme je m'étais recroquevillée, les genoux appuyés contre la poitrine, j'avais le corps tout rouillé et endolori. Je regardai autour de moi en me redressant sur mon siège et m'étirai, en essayant de faire disparaître un torticolis naissant.

— J'ai cru que tu dormirais pendant tout le trajet, dit Finn.

— Nous sommes encore loin?

Je bâillai en glissant sur mon siège, afin de caler mes genoux contre le tableau de bord.

— Pas trop.

Le paysage s'était progressivement transformé en une suite de falaises bordées de grands arbres. La voiture gravissait des collines pour redescendre au creux de vallées, suivant une route d'une extraordinaire beauté. Finn ralentit et tourna pour grimper le long d'une colline verdoyante. La route se remit à tournicoter au milieu des arbres. À travers la forêt, je distinguais le fleuve Mississippi qui se frayait un chemin dans le creux, tout en bas, entre les falaises.

Un gros portail métallique nous bloqua finalement la route, mais lorsque nous en approchâmes, un gardien reconnut Finn et nous fit signe d'entrer. Une fois passés, je vis apparaître des maisons magnifiques perchées sur les flancs de la falaise.

Comme elles étaient toutes étroitement cernées par les arbres, j'eus la curieuse impression qu'il y en avait beaucoup plus que ce que je pouvais en deviner. Toutes plus luxueuses les unes que les autres, chacune semblait orientée pour bénéficier de la meilleure vue possible.

Nous nous arrêtâmes devant une opulente propriété, dangereusement juchée en bordure de falaise. Sa façade, d'un blanc immaculé, était parcourue de longues lianes de vigne vierge. L'arrière, entièrement vitré, surplombait la rivière et semblait soutenu par une armature assez peu solide. Bien qu'étonnament belle, la demeure avait l'air de tenir à peine en équilibre, prête à tomber dans le vide à tout moment.

— Qu'est-ce ?

Je cessai de m'émerveiller pour me retourner vers Finn.

Il sourit d'une façon qui me procura des frissons.

— C'est ici. Bienvenue chez toi, Wendy.

Je sortais d'un milieu aisé, qui n'était rien à côté de tout ça. Ici, tout semblait aristocratique. En suivant Finn vers la maison, je ne pouvais croire que je venais d'un tel endroit. De toute ma vie, je ne m'étais sentie aussi petite et ordinaire.

Je m'attendais à ce qu'un majordome vînt ouvrir la porte d'une telle demeure, mais à sa place surgit un adolescent. Il avait l'air d'avoir mon âge, avec des cheveux blond sable qui lui tombaient sur le front. Il était très beau, ce qui n'avait rien d'étonnant, tant on pouvait s'attendre à ce que rien de laid ne fût associé à une telle maison. Elle était trop parfaite.

Il parut d'abord gêné et dérouté, mais dès qu'il vit Finn, il manifesta qu'il comprenait et sourit.

— Oh mon Dieu, tu dois être Wendy !

Il ouvrit la lourde porte d'entrée pour nous faire passer.

Finn me laissa pénétrer en premier, ce qui me rendit nerveuse, de même que ce garçon qui me gratifiait d'un large sourire en considérant avec étonnement mon pyjama et ma joue bleuie. Il était vêtu comme n'importe quel jeune avec lequel j'aurais pu aller en classe, au moins dans le privé, et je trouvais cela étrange. Comme s'il eut été plus naturel que je le découvre en smoking dès le matin.

— Hum, ouais, grommelai-je, mal à l'aise.

— Oh, désolé, je suis Rhys.

Il mit le doigt sur sa poitrine pour se désigner et se retourna vers Finn.

— Nous ne t'attendions pas si tôt.

— Ce sont des choses qui arrivent, lança Finn sans se compromettre.

— J'aurais adoré pouvoir rester un peu et bavarder, mais j'étais juste revenu déjeuner entre les cours, et je suis déjà en retard.

Avant de s'excuser, Rhys avait regardé autour de lui, puis vers nous.

— Elora est en bas dans l'atelier. Tu connais le chemin, n'est-ce pas?

Finn opina.

— Bon, désolé de vous bousculer ainsi.

Rhys sourit humblement et s'empara du cartable qui se trouvait devant la porte.

— Enchanté de t'avoir rencontrée, Wendy. Je suis sûr que nous ne manquerons pas d'occasions de nous revoir.

Une fois qu'il eut franchi la porte, je pris un moment pour examiner ce qui m'entourait. Le sol était en marbre, et un gigantesque lustre en cristal pendait au-dessus de nos têtes. D'où j'étais, à travers la baie entièrement vitrée, je pouvais admirer la vue impressionnante à l'arrière. Du sol au plafond, cette paroi de verre dévoilait la cime des arbres et le fleuve courant en bas, sous nos pieds. C'était assez pour donner le vertige, alors que je me tenais encore de l'autre côté de la maison.

— Allez, viens.

Finn prit la tête, empruntant un grand couloir meublé avec goût tandis que je trottais derrière lui.

— Qui était-ce? chuchotai-je, comme si les murs pouvaient m'entendre.

Ils étaient couverts de toiles, dont je me disais que certaines devaient être des tableaux de maîtres.

— Rhys.

— Oui, ça, j'avais compris, mais... c'est mon frère? demandai-je.

— Non, répondit Finn.

J'attendis la suite, mais apparemment, il n'avait aucune envie de s'étendre sur le sujet.

Il entra brusquement dans une autre pièce. Comme elle faisait l'angle de la maison, deux de ses parois étaient entièrement vitrées. L'un des deux autres murs était doté d'une cheminée, au-dessus de laquelle était suspendu le portrait d'un vieux gentleman, fort beau. Des meubles anciens et élégants parsemaient la pièce, et une bergère de velours rouge siégeait devant l'âtre.

Une femme, perchée sur un tabouret devant un chevalet supportant une grande toile, nous tournait le dos. Elle était vêtue d'une ample robe noire, de la même couleur que les cheveux qui pendaient dans son dos. La toile n'était pas terminée. Il pouvait s'agir d'une sorte d'incendie, avec une fumée noire qui circulait entre des lustres brisés.

Tandis que nous attendions, elle continua à peindre pendant quelques minutes. Je levai les yeux vers Finn, qui secoua la tête calmement, comme pour me rassurer avant que je ne commençasse à me plaindre. Les mains derrière le dos, il se tenait très droit et me faisait penser à un soldat.

— Elora ? dit Finn si prudemment que je compris qu'elle devait l'intimider.

Cela me parut aussi déconcertant que surprenant, car il ne semblait pas être du genre à se laisser intimider par qui que ce soit.

Quand elle se retourna pour nous regarder, je retins ma respiration. Elle était plus âgée que je ne m'étais imaginé. La cinquantaine, probablement, mais quelque chose de particulièrement élégant et de superbe émanait d'elle, en particulier de ses grands yeux noirs. Dans sa jeunesse, elle avait dû être d'une incroyable beauté. Sur le moment, j'eus du mal à croire qu'elle était réelle.

— Finn ! dit-elle d'une voix claire et angélique en manifestant une surprise attendrie.

D'un mouvement gracieux, elle descendit de son tabouret tandis que Finn effectuait une petite révérence. Cela me troubla, mais je tâchai de l'imiter maladroitement, ce qui la fit rire. Tout en regardant Finn, elle lui demanda en me montrant du doigt :

— C'est elle ?

— Oui, c'est elle.

On sentait une pointe de fierté dans sa voix. Il m'avait amenée ici et je commençais à comprendre que je représentais une mission très spéciale.

Elle eut l'air encore plus imposante et noble lorsqu'elle se mit à bouger. La longueur de sa jupe, qui virevoltait autour de ses pieds, donnait l'impression qu'elle flottait, plutôt qu'elle ne marchait.

Une fois devant moi, elle m'observa avec attention. Elle semblait ne pas beaucoup apprécier mon pyjama, ni les traces de boue aux genoux que j'avais gagnées pendant la bagarre, mais ce fut surtout le bleu sur ma joue qui lui fit faire la moue.

— Oh mon Dieu.

Ses yeux s'étaient élargis sous l'effet de la surprise, mais rien dans son expression ne trahissait de l'inquiétude.

— Qu'est-il arrivé ?

— Les Vittras, répondit Finn avec le même mépris qu'il avait marqué en prononçant ce nom auparavant.

— Ah ? s'exclama Elora en haussant un sourcil. Lesquels ?

— Jen et Kyra, dit Finn.

— Je vois.

Elle détourna un instant le regard pendant que sa main lissait les plis inexistants de sa robe. Soupirant avec lassitude, elle regarda Finn.

— Tu es sûr qu'il n'y avait que Jen et Kyra ?

— Je crois, répondit Finn en réfléchissant. Je n'ai vu aucun signe des autres. Ils les auraient appelés à la rescousse s'ils avaient été dans le coin. Ils ont essayé de se montrer plus que persuasifs avec Wendy. Jen a même été violent avec elle.

— Je vois ça.

Elora se tourna vers moi.

— Qu'importe, tu es ravissante.

Il me semblait que je l'impressionnais, et je sentis une rougeur me monter aux joues.

— C'est Wendy, c'est bien ça ?

— Oui, M'dame.

Je lui souris nerveusement.

— Quel nom ordinaire pour une fille aussi extraordinaire.

Elle eut l'air contrariée un instant, puis se tourna vers Finn.

— Excellent travail. Tu voudras bien me laisser pendant que je parle avec elle. Ne t'éloigne pas cependant. Je t'appellerai quand j'aurai besoin de toi.

Finn exécuta une nouvelle petite courbette avant de quitter la pièce. Toutes ces révérences me mettaient mal à l'aise. Je ne savais plus trop comment me comporter avec elle.

— Je suis Elora et je ne m'attends pas à ce que tu m'appelles autrement. Je sais qu'il va falloir que tu t'habitues à énormément de choses. Je me souviens de mon retour ici.

Elle me sourit en secouant légèrement la tête.

— C'était une période très difficile.

J'opinai, sans trop savoir quoi faire d'autre, puis elle fit un geste ample pour montrer la pièce.

— Assieds-toi. Nous avons tant à nous dire.

— Merci.

Je m'assis maladroitement au bord du canapé, craignant surtout, en m'y installant pour de bon, de le briser ou quelque chose comme ça.

Elora rejoignit la bergère, où elle s'allongea sur le côté, laissant sa robe flotter autour d'elle. Coude appuyé, elle posa sa tête sur sa main pour me regarder intensément. Ses yeux étaient noirs et magnifiques, mais ils avaient quelque chose de familier. Ils me rappelaient quelque animal sauvage, pris au piège dans une cage.

— Je ne sais pas si Finn te l'a vraiment expliqué, mais je suis ta mère, dit Elora.

# HUIT

# Famille

C'était impossible. Je voulais le lui dire. Il devait y avoir une erreur. Une personne aussi élégante et époustouflante ne pouvait m'avoir engendrée. J'étais mal élevée et impulsive. Ses cheveux étaient comme de la soie, alors que les miens, comme on me l'avait fait remarquer si souvent, ressemblaient à un tampon à récurer. Je ne pouvais pas être de sa famille.

— Ah, je comprends qu'il ne l'a pas fait, dit Elora. Je vois bien à ton air abasourdi que tu ne me crois pas. Mais permets-moi de te dire qu'il ne peut y avoir la moindre incertitude sur ton compte. J'ai personnellement choisi pour toi la famille Everly et t'ai portée, moi-même, chez eux. Finn est le meilleur de nos pisteurs. Il n'y a donc aucun doute sur le fait que tu sois ma fille.

— Je suis désolée.

Mal à l'aise, je gesticulai sur mon siège.

— Mon intention n'était pas de vous remettre en question. Je voulais juste…

— Je vois. Tu agis encore selon les règles de ton mode de pensée humain. Cela changera bientôt. Finn t'a-t-il donné assez d'information sur les Trylles ?

— Pas vraiment, admis-je prudemment, effrayée que cela ne lui attirât des ennuis.

— Je suis sûre que tu dois énormément t'interroger. Je vais d'abord t'expliquer quelque chose, et ensuite, si tu continues à te poser des questions, tu n'auras qu'à me les poser.

Il y avait une telle froideur dans la voix d'Elora que je me demandais si j'allais être capable un jour de lui demander quoi que ce soit.

— Les Trylles sont des trolls, pour le commun des mortels, mais, comme tu peux t'en rendre compte, ce terme vieillot et péjoratif ne nous rend pas justice.

Elora fit encore un geste ample pour désigner la pièce élégante et son débordement de luxe. J'opinai.

— Nous sommes étroitement liés aux humains, mais bien plus en accord avec nous-mêmes. Nous avons des dons, de l'intelligence et une beauté qui surpassent ceux des humains.

»Il existe deux distinctions essentielles entre notre style de vie et celui des humains, continua Elora. Nous voulons une vie tranquille, en harmonie avec la nature et nous-mêmes. Nous développons nos qualités à cet effet en les utilisant le plus possible afin d'améliorer notre existence en nous protégeant, au même titre que tout ce qui nous entoure. Notre vie entière est dédiée à cela. Förening n'existe que pour préserver et améliorer la façon de vivre des Trylles.

»La deuxième distinction repose sur la manière dont nous préservons ce style de vie, même si, en réalité, la différence n'est pas si énorme.

Pensive, Elora regarda un instant par la fenêtre.

— Les enfants humains ont leurs écoles, mais celles-ci les préparent à une vie de servitude. Ce n'est pas ce que nous voulons.

Nous souhaitons une vie de liberté totale et complète. C'est pourquoi nous avons besoin des substitués. La pratique de la substitution remonte à des centaines, voire des milliers d'années.

Elora me regarda gravement tandis que je repoussais la nausée qui m'envahissait.

— À l'origine, nous étions bien moins… civilisés que ce que tu vois maintenant ; nous vivions en forêt. Nos enfants étaient menacés de famine et de graves problèmes de santé, et nous n'avions pas de système éducatif convenable. C'est pourquoi nous avons préféré laisser nos petits bénéficier de tous les avantages que seule une enfance humaine pouvait leur offrir. Ceci afin que, devenus grands, ils puissent revenir vivre avec nous.

»Cette pratique a évolué parce que nous aussi avons évolué. Les enfants substitués étaient en meilleure santé, plus éduqués et plus riches que ceux des Trylles restés au camp. En fin de compte, nous nous sommes arrangés pour que chaque nouveau-né soit échangé. Il en résulte évidemment que nous pouvons maintenant égaler les avantages de la population humaine, mais jusqu'à quel point ? Pour maintenir notre niveau de vie, il faudrait que nous quittions la sécurité de notre enclave pour passer notre existence à exécuter des travaux de subalternes. Cela ne marcherait tout simplement pas.

»C'est pourquoi nous avons laissé nos enfants dans les plus sophistiquées et les plus riches des familles humaines. Les substitués bénéficient de la meilleure enfance qui soit, avec tout ce que le monde peut avoir de bon à leur offrir. Ensuite, ils reviennent avec l'héritage de leurs familles d'accueil, qui infusera notre société par sa richesse. Même si, bien entendu, ça n'est pas le seul but, cela facilite grandement la façon dont nous aimons vivre. L'argent que tu obtiens de ta famille d'accueil te servira jusqu'à la fin de tes jours.

— Un instant, excuse-moi. Je sais que je ne suis pas supposée t'interrompre, mais… dis-je avant de passer ma langue sur mes lèvres et de hocher la tête. Il y a quelques détails que j'ai besoin de comprendre.

— Mais certainement, dit Elora.

Je sentis pourtant une pointe d'aigreur dans sa voix.

— Quand j'étais bébé, tu m'as donnée à des étrangers pour qu'ils m'élèvent, que je reçoive une bonne éducation, que j'aie une belle enfance et que je rapporte ici de l'argent. C'est bien cela ?

— Oui, répondit Elora en levant un sourcil de mécontentement, me défiant de contester une telle procédure.

J'étais prise d'une telle envie de hurler que j'en tremblais. Mais elle me terrifiait toujours. J'avais l'impression qu'elle aurait pu me couper en deux rien que par la pensée. Aussi me contentai-je de tourner ma bague autour de mon pouce et d'acquiescer. Elle s'était débarrassée de moi auprès d'une folle qui avait essayé de me tuer, uniquement parce qu'elle n'avait jamais voulu travailler et avait besoin d'argent.

— Je peux continuer ? demanda Elora sans même chercher à dissimuler le ton condescendant de sa voix.

J'opinai docilement.

— Voilà que je ne sais même plus ce que je disais !

Après un geste de la main manifestant son énervement, elle ajouta :

— Si tu as d'autres questions, c'est le moment de les poser.

— Qui sont les Vittras ? demandai-je en essayant d'oublier à quel point j'étais furieuse contre elle. Je ne comprends pas qui ils sont, ni ce qu'ils attendaient de moi.

— Förening est peuplé de Trylles.

Elora fit un geste ample du bras.

— Le terme Trylle est dérivé de tribu. Nous sommes des trolls, mais au fil des années, la population troll a diminué. Nous étions très nombreux, et il ne reste plus maintenant qu'un million de trolls répartis sur toute la planète.

»Nous sommes une des plus grandes tribus encore vivantes, mais nous ne sommes pas la seule, continua Elora. Les Vittras sont une faction en conflit, cherchant systématiquement à nous éliminer les uns après les autres, en en retournant certains contre nous, ou en nous tuant.

— Les Vittras veulent donc que je vive avec eux?

Je plissai le nez.

— Mais pourquoi? En quoi puis-je leur être utile?

— Je suis la reine.

Elle marqua une pause, histoire de me laisser digérer la nouvelle.

— Tu es la princesse; mon unique enfant, la dernière de ma lignée.

— Quoi?

Je sentis ma mâchoire s'affaisser.

— Tu es la princesse, expliqua Elora avec un sourire condescendant. Un jour, tu seras reine, et devenir chef des Trylles est une lourde responsabilité.

— Mais si je n'étais pas ici, tu me trouverais bien une remplaçante? Je veux dire, il y aura bien une reine ici, même si ça n'est pas moi? demandai-je en essayant désespérément de comprendre toute cette histoire.

— Il y a autre chose. Nous ne sommes pas tous nés égaux, poursuivit Elora. Les Trylles sont beaucoup plus doués que les autres. Tu as déjà eu un avant-goût de ce qu'est la persuasion, mais sache que ton potentiel est beaucoup plus grand. Les Vittras peuvent s'estimer heureux d'avoir quelques petites aptitudes. Te compter parmi eux augmenterait sensiblement leur pouvoir et leur influence.

— Ce qui veut dire que j'ai des pouvoirs? m'enquis-je en lui jetant un coup d'œil malicieux.

— Tu en auras, affirma Elora, et c'est pour cela que tu dois rester vivre ici, pour apprendre nos coutumes et occuper la place que tu mérites.

— OK.

Je respirai profondément et passai la main sur mon pantalon de pyjama.

Rien de tout ceci ne semblait réel ou avoir du sens. L'idée que je serais un jour reine était complètement absurde. J'avais déjà du mal à passer pour une adolescente difficile.

— Finn restera pour veiller sur toi. Puisqu'ils te cherchent, une protection supplémentaire me semble s'imposer.

Elora lissa sa jupe sans me regarder.

— Je suis certaine que tu as quantité d'autres questions, mais les réponses te seront apportées en temps utile. Pourquoi n'irais-tu pas faire un brin de toilette, à présent ?

— Attends, dis-je d'une voix faible et peu assurée.

Elle releva la tête et me regarda avec dédain.

— C'est juste que… euh… Où est mon père ?

— Oh !

Elora détourna la tête pour regarder par la fenêtre.

— Mort. Je suis désolée. C'est arrivé peu après ta naissance.

Finn m'avait promis une vie différente, mais en réalité, celle-ci avait l'air identique, à quelques détails de mobilier près. Ma mère d'ici semblait presque aussi froide que ma fausse mère, et dans chacune de mes vies, mon père était mort.

— Au fait, je n'ai pas un sou, glissai-je, embarrassée.

— Évidemment. Tu n'auras probablement pas accès à ton fonds avant ta majorité, mais en usant de persuasion, tu peux l'obtenir plus tôt. Finn m'a laissé entendre que tu étais très avancée dans ce domaine.

— Quoi ? lançai-je en hochant la tête. Mais je n'ai aucun fonds fiduciaire en vue.

— J'ai soigneusement choisi la famille Everly pour sa fortune, dit Elora d'un ton catégorique.

— Ouais, j'ai bien compris que tu les avais choisis pour leur argent, et non pour leur santé mentale.

Je baissai les yeux, me rendant compte que j'avais fait preuve d'un peu trop d'insolence, mais je tâchai aussitôt d'en tirer parti.

— Mon père s'étant suicidé quand j'avais cinq ans, nous n'avons pas perçu son assurance vie. Ma mère n'a jamais travaillé et elle vient de passer les onze dernières années de sa vie en clinique psychiatrique, ce qui a englouti une bonne partie de sa fortune. Non seulement ça, mais à force de déménager, nous avons dilapidé beaucoup d'argent en maisons et en frais scolaires. Je ne prétends pas que nous soyons pauvres, mais je ne crois pas non plus que nous soyons aussi riches que tu te l'imagines.

— Cesse de dire «nous». «Ils» n'ont rien à voir avec toi, me jeta férocement Elora en se rasseyant. Et d'ailleurs, qu'est-ce que tu racontes? Les Everly étaient une des familles les plus aisées du pays. Tu ne peux pas les avoir complètement saignés à blanc.

— Je ne sais pas de combien d'argent nous, enfin, *ils* disposaient, mais nous… euh… je ne vivais pas dans l'opulence, criai-je presque, tellement j'étais découragée. Tu n'as pas compris? J'ai eu une enfance *horrible*. Ma fausse mère a essayé de me tuer!

Elora eut l'air plus troublée par la nouvelle du manque d'argent de ma famille que par le fait que Kim avait voulu m'assassiner. Elle resta assise calmement et soupira.

— Ha, c'était donc une de celles-ci.

— Qu'entends-tu par «une de celles-ci»? insistai-je, livide.

Je ne parvenais pas à accepter l'air désinvolte qu'elle avait eu à l'annonce de cette tentative de meurtre sur moi.

— Oui, bon.

Elora secoua la tête, comme si elle n'avait pas voulu dire ça.

— De temps en temps, il arrive qu'une mère sache. Alors, soit elle fait du mal à l'enfant, soit elle le tue.

— Quoi? Tu savais qu'il y avait une chance qu'elle me tue? hurlai-je en me levant. Tu savais que je pouvais mourir et tu m'as quand même abandonnée? Tu te fichais pas mal de ce qui pouvait m'arriver, en fait!

— Trêve de mélodrame, dit Elora en levant les yeux au ciel. C'est notre façon de vivre, et le risque est d'autant plus minime que cela arrive rarement. D'ailleurs, tu as survécu. Il n'y a pas eu de mal.

— Pas de mal ?

Je soulevai ma chemise pour montrer la cicatrice qui me barrait le ventre.

— J'avais six ans et j'ai eu soixante points de suture. Tu appelles cela « pas de mal » ?

— Tu es ignoble.

Elora se leva et, d'un geste de la main, me fit signe de m'éloigner.

— Ce n'est pas ainsi que se comporte une princesse.

Je voulais protester, mais rien ne sortit de ma bouche. Sa réaction m'ahurit, tout en me laissant un goût amer. Je laissai retomber ma chemise sur mon ventre tandis qu'Elora se glissait vers la fenêtre. Joignant les mains devant elle, elle regarda dehors. Elle ne dit pas un seul mot, mais une minute plus tard, Finn était là.

— Tu as besoin de quelque chose, Elora ?

Finn se courba légèrement, ce qui me fit penser qu'elle devait être capable de le voir, même quand elle ne le regardait pas.

— Wendy est fatiguée. Installe-la dans sa chambre, ordonna Elora d'un ton mal assuré. Veille à ce qu'il ne lui manque rien.

— Bien sûr.

Finn me regarda. Son regard noir se voulait rassurant, et même si je savais que c'était son boulot, je me sentais soulagée de le savoir là.

Il s'éloigna rapidement et je lui emboîtai le pas. J'enveloppai mes bras autour de moi en essayant de me calmer. J'étais encore choquée par tout ce que j'avais entendu et j'essayais de comprendre ce que je faisais là.

Elora avait raison sur un point. J'avais probablement besoin d'une bonne douche, et peut-être que si je dormais, tout ceci me semblerait ensuite moins absurde. Mais j'en doutais.

Finn me conduisit par un escalier en colimaçon au travers d'un autre couloir, au bout duquel il ouvrit une lourde porte dévoilant ce que je supposai être ma chambre. Vaste et haute de plafond, un mur entièrement vitré en accentuait l'impression d'immensité.

Un immense lit à baldaquin, entouré de meubles derniers cris, occupait le centre de la pièce, qui regorgeait d'objets divers comme un ordinateur portable, un écran plat, des jeux numériques, un iPod et autres instruments technologiques dont je pouvais avoir envie. Finn ouvrit la porte du placard, qui était déjà garni en vêtements. Poussant une autre porte, il éclaira ce qui devait être ma salle de bain, et qui ressemblait plutôt à une pièce de station thermale.

— Comment sais-tu si bien où tout se trouve ? demandai-je.

Il semblait connaître parfaitement la maison. Le fait de l'avoir près de moi me calmait un peu.

— Il m'arrive d'habiter ici de temps en temps, répondit Finn nonchalamment.

— Quoi ? Pourquoi ?

J'éprouvai soudain un terrible sentiment de jalousie, alimenté par le fait qu'Elora pouvait être impliquée dans cette histoire d'une perverse façon. Il me semblait qu'il la révérait plus qu'il n'aurait dû.

— Protection rapprochée. Ta mère est une femme forte, mais pas si puissante que ça, expliqua Finn allusivement. Étant pisteur, je peux me mettre à son écoute. Je peux sentir le danger et être là pour la secourir, en cas de besoin.

— Parce qu'il y a danger ?

Je me souciais fort peu à présent de savoir si un gang de maraudeurs cherchait à la déposséder, mais je me sentais concernée par d'éventuelles attaques renouvelées contre son « château ».

— Je t'aiderai à t'y habituer. Chacun sait que le système n'est pas parfait. La chambre de Rhys est au bout du couloir. La mienne, comme celle d'Elora, est dans l'autre aile.

Il ne m'échappa pas que Finn avait complètement éludé ma question, mais la journée avait été longue et je décidai de ne pas insister. J'étais reconnaissante qu'il ne fût pas trop loin, car je ne me voyais pas rester seule dans cette maison avec cette femme. Elle avait beau être extraordinaire et toute-puissante, il n'y avait en elle aucune chaleur humaine.

Jusqu'à maintenant, je ne m'étais pas bien rendu compte de ce que je cherchais. Toutes ces années pendant lesquelles j'avais repoussé les efforts de Maggie et même de Matt pour resserrer nos liens, je ne savais pas que j'avais tout simplement besoin de chaleur humaine et d'affection.

— C'est… toi qui as fait tout ça? demandai-je en désignant tout l'équipement technologique de ma chambre.

— Non, Rhys a tout installé.

Finn n'avait d'ailleurs pas l'air plus intéressé que ça par tous ces appareils.

— Pour les vêtements, c'est Willa, je pense. Tu la rencontreras plus tard.

— Rhys n'est pas mon frère? demandai-je de nouveau.

Je n'arrivais pas à comprendre comment Rhys s'intégrait dans tout ça.

— Non, c'est un mänsklig, répliqua Finn, comme si je devais naturellement le comprendre.

— Ce qui veut dire? demandai-je en fronçant les sourcils.

— Ça veut dire que ce n'est pas ton frère, répondit Finn avec désinvolture en faisant un pas vers la porte. As-tu besoin d'autre chose avant que je file?

Sa soudaine décision de partir me décevait, surtout au moment où je me sentais si isolée et perturbée, mais je n'avais aucune raison de le retenir. En serrant toujours mes bras autour de moi, je m'assis sur le bord du lit. Au lieu de partir, Finn s'arrêta un moment pour me regarder.

— Ça va aller pour toi, tout ça ? demanda-t-il en m'observant attentivement.

— Je n'en sais rien. Ce n'est pas du tout ce à quoi je m'attendais, admis-je.

Tout était plus grand et bien pire que ce que j'avais imaginé.

— J'ai l'impression… d'être dans *Le journal d'une princesse*, à supposer que Julie Andrews y soit une voleuse.

— Hum, murmura Finn d'un air entendu en revenant vers moi. Il s'assit sur le lit et croisa les bras.

— Je sais que ce mode de vie est un peu difficile à comprendre pour certains.

— Ce sont des arnaqueurs, Finn, c'est tout ce qu'ils sont. J'avalais ma salive péniblement.

— Je ne suis qu'un moyen pour eux de soutirer de l'argent à des gens riches, et comble d'ironie, ma famille n'est pas très riche.

— Je peux t'assurer que tu comptes bien plus que ça pour elle, bien plus. Elora est une femme compliquée, qui n'a jamais très bien su exprimer ses sentiments. Mais elle est une femme très bonne. Que tu aies ou non de l'argent, ta place est ici.

— Sais-tu à combien s'élève leur fortune ? Celle des Everly ? demandai-je.

— Oui, répondit Finn sans trop d'hésitation. Elora m'a fait vérifier ton compte en banque lorsque je te suivais.

— Combien alors ?

— Tu veux connaître la valeur de ton fonds en fiducie et de ton héritage global, ou la fortune totale de ta famille d'accueil incluant celle de ton frère ?

Le visage de Finn avait perdu toute expression.

— Tu veux le chiffre net ? La valeur en liquide ? Tu veux que j'inclue les biens immobiliers, comme la maison qu'ils possèdent dans les Hamptons ? Le montant en dollars ?

— À vrai dire, je m'en fiche, déclarai-je en hochant la tête. Je voulais juste… Elora était tellement persuadée que nous avions beaucoup d'argent que, par curiosité, ça m'intéressait. Jusqu'à aujourd'hui, je ne savais même pas que je possédais un fonds en fiducie.

— Oui, tu es vraiment à la tête d'une jolie fortune. Bien plus grosse que ce qu'Elora avait supposé au départ.

J'opinai en baissant les yeux.

— Tu vivais largement au-dessous de tes moyens.

— Maggie pensait que cela serait mieux pour moi et Matt sans doute. Moi, je ne me suis jamais vraiment souciée des questions d'argent.

Je continuai de fixer mes pieds, puis je levai la tête vers Finn.

— Ils me donneraient tout ce qu'ils ont, tu sais. Ils me donneraient tout si je le leur demandais. Mais je ne leur soutirerai jamais un sou pour moi, et encore moins pour Elora. Arrange-toi pour le lui faire savoir quand tu retourneras la voir.

J'avais imaginé que Finn protesterait, mais pas du tout. Il sourit légèrement, semblant plutôt fier de moi.

— Je le lui dirai, affirma-t-il, une pointe de gaieté dans la voix. Mais maintenant, tu devrais prendre une bonne douche. Tu te sentiras mieux après.

Finn m'aida à m'installer dans ma chambre. Mon immense placard à vêtements débordait. Pourtant, il savait exactement où se trouvait mon nouveau pyjama. Il m'expliqua comment fermer les stores avec la télécommande et comment ouvrir les robinets de la douche hyper sophistiquée.

Après son départ, je m'assis sur le rebord de la baignoire, en essayant de ne pas me laisser trop impressionner par tout cela. Je songeai que Matt et Maggie avaient sans doute été les seules personnes à m'aimer uniquement pour moi-même, et que désormais, j'étais censée les dépouiller. Même si cela n'était pas exactement du vol. Je savais qu'ils me donneraient tout ce qu'ils avaient si je le leur demandais, et cela me faisait encore plus mal.

# NEUF

# Mal du pays

Quand je sortis de la douche, enveloppée dans un peignoir de bain douillet, j'eus la surprise de trouver Rhys assis sur mon lit. Il tenait l'iPod qui avait été déposé dans ma chambre et s'amusait à faire défiler les morceaux. Comme il n'eut pas l'air de m'entendre sortir de la salle de bain, je toussai bruyamment.

— Oh, salut !

Rhys déposa l'iPod et me sourit en se mettant debout joyeusement. Ses yeux pétillaient.

— Pardon, je ne voulais pas t'interrompre. Je voulais juste voir comment tu allais et si ça te plaisait.

— Je ne sais pas.

Mes cheveux devaient avoir l'air horriblement en bataille. Je tirai sur quelques mèches mouillées.

— C'est un peu tôt pour le dire.

— Tu aimes tous ces trucs ? demanda Rhys en montrant l'ensemble de la chambre du doigt. J'ai choisi tout ce que j'aime, ce qui, évidemment, peut paraître un peu vain. J'ai demandé l'avis de

Rhiannon, parce qu'elle est une fille, mais c'est toujours difficile de choisir des choses pour quelqu'un qu'on n'a jamais vu.

— Tout ça m'a l'air vachement bien. Tu as fait du bon boulot.

Je me frottai les yeux et bâillai.

— Désolé, tu dois être crevée. Je viens juste de rentrer de l'école et je n'avais pas encore eu l'occasion de te parler. Mais… Ouais, je te laisse tranquille.

— Attends. Tu rentres de l'école ?

Cherchant à comprendre, je fronçai les sourcils.

— Cela veut dire que tu es un pisteur ?

— Non.

C'était à son tour d'être troublé.

— Je suis un mänks.

Devant mon expression étonnée, il se reprit.

— Pardon, c'est un raccourci pour mänsklig.

— Mais qu'est-ce que ça veut dire à la fin ?

Mon manque d'énergie ne parvenait guère à dissimuler mon énervement.

— Ils te l'expliqueront plus tard.

Rhys haussa les épaules.

— Allez, je ferais mieux de te laisser tranquille. Si je ne suis pas dans ma chambre, c'est que je suis en bas, à manger quelque chose.

— Tu es heureux ici ? articulai-je avant de me dire que c'était une question peu correcte.

Ses yeux me fixèrent un instant, avec quelque chose d'intense que je ne sus déchiffrer, puis il les baissa rapidement.

— Pourquoi ne serais-je pas heureux ? interrogea Rhys avec une pointe d'ironie.

Il passa les doigts sur mes draps en soie, regardant attentivement le dessus-de-lit.

— J'ai tout ce que je veux. Des jeux vidéo, des voitures, des jouets, de l'argent, des vêtements, des serviteurs…

Il s'interrompit. Un léger sourire réapparut sur son visage et il me regarda.

— Et maintenant, une princesse installée de l'autre côté du couloir, juste en face de ma chambre. Que désirer de plus ?

— Je ne suis pas vraiment une princesse.

D'un mouvement de tête, je rejetai mes cheveux en arrière.

— Pas au sens strict du terme. Je veux dire… Je viens juste d'arriver.

— Pour moi, tu as tout d'une princesse.

La façon dont il me regardait me fit presque rougir et, ne sachant que faire, je baissai les yeux.

— Et toi alors ?

Je gardai la tête baissée, mais je relevai les yeux pour croiser les siens. Le sourire sur mes lèvres me semblait à la limite du flirt bizarre, mais tant pis.

— Es-tu une sorte de prince ?

— Certainement pas, déclara Rhys en riant.

D'un geste mal assuré, il passa la main dans ses cheveux blonds.

— Il vaut sans doute mieux que je te laisse finir de t'habiller. Comme c'est le jour de sortie du chef, c'est moi qui m'occupe du dîner ce soir.

Rhys se retourna et sortit. Il s'engagea dans le couloir en sifflant un air que je ne reconnus pas. Je fermai ma porte, espérant que je finirais par comprendre tout cela un jour. J'étais une princesse trylle dans un empire d'arnaqueurs et un mänsklig vivait de l'autre côté du couloir. Charmant.

Je vivais dans cette maison extraordinaire avec des gens froids et indifférents, et le prix à payer pour l'admission était que je pillasse ceux qui tenaient le plus à moi. Bien sûr il y avait Finn, mais il m'avait bien fait comprendre qu'il ne s'intéressait à moi que dans le cadre de son travail.

J'ouvris le placard pour trouver quelque chose à me mettre. La plupart des vêtements étaient bien trop chics pour moi. Non que j'avais grandi en ne portant que des loques. En fait, si ma mère... euh Kim... n'était pas devenue folle et n'avait pas dû s'en aller, c'était exactement le genre de fringues que j'aurais portées actuellement ; style haute couture branchée. Pour finir, j'attrapai une jupe simple et une chemise, qui ressemblaient à ce que j'avais l'habitude de porter.

Je mourais de faim. Je sortis chercher la cuisine, afin de prendre Rhys au mot. Les dalles du sol étaient fraîches sous mes pieds et, étrangement, je n'avais pas encore aperçu la moindre moquette ni de tapis dans la maison.

Je n'avais jamais aimé la sensation d'une moquette sous mes pieds, pas même de quoi que ce soit, d'ailleurs. Me remémorant le placard où j'avais trouvé des vêtements, je dus convenir qu'il ne contenait aucune paire de chaussures. Ça devait être une mode trylle. Curieusement, cette pensée était réconfortante. À cet égard au moins, j'étais en terrain connu.

Je traversai le salon, où une cheminée occupait le mur de séparation avec une élégante salle à manger. Le plancher était en bois doré, très doux, et tout le mobilier en bois travaillé à la main était tapissé de blanc et orienté vers la grande baie vitrée, comme pour obliger à contempler la vue.

— Belle piaule, hein ? dit Rhys.

Je tournai sur mes talons pour me retrouver face à lui. Il me regardait en souriant.

— Ouais.

Je parcourus la pièce du regard avec admiration.

— Elora a du goût.

— Ouais, dit Rhys en haussant les épaules. Tu dois avoir faim, non ? Viens, je vais te préparer un truc dans la cuisine.

Il quitta la pièce et je le suivis.

— Tu vas probablement détester tout ce que je fais, toi qui, comme tout le monde ici, ne manges que cette infâme bouffe saine.

— Je ne sais pas.

Je ne me percevais pas comme une cinglée de nourriture saine, même si je préférais plutôt le biologique et le végétalien.

— J'aime ce qui est naturel, sans doute.

Il opina avec entendement tandis qu'il me conduisait de la salle à manger, luxueusement décorée, à l'impressionnante cuisine qui contenait deux fours de professionnels, deux énormes réfrigérateurs en acier inoxydable et un gigantesque comptoir formant l'îlot au centre. Il y avait plus de placards que les habitants de cette maison ne pourraient certainement jamais en utiliser. Rhys ouvrit le frigo pour y prendre une bouteille de Mountain Dew et une bouteille d'eau.

— De l'eau, c'est ça ?

Rhys me tendit la bouteille, que je saisis.

— Je ne suis pas du tout bon cuisinier, mais tu devras faire avec.

— Le chef vient-il souvent ? demandai-je.

Dans un endroit comme ça, ils avaient forcément des domestiques.

— À temps partiel.

Rhys but une gorgée de son Mountain Dew, posa la bouteille sur l'îlot et approcha de l'autre frigo, qu'il entreprit de fouiller.

— Juste pour les fins de semaine, parce que c'est là que nous recevons beaucoup. Je ne sais pas ce qu'Elora mange pendant la semaine, mais moi, je me débrouille tout seul.

Je m'accoudai au comptoir pour boire mon eau. En bien plus grand, cette cuisine me rappelait la nôtre, celle où Kim, dans les Hamptons, avait tenté de tuer sa fille. Si elle n'était pas partie, j'aurais vécu probablement ainsi. Je suis même certaine que c'est ainsi qu'elle-même avait été élevée.

Maggie aurait très bien pu adopter ce style de vie. Je repensai à ce que Finn m'avait dit de Matt et Maggie, qui vivaient, d'après lui, bien au-dessous de leurs moyens. Je me demandai pourquoi il leur paraissait si important de préserver le magot familial.

La seule explication plausible était qu'ils le mettaient de côté pour moi, afin de s'assurer que je disposasse toute ma vie de tout ce dont j'aurais besoin. Ce qui, étant donné mes problèmes à l'école, semblait plus que nécessaire.

Curieux, en même temps, de songer qu'Elora projetait de leur voler précisément ce qu'ils comptaient me donner.

Et Maggie avait clairement expliqué que ce qui comptait le plus pour elle, c'était de s'occuper de moi et non de dépenser de l'argent. Elle avait fait le choix que ma propre mère n'aurait jamais fait.

— Tu aimes les champignons shiitakes ? demanda Rhys, qui venait de sortir quantité de choses du réfrigérateur, mais j'avais été trop absorbée par mes pensées pour m'en apercevoir.

Il avait les bras chargés de légumes.

— Euh… oui, oui, j'adore les champignons.

Je me redressai pour voir ce qu'il avait sorti. Ce n'était pour la plupart que des choses que j'aimais.

— Parfait.

Rhys me sourit en lâchant sa brassée de légumes dans l'évier.

— Je vais te faire la meilleure poêlée de légumes que tu aies avalée de ta vie.

Il commença à découper et à trancher. Je lui offris mon aide, mais il m'assura que cela ne pouvait que le perturber. Tout en travaillant, il me parla de la nouvelle moto qu'il avait reçue la semaine dernière. J'essayai d'échanger avec lui sur le sujet, même si tout ce que je savais des motos était qu'elles allaient vite et que je les aimais bien.

— Qu'est-ce que tu fabriques ici ?

Finn, qui venait de pénétrer dans la cuisine, regardait Rhys d'un air vaguement dégoûté.

Sortant visiblement de la douche, il avait les cheveux mouillés et sentait l'herbe après la pluie, en plus doux. Il passa à ma hauteur sans me jeter un seul regard et s'approcha de Rhys, qui avait jeté tous les légumes dans un wok.

— Poêlée de légumes ! proclama Rhys.

— Vraiment ?

Finn se pencha par-dessus son épaule pour examiner les ingrédients. Rhys fit un pas sur le côté pour le laisser saisir quelque chose du bout des doigts. Finn sentit d'abord le morceau qu'il mit dans sa bouche.

— Pas mal.

— Arrête, mon cœur va lâcher !

Rhys se mit la main sur le cœur en feignant l'étonnement.

— Ma cuisine aurait-elle réussi à passer le test du critique culinaire le plus sévère du pays ?

— Non, j'ai juste dit que ça n'était pas trop mal.

Souriant aux simagrées de Rhys, Finn se dirigea vers le frigo pour y attraper une bouteille d'eau.

— Et je suis persuadé qu'Elora est une critique bien plus sévère que moi.

— Certainement ! Sauf qu'elle ne m'a jamais laissé lui cuisiner quoi que ce soit, admit Rhys en secouant le wok pour faire sauter les légumes.

— Tu ne devrais pas le laisser te faire à manger, m'avertit Finn en me regardant pour la première fois. Il a failli m'empoisonner une fois.

— Comment veux-tu t'empoisonner avec une orange ? protesta Rhys. C'est totalement impossible. Et même si c'était possible, je t'ai moi-même *tendu* l'orange. Je n'ai pas eu le temps de la contaminer.

— Je n'en sais rien.

Finn haussa les épaules, un sourire narquois sur le visage. Je voyais bien qu'il s'amusait à faire marcher Rhys.

— Tu n'as même pas mangé la partie que j'avais touchée ! Tu l'as pelée, puis tu as jeté la peau !

Rhys avait l'air exaspéré. Il ne faisait plus attention à son wok. Tandis qu'il essayait de nous convaincre de son innocence, une flamme jaillit de la poêle.

— Nourriture en feu! lâcha Finn en faisant un signe de tête vers les fourneaux.

— Mince!

Rhys saisit un verre d'eau pour asperger le contenu de la poêle, et je commençais à me demander si tout ceci, une fois prêt, serait encore mangeable.

— Si le fait d'être pinailleur est une caractéristique des Trylles, et c'est bien ce qu'il me semble, comment se fait-il que Rhys ne le soit pas? demandai-je. Est-ce parce qu'il est mänks?

Le visage de Finn se figea d'un seul coup.

— Où as-tu entendu ce mot? C'est Elora?

— Non, c'est Rhys, répondis-je.

Dans l'attitude de Rhys, toujours occupé à s'agiter devant la poêle, quelque chose avait changé. Il semblait presque penaud.

— J'aimerais d'ailleurs bien que l'un de vous deux me dise ce que cela signifie. Pourquoi tant de mystères?

Rhys se retourna, une pointe de nervosité dans le regard, puis échangea avec Finn un coup d'œil que je ne sus interpréter.

— Elora t'expliquera tout en temps et lieu, dit Finn. Mais d'ici là, ce n'est pas à nous d'en discuter.

Rhys se retourna de nouveau, mais je savais que le ton glacial dans la voix de Finn ne lui avait pas échappé.

Là-dessus, Finn se tourna et sortit de la cuisine.

— Hé bien, épatant, affirmai-je en ne m'adressant à personne en particulier.

Quand Rhys eut terminé, il tira deux tabourets de sous l'îlot. Heureusement, une fois éclipsé cet étrange moment, l'humeur s'était de nouveau allégée.

— Alors, qu'en penses-tu? me demanda Rhys en désignant l'assiette de légumes que j'étais en train d'essayer de goûter.

— Très bon, mentis-je.

Il avait évidemment travaillé dur à cette préparation et son regard bleu montrait à quel point il était fier de lui. Je ne pouvais pas le décevoir. En signe de ma bonne foi, je pris une autre bouchée et souris.

— Bien, mais tu sais, vous êtes difficiles à contenter, tous autant que vous êtes.

Au moment où Rhys avalait une bouchée de sa préparation, une mèche blonde lui tomba sur l'œil et il l'écarta.

— Alors… Tu connais Finn plutôt bien ? demandai-je prudemment en plantant ma fourchette dans un champignon.

Leur badinage de tout à l'heure m'intriguait. Avant que les choses ne tournent au vinaigre, Finn semblait réellement apprécier Rhys ; or, je ne l'avais jamais vu apprécier quiconque. Au mieux avait-il montré respect et obéissance à Elora, mais je n'aurais su dire quels étaient ses véritables sentiments pour elle.

— Je suppose.

Rhys haussa les épaules comme si c'était là une question qu'il ne s'était jamais posée.

— Il est dans le coin très souvent, c'est tout.

— C'est-à-dire ? insistai-je d'un ton aussi détaché que possible.

— Je ne sais pas.

Il avala une bouchée et réfléchit un instant.

— C'est difficile à dire. Tu sais, les cigognes bougent beaucoup.

— Les cigognes ?

— Ouais, enfin, les pisteurs.

Embarrassé, Rhys, sourit, puis ajouta :

— Tu sais bien, quand on explique aux enfants que les cigognes apportent les bébés. Ici, ce sont les pisteurs qui apportent les bébés. C'est pour ça que nous les nommons cigognes. Pas devant eux, bien sûr !

— Je vois.

Je me demandai quel genre de surnom ils avaient pour les gens comme moi, mais je ne trouvais pas le moment bien opportun pour poser ma question.

— Ils bougent beaucoup, c'est ça?

— Ouais, bon, ils partent souvent pister, et Finn est assez demandé parce qu'il est très bon dans ce domaine, expliqua Rhys. Ensuite, quand ils sont de retour, un grand nombre d'entre eux habitent dans les familles les plus prestigieuses. Finn habite ici par intermittence depuis cinq ans environ. Mais quand il n'est pas là, quelqu'un d'autre occupe sa chambre.

— Il est garde du corps, alors?

— Ouais, un truc dans ce genre, acquiesça Rhys.

— Mais pourquoi ont-ils besoin de gardes?

Je me remémorai le portail métallique et le gardien qui nous avait laissés entrer à Förening le jour de mon arrivée.

Quand j'avais regardé autour de moi, j'avais vu un système de sécurité sophistiqué près de la porte d'entrée. Tout ceci semblait une dépense énorme pour une si petite communauté cachée dans les falaises. Je me demandai alors si c'était à cause des Vittras, mais je n'osai poser la question.

— C'est pour la reine. C'est une procédure habituelle, répondit Rhys évasivement.

Il se plongea ensuite à dessein dans la contemplation de son assiette. Se forçant à sourire, il essayait de repousser un sentiment d'anxiété avant que je ne le remarque.

— Et quel effet ça fait d'être princesse?

— Honnêtement? Pas aussi incroyable que je ne l'aurais cru, répondis-je.

Il rit de bon cœur.

Après avoir fini de manger, Rhys fit en sorte de ranger un peu la cuisine, expliquant que la femme de ménage ne serait là que le lendemain pour finir de nettoyer. Il me fit faire un rapide tour de la maison, me montrant toutes les antiquités inouïes, transmises de génération en génération.

Une seule pièce contenait des portraits des rois et reines précédents. Quand je lui demandai où l'on pouvait trouver un portrait de mon père, Rhys secoua la tête en disant qu'il ne savait pas.

Finalement, nous nous séparâmes. Il expliqua qu'il avait des devoirs à faire et qu'il devait se lever tôt le lendemain pour l'école.

Je traînai un peu dans la maison, sans jamais apercevoir Elora ou Finn. Je jouai ensuite pendant un moment avec les objets de ma chambre, mais très vite, je m'en lassai. Fatiguée et à court d'idées, j'essayai de m'endormir. Mais le sommeil ne vint pas.

J'avais un mal du pays épouvantable. Je regrettai le confort familial de mon ancienne chambre, avec ses objets tout simples. À la maison, Matt lirait un livre sous la lampe du salon pendant que je vaquerais à mes occupations.

À l'heure actuelle, il était probablement en train d'attendre que le téléphone sonne ou bien il sillonnait le quartier à ma recherche, pendant que Maggie pleurait toutes les larmes de son corps. Ce qui ne ferait d'ailleurs que culpabiliser Matt davantage.

Ma vraie mère se trouvait quelque part dans cette demeure, du moins le croyais-je. Elle m'avait laissée dans une famille dont elle ne savait pratiquement rien, hormis qu'elle était riche, sans ignorer qu'il existait un risque, celui que je sois tuée. « Cela arrive parfois. » C'était ce qu'elle m'avait dit. Quand j'étais réapparue après toutes ces années passées loin d'elle, elle ne m'avait pas prise dans ses bras ni n'avait semblé particulièrement heureuse de me voir.

Tout avait l'air démesuré dans cette maison. Dans tous ces grands espaces, je me sentais isolée, prisonnière d'une île. J'avais toujours cru que j'aimerais plus que tout me retrouver sur une île déserte, seule avec moi-même. Mais ici, je ne sentais qu'une solitude pleine d'égarement.

Ce qui n'arrangeait rien, c'était que personne ne me disait rien. Chaque fois que je posais une question, je ne recevais que des réponses mitigées et vagues, avant que la personne interrogée ne change de sujet. Pour une fille qui était supposée hériter d'un genre de royaume, je n'étais pas véritablement informée, c'était le moins qu'on pût dire.

# DIX

# Prémonition

Après une bonne nuit de sommeil, je me levai et me préparai pour la journée. Je déambulai dans la maison sans intention particulière. Essayant de retrouver le chemin de la cuisine, je me trompai et me perdis. Rhys m'avait pourtant expliqué la veille comment le palais était ficelé, mais pas assez bien, apparemment.

Il était divisé en deux ailes imposantes, séparées par un grand hall d'entrée. Tout ce qui avait trait à la vie officielle se passait dans l'aile sud, qui abritait des salles de réunion, une salle de bal, une énorme salle à manger, des bureaux et la salle du trône, ainsi que les quartiers des domestiques et la chambre de la reine.

L'aile nord, moins officielle, contenait ma chambre, celles des invités, un salon, la cuisine et le petit salon.

Je me baladai dans cette aile nord en ouvrant des portes pour examiner ce qui se passait derrière. J'avais l'impression que cet endroit disposait d'autant de chambres qu'un Holiday Inn, sauf qu'elles étaient bien plus luxueuses. Je finis par tomber sur le petit salon d'Elora, mais comme elle n'y était pas, cela ne me servit à rien.

Je continuai et essayai d'ouvrir la porte opposée à la chambre d'Elora, dans le couloir, mais elle ne bougea pas d'un pouce. C'était la seule qui refusait de s'ouvrir jusqu'ici, et je trouvais cela bizarre. Surtout dans cette aile car, évidemment, une porte de bureau fermée à clé dans l'aile sud aurait paru logique.

Heureusement, je connaissais un ou deux trucs pour forcer un verrou. En cherchant à ne pas me faire virer d'une école, j'avais forcé des portes de bureaux pour y voler des papiers. Je ne le recommande pas, d'autant qu'en fin de compte, cela s'était avéré parfaitement inutile.

Je tirai une épingle à cheveux de mon chignon et regardai autour de moi. Personne en vue. Comme je n'avais croisé personne depuis le matin, j'optai pour l'effraction. Après quelques tours d'épingle infructueux, je sentis un déclic qui me permit de tourner la poignée.

Ouvrant tout doucement la porte, je jetai un coup d'œil à l'intérieur, m'attendant à tomber sur une salle de bain royale ou quelque chose comme ça. Personne n'ayant poussé de cri pour me faire sortir, j'ouvris la porte plus grande et entrai. Contrairement aux autres pièces, celle-ci était totalement sombre. Je finis par trouver l'interrupteur après avoir tâtonné le long du mur, et j'allumai. La salle, aux murs brun foncé, avait l'air d'un grand entrepôt, avec sa lampe nue pendant du plafond. Non meublée, elle n'avait en tout cas pas la majesté des autres pièces de la demeure.

En revanche, elle était remplie de tableaux qu'on n'avait pas suspendus aux murs, mais qui s'entassaient en désordre, du sol au plafond jusque dans le moindre recoin. Au début, je pensais qu'ils provenaient de la chambre du roi et de la reine mais, rapidement, je vis qu'aucun d'eux n'était un portrait.

Je saisis le plus proche de moi. Il représentait un nouveau-né enveloppé dans une serviette bleue. Je le déposai pour en prendre un autre, qui s'avéra un portrait d'Elora plus jeune. Encore plus belle que maintenant, elle était vêtue d'une somptueuse robe blanche, mais en dépit de sa beauté, son regard semblait triste et plein de remords.

Tendant le tableau au bout de mes bras pour mieux l'observer, je me rendis compte que les coups de pinceau étaient semblables à ceux du tableau du bébé. Même technique. Je saisis une autre toile pour comparer. Même chose.

Elles avaient toutes été peintes par le même artiste.

Je me souvins alors de l'atelier où j'avais vu Elora attelée à une peinture représentant, entre autres choses, des lustres et de la fumée. Je n'en aurais pas mis ma main au feu, mais j'aurais pourtant bien parié que toutes ces toiles étaient d'elle.

De plus en plus surprise, je poussai plus loin et tombai sur une toile qui me fit frissonner. En la tenant, je ne fus pas étonnée de voir mes mains trembler.

C'était un portrait de moi, telle que j'étais à peu près actuellement, bien que mieux habillée. Je portais une belle et ample robe blanche, mais une déchirure sur le côté révélait une marque ensanglantée. Mes cheveux, dont quelques mèches sortaient par endroits, étaient pour la plupart tirés en arrière.

Le tableau me représentait allongée sur le ventre, sur un balcon en marbre couvert de morceaux de verre que je ne semblais pas remarquer, mais qui brillaient comme des diamants. Les doigts de ma main étendue au-delà du balcon semblaient chercher à atteindre quelque chose au loin, dans un néant ténébreux.

Mais ce qui me surprit le plus était mon visage. J'avais l'air complètement horrifiée.

Le premier choc passé, je me rendis compte que cette toile me représentait *exactement* telle que j'étais, alors que je ne fréquentais les lieux que depuis une journée. Il était impossible qu'Elora ait pu me peindre de façon aussi détaillée, pour m'avoir vue à peine vingt-quatre heures.

Par ailleurs, comment aurait-elle pu me représenter aussi exactement avant de m'avoir rencontrée ?

— J'aurais dû me douter que tu étais en train de fouiner.

La voix de Finn, surgissant derrière moi par surprise, me fit sursauter au point que j'en lâchai le tableau.

— Je… je me suis perdue, mentis-je en me retournant pour le voir dans l'encadrement de la porte.

— Dans une pièce fermée à clé ? demanda-t-il en haussant un sourcil et croisant les bras.

— Non, je…

J'allais me lancer dans quelque excuse foireuse quand je décidai de laisser tomber. Je ramassai le tableau qui me représentait en train d'essayer d'atteindre le vide et le lui tendis pour qu'il le vît.

— Et ça, c'est quoi ?

— Il se trouve que c'est un tableau, et comme tu aurais dû t'en douter devant une porte fermée à clé, ce ne sont pas tes affaires.

J'éprouvai un vague soulagement en constatant que Finn n'était pas trop furieux. En tout cas, il était certainement moins énervé que ne l'aurait été Elora si elle m'avait découverte ici.

— Mais c'est moi, affirmai-je en tapotant la toile du doigt.

— Peut-être.

Il haussa les épaules, comme s'il n'en était pas convaincu.

— Je ne te posais pas la question. C'est moi. En train de faire quoi, d'après toi ?

— Je n'en ai pas la moindre idée, soupira Finn. Ce n'est pas moi qui ai peint cette toile.

— C'est Elora ? demandai-je, et je considérai son silence comme une approbation. *Pourquoi* a-t-elle peint cela ? *Comment* a-t-elle pu ? Nous ne nous sommes rencontrées qu'hier.

— C'est ta mère, elle t'a au moins connue à ta naissance, répondit Finn sèchement.

— Oui, mais ça ne compte pas, j'étais bébé.

Je lui mis le tableau sous le nez pour qu'il se rendît à l'évidence.

— Pourquoi a-t-elle précisément peint cela ? Et tout ceci d'ailleurs ?

— Parmi tes innombrables questions à propos de cette pièce, tu n'as jamais pris le temps de te demander *pourquoi* cette salle est fermée à clé ?

Finn me lança un regard sévère.

— Tu ne t'es jamais dit que peut-être Elora souhaite que personne ne voie tout ceci ?

— Ouais, j'y ai pensé.

Je regardai à nouveau le tableau me représentant.

— Mais ça, c'est moi, et j'ai le droit de savoir.

— Ce n'est pas ainsi que ça fonctionne. Tu n'as pas forcément le droit de connaître les pensées des autres simplement parce que tu y figures. De la même façon que je n'ai pas le droit d'accéder à tes pensées même si elles me concernent.

— Parce que tu t'imagines que je pense à toi ?

Je me sentis rougir et secouai vigoureusement la tête, comme pour essayer de retrouver le fil de ma pensée.

— Explique-moi juste ce qui se passe, mais sans me répondre que je n'ai qu'à aller poser la question à Elora, parce que j'en ai assez d'entendre ça. Surtout après avoir découvert tout ceci.

Je déposai le tableau et reposai les yeux sur Finn.

— Bon, si tu veux, mais sors d'ici avant qu'Elora ne t'y trouve.

Il s'écarta de la porte pour me laisser passer.

Il me fallut enjamber les toiles que j'avais dérangées. Par chance, il ne me demanda pas de les remettre en place, car je n'aurais pas su. Rien n'était organisé de façon précise et les tableaux étaient entassés au hasard.

Une fois que je fus dehors, Finn referma la porte en s'assurant qu'elle était bien verrouillée.

— Alors ? demandai-je avec obstination.

Il me tourna le dos, vérifiant encore une fois que la porte était bien fermée.

— Alors, c'est la pièce privée d'Elora, dit-il en se retournant vers moi et en désignant la porte. Ne rentre plus jamais là-dedans. Ne touche plus à ses affaires personnelles.

— Je ne vois pas ce qu'elles ont de si horrible. Pourquoi peindre des toiles si c'est pour ne pas les montrer ?

Comme il s'engageait dans le couloir, je le suivis, et il répondit :

— Elle peint parce qu'elle doit le faire.

— Que veux-tu dire ? m'enquis-je en fronçant les sourcils. Comme une artiste possédée par l'urgence de créer ?

Plus j'y pensais, plus je trouvais cela invraisemblable.

— Elora n'a pas du tout l'air d'une artiste.

— Elle n'en est pas vraiment une, soupira Finn. Elle a juste des prémonitions.

— Quoi ? Elle devine ce qui va se passer ? demandai-je sans y croire.

— En quelque sorte.

Il hocha la tête comme si ce n'était pas tout à fait exact.

— Elle ne voit pas le futur. Tout ce qu'elle peut faire c'est le *peindre*.

— Attends.

Je m'arrêtai, l'obligeant à faire quelques pas en arrière pour me regarder en face.

— Tu es en train de me dire que toutes ces toiles sont des représentations du futur ?

Finn opina.

— À l'époque où elle a réalisé ces toiles, oui. Depuis, certaines choses se sont produites.

— Ce qui signifie que la toile que j'ai vue me représente à un moment de mon avenir !

Je désignai la pièce fermée à clé.

— Mais cela veut dire quoi au juste ? Qu'est-ce que je fais dans cette peinture ?

— Je ne sais pas, répondit-il en haussant les épaules, comme s'il ne s'était jamais posé la question. Elora ne sait pas non plus.

— Mais comment peut-elle ne pas le savoir? C'est absurde… puisqu'elle l'a peint.

— Oui, et tout ce qu'elle sait, c'est ce qu'elle peint, expliqua Finn doucement. Elle n'a aucune vision. Elle prend les pinceaux et… ça sort. Du moins est-ce ainsi que je comprends les choses.

— Et pourquoi me représenter ayant l'air aussi terrorisée?

— C'est ainsi, affirma-t-il, une pointe de tristesse dans la voix.

Il inspira profondément et, s'éloignant à nouveau, il ajouta :

— C'est pour ça que cette porte est verrouillée.

— Que veux-tu dire? insistai-je en lui emboîtant le pas.

— Que tout le monde lui poserait mille questions sur ce qu'elle peint et qu'elle ne détient pas les réponses. Ou bien on lui demanderait de peindre un moment précis du futur, ce qu'elle ne peut pas faire. Elle n'a aucun pouvoir sur ce qu'elle représente.

— Alors à quoi bon? lui demandai-je.

J'accélérai le pas pour rester à sa hauteur et le voir de profil tandis qu'il regardait droit devant lui.

— Elle croit que c'est une punition.

— Pour quoi?

— On doit tous être punis pour quelque chose, dit-il.

Il hocha vaguement la tête.

— Si bien qu'elle n'a aucune idée de ce qui va m'arriver, ni de comment l'éviter?

— Non.

— C'est horrible, dis-je plus pour moi-même que pour lui. C'est même pire que de ne rien savoir du tout.

— Précisément.

Finn me regarda et ralentit le pas avant de s'arrêter.

— Et moi, tu crois que je serai aussi capable d'avoir un jour des prémonitions et de les peindre? demandai-je.

— Peut-être. Peut-être pas.

Son regard rencontra le mien de cette exquise façon qui n'appartenait qu'à lui, et si je n'avais pas eu l'estomac noué à cause de la vision de ma destinée prochaine, j'aurais certainement éprouvé un nouveau pincement au cœur.

— Sais-tu quels seront mes dons?

— Non. Seul le temps te le dira avec certitude. Si l'on en croit ton ascendance, ils devraient être très nombreux.

Son regard se perdit à nouveau dans le vague.

— Quand le saurai-je avec certitude?

— Plus tard. Après les débuts de ton apprentissage ou lorsque tu seras un peu plus âgée peut-être.

Finn me sourit légèrement.

— Tu peux t'attendre à des choses énormes.

— Comme quoi?

— Tout peut arriver.

Il me sourit plus franchement et reprit sa marche.

— Viens, j'ai quelque chose à te montrer.

# ONZE

# Jardin secret

Finn me fit traverser la maison jusqu'à une grande pièce du bas dotée d'une porte latérale, qui ouvrait sur un chemin en gravier bordé de hautes haies. Le sentier contournait la demeure et descendait la falaise pour rejoindre un jardin ravissant. La maison et ses balcons le surplombant en partie, une moitié du jardin était dans l'ombre, l'autre baignait dans la lueur douce et chaude du soleil.

Le jardin était protégé des regards extérieurs par de hauts murs de briques recouverts de vignes fleuries. À cause des pommiers, poiriers et pruniers en fleurs un peu partout, il ressemblait plutôt à un verger. Des fleurs roses, violettes et bleues jaillissaient de petits parterres et d'une étendue de mousse verte, qui rampait comme du lierre terrestre.

L'ensemble descendait en cascade le long de la pente de la colline. Je glissai en descendant et Finn me rattrapa par la main pour que je ne tombasse pas. Je sentis que je rougissais terriblement, mais dès que je retrouvai l'équilibre, il me lâcha la main. J'étais pourtant bien décidée à ce qu'il ne gâchât pas ma bonne humeur.

— Comment est-ce possible ? demandai-je en voyant voleter des papillons et des oiseaux autour des arbres. Ce n'est pas du tout la saison. Cette végétation ne devrait pas être en fleurs.

— Ici, tout fleurit toute l'année, même en hiver, répondit Finn, comme si cela expliquait tout.

— Comment ? répétai-je.

— Par magie.

Il sourit et s'éloigna.

Je levai la tête pour voir la maison au-dessus de nous. D'où j'étais, je n'apercevais aucune fenêtre. Le jardin, dissimulé par les arbres et implanté au bon endroit, n'était pas visible de la maison. Un jardin secret.

Je me dépêchai de rejoindre Finn, déjà parti loin devant. La falaise renvoyait en écho le bruissement du vent dans les arbres et du murmure de la rivière, mais je perçus aussi un rire. Je contournai une des haies pour découvrir un étang, qui, inexplicablement, incluait une petite cascade.

Aussi repérai-je d'où provenait le rire : de deux pierres galbées en forme de bancs.

Rhys, allongé sur l'un d'eux, riait aux éclats en regardant le ciel. Finn, debout à côté de lui, admirait l'étang qui chatoyait. Une fille visiblement un peu plus âgée que moi, assise sur l'autre banc, tenait une bouteille de Mountain Dew. Elle avait les cheveux d'un roux lumineux, des yeux verts étincelants et souriait un peu nerveusement. En m'apercevant, elle se leva d'un bond et pâlit.

— Tu arrives juste à temps, Wendy, me dit Rhys en se redressant. Nous étions juste au début du spectacle, avec Rhiannon sur le point de nous roter l'alphabet !

— Hé, c'est pas vrai Rhys, tu délires ! protesta la fille en rougissant. C'est juste que j'ai bu du Mountain Dew trop vite et en plus, je me suis excusée !

Rhys éclata à nouveau de rire et elle me regarda toute penaude.

— Désolée. Rhys peut se montrer tellement débile parfois. J'aurais préféré faire meilleure impression.

— Jusqu'ici tu t'en sors très bien.

Je n'étais guère habituée à ce que quelqu'un ait envie de faire bonne impression sur moi… Et je ne comprenais pas pourquoi cette fille en éprouvait le besoin. Elle avait, du reste, l'air plutôt sympathique.

— Bon enfin, Wendy, je te présente Rhiannon, la fille d'à côté.

Rhys faisait des gestes de l'une à l'autre.

— Rhiannon, voici Wendy, future maîtresse de tout ce qui t'entoure.

— Bonjour, heureuse de faire ta connaissance.

Ayant déposé sa boisson, elle s'approcha de moi pour me serrer la main.

— J'ai tellement entendu parler de toi.

— Ah oui ? En quels termes ?

L'espace d'un instant, Rhiannon pataugea en jetant des regards désespérés vers Rhys, qui se contentait de rire.

— Ça va. Je plaisantais, c'est tout, lui dis-je.

— Oh, pardon, dit-elle avec un sourire embarrassé.

— Pourquoi tu ne viens pas t'asseoir, pour te détendre un brin, Rhiannon ? lui lança Rhys en tapotant le banc à côté du sien pour détendre l'atmosphère.

Elle se sentait toujours gênée par ma présence et je ne parvenais pas à comprendre pourquoi.

— C'est nouveau ? demanda Finn à Rhys en montrant l'étang.

— Euh, ouais, acquiesça Rhys. Je crois qu'Elora l'a fait faire pendant que tu étais parti. Elle prépare tout pour ce qui doit se passer.

— Hum, dit Finn évasivement.

Je partis inspecter l'étang et la cascade, qui aurait dû vider l'étang, puisque celui-ci ne disposait d'aucune arrivée d'eau par ailleurs. J'admirais la façon dont il scintillait au soleil. En même temps, je me disais que cela n'était pas vraisemblable. Rien de tout ceci n'était plausible, de toute façon.

Rhys continuait de taquiner Rhiannon à tout propos, et elle ne cessait de rougir et de l'excuser. Leurs échanges ressemblaient à n'importe quelle saine relation entre frères et sœurs. Je ne pus m'empêcher de songer à Matt et repoussai bien vite cette pensée.

Je m'assis sur le banc en face d'eux. Finn vint s'asseoir près de moi. Rhys avait tendance à monopoliser la conversation, Rhiannon se contentant de le contrer quand il avançait des choses complètement fausses, ou de l'excuser quand elle trouvait qu'il était impoli. Il ne l'était pas, d'ailleurs. Il était amusant et plein de vie, s'évertuant à ce que rien ne parût trop dérangeant.

De temps en temps, lorsque le débat entre Rhys et Rhiannon s'envenimait, Finn me regardait et faisait des commentaires à voix basse. À chacune de ses remarques, je sentais son genou toucher le mien.

Je crus d'abord que ce hasard était dû à notre proximité, mais, plus ça allait, plus il se penchait vers moi et se rapprochait. Rhys et Rhiannon n'avaient sans doute pas remarqué ce subtil mouvement, mais moi si.

— Tu n'es qu'une peste ! soupira Rhiannon, amusée, après que Rhys lui eut lancé une fleur à la tête.

Admirant sa beauté, elle la tournait entre ses doigts.

— Tu sais que nous n'avons pas le droit de cueillir des fleurs. Elora te tuerait si elle le savait.

— Alors, qu'en penses-tu ? me demanda Finn à voix basse.

Je me penchai vers lui pour mieux l'entendre, ses yeux noirs plongeant dans les miens.

— C'est vraiment joli.

Je souris en faisant un geste pour désigner le jardin autour de nous, mais je ne pouvais détacher mon regard du sien.

— Je voulais que tu voies que tout ici n'est pas froid et intimidant, expliqua Finn. Je voulais que tu découvres quelque chose de chaleureux et de magnifique.

Un petit sourire sur les lèvres, il ajouta :

— Bien que, sans ta présence, rien ne soit aussi beau ici.

— Tu trouves ? demandai-je en essayant de rendre ma voix aussi séduisante que possible, sans y parvenir.

Finn sourit plus largement encore, et mon cœur se mit à battre à tout rompre.

— Désolée d'interrompre vos jeux.

Elora avait surgi derrière nous. Sa voix, pourtant peu puissante, sembla tout pénétrer.

Rhys et Rhiannon cessèrent illico leur bagarre. Ils se raidirent tous deux sur leur siège, faisant mine de contempler l'étang. Finn, tout en se retournant pour faire face à Elora, réussit à s'écarter sensiblement de moi, comme si ça avait été son intention. La façon dont elle me regardait me mit extrêmement mal à l'aise, même si je savais n'avoir rien fait de mal.

— Vous n'avez rien interrompu, l'assura Finn, même si je sentis un brin de nervosité dans sa voix. Vous vouliez vous joindre à nous ?

— Non, non, ça ira. J'avais juste quelque chose à vous dire, dit Elora en inspectant le jardin sans enthousiasme.

— Désirez-vous que nous partions ? offrit Rhys tandis que Rhiannon se levait promptement.

— Inutile, déclara Elora en levant la main.

Rhiannon rougit et se rassit.

— Nous avons des invités à dîner.

Ses yeux passaient de Rhys à Rhiannon, laquelle semblait terrorisée par ce regard.

— Je suis sûre que vous deux trouverez un moyen de vous rendre utiles.

— Quand ils arriveront, je partirai chez Rhiannon, suggéra Rhys avec bonne humeur.

Elora opina, visiblement satisfaite de sa réponse.

— Quant à toi, tu te joindras à nous.

Elora me sourit, sans parvenir pourtant à masquer un léger embarras.

— Ces invités sont de très bons amis de la famille, et je m'attends à ce que tu leur fasses bonne impression.

Elle fixa longuement Finn d'un regard si intense que j'en fus gênée. Il acquiesça avec entendement.

— C'est Finn qui s'occupera de te préparer pour le dîner.

J'opinai à mon tour, et supposant que je devais répondre quelque chose, je dis :

— OK.

— C'est tout. Continuez.

Elora pivota et repartit, sa jupe flottant derrière elle. Personne ne dit rien avant qu'elle ne se fût éloignée pour de bon.

Finn soupira. Quant à Rhiannon, elle tremblait presque de soulagement. Elle était visiblement plus terrifiée que moi par la reine, et je me demandais ce qu'avait bien pu faire Elora pour l'effrayer de la sorte. Seul Rhys sembla retrouver aisément ses marques dès qu'elle eut le dos tourné.

— Je ne comprends pas comment tu peux supporter ce truc qu'elle te fait, Finn, du genre transmission de pensées et tout, dit Rhys en hochant la tête. Ça me rendrait dingue qu'elle puisse s'insinuer comme ça dans mon cerveau.

— Pourquoi ? Il n'y a rien dans ton cerveau de toute façon, lui rétorqua Finn en se levant.

Rhiannon ricana nerveusement.

— Qu'est-ce qu'elle t'a raconté, en fait ? insista Rhys, levant la tête vers Finn.

Finn épousseta son pantalon pour le débarrasser de la poussière et des feuilles du banc, mais ne répondit pas.

— Finn ? Dis-moi ce qu'elle t'a dit.

— Rien qui ne te regarde, lui rétorqua Finn calmement avant de se tourner vers moi. Prête ?

— Pour quoi faire ?

— Nous avons plein de choses à voir.

Il jeta un coup d'œil méfiant en direction de la maison avant d'ajouter :

— Viens. Il vaut mieux que nous nous y mettions.

Tandis que nous retournions vers la maison, je me fis la réflexion qu'à chaque fois qu'Elora partait, je respirais mieux. Quand elle était là, j'avais le sentiment qu'elle absorbait tout l'oxygène alentour. Aspirant un grand coup, je me frottai le bras pour évacuer la sensation de froid qui m'avait gagnée.

— Ça va ? me demanda Finn, qui avait remarqué mon malaise.

— Ouais, super.

Je remis une boucle de mes cheveux en place derrière mon oreille.

— Bon alors… qu'est-ce qui se passe entre toi et Elora ?

— Que veux-tu dire ?

Finn me regardait du coin de l'œil.

— Je ne sais pas.

Je haussai les épaules, repensant à ce que Rhys avait dit après qu'elle était partie.

— On a l'impression que, si elle te regarde intensément avec une idée précise, tu comprends exactement de quoi il s'agit.

À peine avais-je prononcé cette phrase que cela me parut évident :

— C'est un de ses dons, n'est-ce pas ? Savoir s'adresser directement aux cerveaux. Un peu comme ce que je fais, mais en moins manipulateur. Elle te dit ce que tu dois faire.

— Elle ne me dit même pas quoi faire. Elle me parle, c'est tout, corrigea Finn.

— Et pourquoi ne me parle-t-elle pas comme ça ?

— Elle ne sait pas si tu serais réceptive. Quand on n'y est pas habitué, entendre la voix d'un autre à l'intérieur de son crâne peut s'avérer passablement perturbant. Et elle n'a eu aucune raison particulière de le faire avec toi.

— Mais avec toi, si?

Je ralentis le pas et il en fit autant.

— Elle te parlait de moi secrètement, c'est ça?

Finn s'arrêta. Je sentis qu'il se demandait s'il allait, ou non, me mentir.

— En partie, oui, admit-il.

— Elle peut lire dans les pensées?

Je trouvais la perspective plutôt effrayante.

— Non, très peu y parviennent.

Il me regarda à nouveau avec son petit sourire en coin.

— Tes secrets sont bien gardés, Wendy.

Comme nous traversions la salle à manger, Finn entreprit de m'aider à me préparer pour le dîner. Il apparut que je n'étais pas entièrement retardée et que j'avais quelques notions sur la façon de me comporter en société. Tout ce que Finn m'expliquait tenait du grand bon sens, comme de toujours dire « s'il vous plaît » et « merci », mais il m'encouragea aussi à me taire le plus souvent possible.

Il me semblait que sa mission consistait plus à me tenir en laisse qu'à m'apprendre les bonnes manières. Ce qu'Elora avait dû lui dire en secret était surtout de me surveiller comme l'huile sur le feu.

Le dîner était prévu pour vingt heures et les invités devaient arriver à dix-neuf heures. Environ une heure plus tôt, Rhys apparut pour me souhaiter bonne chance et me dire, pour le cas où cela intéresserait quelqu'un, qu'il s'apprêtait à partir chez Rhiannon. Peu de temps après, alors que je sortais de ma douche, Finn surgit à son tour, plus fringant que jamais.

Pour la première fois depuis qu'il avait cessé de fréquenter l'école, il était rasé de près et portait une chemise noire boutonnée jusqu'en haut, avec une fine cravate blanche et un pantalon noir.

Cette cravate aurait pu faire trop avec tout ce noir, mais il portait l'ensemble si bien qu'il n'en était que plus séduisant.

Je n'avais sur le dos qu'un peignoir de bain et me demandais pourquoi personne ici n'avait expliqué à ces garçons qu'il était malvenu d'entrer dans ma chambre avant que je ne fusse habillée. Au moins, j'imaginais que ce que je faisais à cet instant était un brin séduisant. Assise au bord du lit, je me passais une lotion sur les jambes. Je le faisais chaque fois que je sortais de la douche, mais puisque Finn était là, je la jouais hyper sensuelle, alors qu'en réalité, ça ne l'était guère.

Finn ne remarqua d'ailleurs rien. Il avait frappé une seule fois à la porte de ma chambre, et il me regarda à peine en entrant et en se dirigeant vers le placard. Alors qu'il farfouillait dans mes vêtements, furieuse au bout d'un moment, je fulminai en faisant pénétrer au plus vite le reste de lotion sur ma peau.

— Je ne pense pas avoir quoi que ce soit à ta taille, dis-je en m'allongeant davantage sur le lit pour essayer de voir ce qu'il trafiquait.

— Très drôle, murmura-t-il distraitement.

— Que fais-tu là-dedans? demandai-je en l'observant alors qu'il ne me regardait toujours pas.

— Une princesse doit être habillée comme une princesse.

Triant les robes, il en sortit une splendide, toute blanche, à manches longues et beaucoup trop chic pour moi. Il me la tendit en approchant.

— Celle-ci devrait faire l'affaire. Essaie-la.

— Y a-t-il autre chose de convenable dans cette penderie? demandai-je en jetant la robe sur le lit à côté de moi et en me retournant pour le regarder.

— Bien sûr, mais un vêtement pour chaque occasion, c'est mieux.

Il s'approcha du lit pour lisser la robe et s'assurer qu'elle n'avait pas pris de faux plis.

— C'est un dîner très important, tu sais.

— Pourquoi ? Qu'est-ce qu'il a de si important ?

— Les Strom sont de très bons amis de ta mère et les Kroner, des gens très importants. Ils ont une influence sur l'avenir.

Ayant fini de lisser la robe, Finn se tourna vers moi.

— Pourquoi ne continues-tu pas à te préparer ?

— Comment influencent-ils l'avenir ? Que veux-tu dire ? insistai-je.

— Nous en reparlerons plus tard.

Avec un signe de tête en direction de la salle de bain, Finn ajouta :

— Dépêche-toi, si tu veux être prête pour le dîner.

— Très bien.

Je sautai du lit en soupirant

— N'attache pas tes cheveux, ordonna Finn.

Pour l'instant ils étaient mouillés, mais je savais qu'une fois secs, ils se transformeraient en une masse indomptable et touffue de frisettes.

— Je ne peux pas. Mes cheveux sont intraitables.

— Nous avons tous des cheveux difficiles. Même Elora et moi. C'est le lot des Trylles. Encore une chose que tu dois apprendre à gérer.

— Tes cheveux n'ont rien à voir avec les miens, rétorquai-je, maussade.

Évidemment, avec un peu de produit pour les discipliner, ses cheveux courts avaient l'air doux, plats et dociles.

— Bien sûr que si, dit-il.

Je voulais tellement lui prouver qu'il avait tort que j'avançai pour toucher ses cheveux et passer mes doigts dans sa chevelure à ses tempes. Tout ce que je constatai, c'est qu'outre le fait qu'ils étaient raides de gel, ils avaient la même texture que les miens.

Je ne saisis qu'ensuite à quel point il était intime de passer les doigts dans les cheveux de quelqu'un d'autre. Après avoir examiné ceux de Finn, mon regard croisa ses yeux noirs et je me rendis compte que j'étais tout proche de lui.

Comme j'étais de petite taille, je me tenais inclinée vers lui sur la pointe des pieds, au point de pouvoir presque l'embrasser. Quelque chose me disait que c'était probablement un des trucs les plus épatants à faire à cet instant.

— Satisfaite ? me demanda Finn.

Faisant un pas en arrière, je retirai ma main.

— Il y a certainement des produits pour les cheveux dans ta salle de bain. Essaie-les.

Bien trop troublée pour parler, j'opinai en m'exécutant. Finn était d'un calme si peu naturel que dans ces moments-là, je détestais son air placide. Me retrouvant seule dans la salle de bain, c'était tout juste si je me souvenais encore de comment respirer.

Me retrouver si proche de lui m'avait fait oublier tout le reste, excepté ses yeux noirs, la chaleur de sa peau, son odeur délicieuse, la sensation de ses cheveux sous mes doigts et la courbure délicate de ses lèvres…

Je secouai vite la tête pour évacuer toute pensée le concernant. Il fallait que ça cesse.

Je devais être prête pour le dîner de ce soir et tirer parti de cette chevelure. J'essayai de me souvenir de ce que Maggie avait utilisé pour discipliner ma tignasse avant le bal, mais cela me semblait si loin.

Dieu merci, elle accepta de se laisser dompter, ce qui simplifia toute l'affaire. Finn ayant eu l'air de trouver mes cheveux convenables, j'en laissai un peu pendre dans mon dos et remontai des mèches de côté que j'attachai avec des pinces. Pour couronner le tout, je dégottai un collier en diamant dans ma boîte à bijoux.

La robe s'avéra encore plus difficile à maîtriser que ma coiffure. Dotée de la plus stupide des fermetures à glissière, qui refusait de remonter au-dessus de mes reins, et quelle que soit la façon dont je me contorsionnais, elle ne voulait pas bouger. Après m'être débattue jusqu'à me faire mal aux doigts, je dus m'avouer vaincue. Il me fallait de l'aide.

J'ouvris prudemment la porte de la salle de bain. Finn contemplait le soleil qui se couchait derrière la falaise. Quand il se retourna, il me dévisagea pendant une longue minute, puis dit avec un petit sourire :

— Tu as l'air d'une princesse.

— J'ai besoin d'aide pour la fermer, dis-je timidement en montrant du menton la fente ouverte dans mon dos.

Il approcha. C'était presque un soulagement de lui tourner le dos. La façon qu'il avait de me regarder me nouait le ventre, et j'étais parcourue de tremblements nerveux. Une de ses mains chaudes appuyait sur mon épaule nue pour maintenir le tissu tandis qu'il remontait la fermeture à glissière de la robe de l'autre. Malgré moi, je frissonnai.

Quand il eut fini, je fis quelques pas vers le miroir pour m'examiner. Je dus reconnaître que c'était réussi. Avec cette robe blanche et ce collier en diamant, j'étais splendide. N'était-ce pas trop pour un simple dîner ?

— On dirait que je vais me marier, commentai-je en me retournant vers Finn. Tu crois qu'il faut que je change de tenue ?

— Non, c'est parfait.

Il me contempla pensivement, et si je n'avais su qu'il en était autrement, j'aurais dit qu'il avait l'air triste. La sonnette de la porte d'entrée tinta bruyamment et Finn hocha la tête.

— Les invités viennent d'arriver. Allons les accueillir.

# DOUZE

# Présentations

Nous progressâmes côte à côte dans le couloir, mais une fois atteint l'escalier, Finn préféra se placer quelques marches derrière moi. Elora se tenait dans l'entrée en compagnie de trois personnes que je supposai être les Kroner, et tous se tournèrent vers moi lorsque je descendis les marches. C'était la première fois que je faisais une entrée remarquée, et cela avait quelque chose de merveilleux.

La famille Kroner consistait en une femme d'une rare beauté, vêtue d'une longue robe verte qui frôlait le sol, un monsieur séduisant en costume sombre et un garçon d'à peu près mon âge, également très beau. Même Elora arborait une allure plus extravagante que d'habitude. Sa robe était travaillée, et ses bijoux, plus imposants.

Sentant tous ces regards braqués sur moi, je m'efforçais de descendre les marches avec élégance, décontraction et le plus dignement possible.

— Voici ma fille, la princesse.

En me prenant la main, Elora me sourit presque gentiment.

— Princesse, voici les Kroner. Aurora, Noah et Tove.

Je souris poliment en exécutant une légère révérence, me rendant compte au même instant que c'était eux qui auraient peut-être dû se courber devant moi. Mais ils continuaient de me sourire agréablement.

— C'est une joie de vous rencontrer, dit Aurora d'un ton tellement sirupeux que je me demandai si on pouvait accorder la moindre confiance à ses propos.

Des boucles noires tombaient élégamment de sa coiffure, et ses immenses yeux noisette étaient extraordinaires.

Son époux, Noah, me fit une petite courbette, de même que son fils, Tove. Noah et Aurora affichaient une attitude respectueuse, tandis que Tove avait l'air de s'ennuyer royalement. Ses yeux vert olive croisèrent brièvement les miens, mais il détourna vite le regard, comme si ce contact l'embarrassait.

Elora nous pria de la suivre au petit salon pour discuter en attendant le souper. La conversation fut exagérément polie et banale, mais je suspectais que s'y glissaient de nombreux sous-entendus que je ne comprenais pas entièrement. Elora et Aurora devisaient la plupart du temps, Noah ajoutant très peu de choses. Tove ne disait rien, préférant regarder partout, sauf vers quelqu'un en particulier.

Finn, en retrait, ne parlait que lorsque sollicité. Il demeurait posé et aimable, mais à l'attitude hautaine qu'avait adoptée Elora à son égard, je déduisis qu'elle n'appréciait guère sa présence.

Comme il était de bon ton, et ainsi que Finn l'avait prédit, les Strom arrivèrent en retard. Il m'avait largement renseignée sur eux et les autres invités dans le courant de la journée, mais il semblait plus familier des Strom, dont il m'avait parlé en termes plus affectueux.

Ayant pisté Willa, Finn la connaissait bien, de même que Garrett, son père. La femme de Garrett (la mère de Willa) était décédée quelques années plus tôt. Finn m'avait expliqué que Garrett était du genre décontracté, et Willa, un tantinet raide. Âgée de vingt et un ans, elle avait goûté une existence excessivement privilégiée avant de revenir à Förening.

Quand la sonnette de l'entrée interrompit la conversation d'une exaspérante platitude entre Aurora et ma mère, Finn s'excusa pour aller ouvrir. Il revint en compagnie de Garrett et Willa.

Garrett, dans la mi-quarantaine, était encore fort beau. Sa chevelure noire en désordre me consola de la mienne, si imparfaite. Il me serra la main avec un sourire chaleureux qui me mit aussitôt à l'aise.

Willa, en revanche, affectait l'air snob de celle qui s'ennuyait profondément, tout en étant excédée. Très frêle, elle portait de longs cheveux bruns qui lui descendaient merveilleusement jusqu'à la taille, et un bracelet à la cheville, couvert de diamants. Quand elle me serra la main, sentant que son sourire semblait sincère, je la détestai un peu moins.

Maintenant qu'ils étaient tous là, nous pûmes rejoindre la salle à manger pour le souper. Willa entreprit d'engager la conversation avec Tove pendant que nous quittions le petit salon, mais il choisit de rester muet.

Finn tira ma chaise afin que je pusse m'asseoir, ce qui me combla d'aise, car personne, autant que je m'en souvins, n'avait jamais fait ça pour moi. Il attendit que tout le monde fût assis pour se mettre à sa place et ne se départit de cette marque de déférence de toute la soirée.

Si une personne se levait, Finn en faisait autant. Il était toujours le premier debout, et bien que le chef et le majordome fussent de service ce soir-là, il offrait toujours d'aller chercher ce dont quelqu'un avait besoin.

Le dîner s'étira bien plus lentement que je ne l'aurais imaginé. Comme j'étais vêtue de blanc, j'osais à peine manger, de peur de tacher ma robe. Jamais je ne m'étais sentie aussi jaugée. Je voyais bien qu'Aurora et Elora attendaient que je fisse une bourde pour bondir, tout en ne sachant pas en quoi mon échec aurait pu avantager l'une ou l'autre.

Garrett tenta de détendre l'atmosphère à plusieurs reprises, mais ses tentatives étaient systématiquement refoulées par Elora et Aurora, qui monopolisaient la conversation. Le reste d'entre nous parlait rarement.

Tove touillait beaucoup sa soupe, ce qui commençait à m'hypnotiser. Il avait lâché sa cuillère, mais il continuait à touiller sa soupe dans son bol, sans la main. Comme je devais le regarder bouche bée depuis un moment, Finn me donna un petit coup de pied pour me rappeler gentiment à l'ordre, et je remis aussitôt le nez dans mon assiette.

— Nous sommes si heureux de vous avoir parmi nous, me dit soudain Garrett en changeant le cours de la conversation. Que pensez-vous du palais jusqu'à présent ?

— Voyons Garrett, ce n'est pas un *palais*, déclara Elora en riant.

Ce n'était d'ailleurs pas vraiment un rire. C'était le genre de gloussement que font les gens riches quand ils parlent des nouveaux riches. Aurora ne faisant plus que pouffer à son tour, cela coupa en quelque sorte le sifflet d'Elora.

— Vous avez raison, c'est mieux qu'un palais, rétorqua Garrett.

Elora sourit avec modestie.

— Je l'aime beaucoup. C'est très joli.

Je savais ma réponse parfaitement insipide, mais je n'avais aucune envie de développer le sujet.

— Vous habituez-vous ? continua Garrett.

— Il me semble, répondis-je. Je suis arrivée il n'y a pas si longtemps.

— Il faut du temps, dit Garrett en regardant Willa, d'un air à la fois affectueux et soucieux.

Mais son sourire lui revint vite, et regardant Finn, il ajouta :

— De toute façon, vous avez en la personne de Finn, un expert en acclimatation des substitués.

— Je ne suis expert en rien, dit Finn calmement. Je m'acquitte de mon travail du mieux que je peux.

— Avez-vous déjà fait venir le couturier pour la robe ? demanda Aurora à Elora avant d'avaler une gorgée de vin.

Comme cela faisait une bonne minute qu'elle n'avait rien dit, il était temps qu'elle reprît les rênes de la conversation.

— Cette robe, que porte la princesse, est ravissante, mais je ne peux croire qu'elle ait été dessinée spécialement pour elle.

— Non, en effet.

Elora lui décocha son sourire sur mesure en jetant à ma robe un coup d'œil méprisant. Jusqu'à cette minute, cette robe avait été pour moi la plus belle que j'aie portée de ma vie.

— Le tailleur doit venir en début de semaine prochaine.

— Cela ne fait pas un peu juste pour samedi prochain ? questionna Aurora.

Je sentis les poils d'Elora se hérisser sous son sourire parfait.

— C'est dans une semaine à peine.

— Mais non, répondit Elora avec une suavité exagérée, comme si elle s'adressait à un enfant ou à un loulou de Poméranie.

— Je fais appel aux services de Frederique Von Ellsin, qui a dessiné la robe de Willa. Il travaille très vite, et ses créations sont toujours impeccables.

— Ma tenue était divine, intervint Willa.

— Oh, oui, s'exclama Aurora, qui s'autorisa un air enchanté. Nous l'avons à nouveau réservé pour l'arrivée de notre fille au printemps prochain. Il est beaucoup plus difficile de l'avoir à ce moment-là, car c'est la saison où tous les enfants reviennent.

Sa voix avait une inflexion vaguement condescendante, comme si nous avions fait quelque chose d'inconvenant en me faisant arriver hors saison. En dépit de ce qui, je finis par le comprendre, constituait une salve de piques polies envoyée par Aurora, Elora continuait de sourire.

— Faire venir la princesse à l'automne représente un avantage énorme, continua Aurora sur un ton de plus en plus condescendant. Tout est tellement plus facile à réserver. Quand Tove est arrivé à la maison la saison dernière, nous avons eu toutes les peines du monde à trouver le nécessaire. Au contraire, vous aurez tout à portée de main. Ce bal devrait être extraordinaire.

Depuis un moment, plusieurs alarmes carillonnaient dans ma tête. D'abord, on parlait de Tove et de moi comme si nous n'étions pas là, même si lui n'avait pas l'air de se préoccuper le moins du monde de ce qui pouvait se passer autour de lui.

Ensuite, on évoquait un évènement qui devait se passer le samedi suivant et qui, apparemment, nécessitait pour moi une nouvelle tenue de circonstance. Or, personne jusqu'ici n'avait encore éprouvé le besoin de m'en parler. Il est vrai que cela n'aurait pas dû m'étonner, on ne me disait jamais rien.

— La princesse est revenue à la maison de façon si inattendue que je n'ai pas eu le privilège de pouvoir faire, comme d'autres, des préparatifs pendant une année entière.

Le sourire d'Elora était chargé de venin, mais Aurora lui sourit à son tour, comme si de rien n'était.

— Je peux certainement vous donner un coup de main. Je viens d'en finir avec celui de Tove et je prépare déjà celui de notre fille, offrit Aurora.

— Avec grand plaisir.

Elora but une longue gorgée de vin.

Le dîner se prolongea ainsi, la conversation entre Elora et Aurora dissimulant à peine à quel point elles se détestaient. Noah ne dit pas grand-chose, mais au moins, il se débrouilla pour ne pas avoir l'air mal à l'aise ou ennuyé.

Willa, comme moi, regardait longuement Tove, mais pas pour les mêmes raisons. Elle le dévisageait avec convoitise et sans aucune honte. Même s'il était indéniablement très beau, je me demandais ce qui lui valait tant de désir de la part de cette fille. Je ne cessais de l'observer, car il était clair qu'il continuait de déplacer des objets sans les toucher.

Contrairement aux Strom, les Kroner ne s'éternisèrent pas après le dîner, et j'en conclus qu'Elora devait apprécier davantage la compagnie de Garrett et Willa.

Suivant Elora, je raccompagnai les Kroner, Finn ne se joignant au groupe que pour ouvrir les portes. En nous saluant, Aurora et Noah me firent une révérence, ce qui me sembla complètement déplacé. Pour quelle raison devait-on se courber devant moi ?

À mon grand étonnement, Tove prit délicatement ma main dans la sienne pour la baiser, en faisant lui aussi une révérence. Il se releva et leva les yeux sur moi en disant :

— Je me réjouis de vous revoir bientôt, princesse.

— Moi de même.

J'étais si contente de proférer quelque chose qui semblait enfin adapté à la circonstance que je souris largement. Probablement trop largement.

Après leur départ, l'oxygène sembla revenir dans la maison et Elora poussa un soupir d'agacement. Finn resta le front appuyé contre la porte pendant un petit moment avant de se retourner vers nous. Je me sentis soulagée de constater que je n'étais pas la seule à avoir trouvé la soirée exténuante.

— Ah !, cette femme !

Elora se frottait le front en secouant la tête, puis elle pointa le doigt sur moi.

— Et *toi*, tu ne te courbes devant personne. Surtout pas devant cette femme. Je sais que ça l'a ravie, et elle va maintenant dire à tout le monde que cette crétine de princesse ne sait même pas qu'elle ne doit pas se courber devant une marksinna.

Tout sentiment de fierté m'ayant subitement abandonnée, je baissai les yeux.

— Et tu ne dois pas non plus te courber devant moi, c'est clair ?

— Oui, dis-je.

— Tu es la princesse. *Personne* n'est au-dessus de toi. Compris ? me jeta Elora tandis que j'opinais. Ensuite, il faut que tu saches te comporter en princesse, que tu commandes à tous. Ils sont venus pour te voir, jauger ta force, et tu dois la leur montrer. Ils ont besoin d'être rassurés et certains que tu sauras tout diriger quand je ne serai plus.

Je gardai les yeux baissés, tout en me doutant que cela devait l'agacer, mais j'avais trop peur d'éclater en sanglots si je la regardais en train de me réprimander.

— Tu étais plantée là comme un joli bijou sans utilité, et c'est exactement ce qu'elle voulait.

Elle soupira à nouveau de dégoût.

— Et cette façon ridicule que tu avais de te pâmer devant leur fils…

Là-dessus, elle s'interrompit, secouant la tête comme si elle s'estimait trop lasse pour continuer. Elle me tourna le dos pour retourner au petit salon. Comme je ravalais mes pleurs, Finn me toucha délicatement le bras en souriant.

— Tu t'en es très bien sortie, murmura-t-il. Elle est furieuse contre Aurora Kroner, pas contre toi.

— Elle avait plutôt l'air sacrément énervée contre moi, marmonnai-je.

— Ne te laisse pas impressionner.

Il me serra le bras, ce qui diffusa en moi une chaude vague de frissons. Je ne pus faire autrement que de lui renvoyer son sourire.

— Allez, viens, retournons voir les invités.

Au petit salon, où Garrett et Willa nous attendaient, l'atmosphère était bien plus détendue qu'au dîner. Finn avait même desserré sa cravate. Son explosion semblait avoir complètement calmé

Elora, qui, assise à côté de Garrett, l'écoutait. J'avais l'impression qu'il accaparait exagérément son attention, mais ça ne me dérangeait pas.

Une autre facette du caractère de Finn devait se dévoiler bientôt. Assis près de moi, une jambe repliée sur le genou, il discutait avec les autres. Toujours aussi charmant et respectueux, il prenait cette fois largement part à la conversation. Je serrais les dents, de crainte de dire la mauvaise chose, ravie par ailleurs que Finn divertît Garrett et Willa. Même Elora avait l'air enchantée.

Lorsque Garrett et Elora se mirent à parler politique, Finn s'insinua encore plus dans la conversation. Apparemment, Elora allait devoir engager un nouveau chancelier dans six mois. Je ne savais pas ce que c'était, mais je ne demandai rien, de peur de paraître idiote.

La soirée avançant, Elora s'excusa pour cause de migraine. Garrett et Finn se montrèrent compatissants, mais aucun d'eux n'eut l'air particulièrement surpris ou soucieux. Ils poursuivirent sur le thème du nouveau chancelier à trouver et il devint vite clair que Willa s'ennuyait. Elle prétendit avoir besoin d'air et m'invita à l'accompagner dehors.

Nous marchâmes le long d'un couloir menant à une sorte d'antichambre aux portes vitrées quasi invisibles. Celles-ci ouvraient sur un balcon qui courait tout le long de la façade. Il était doté d'une solide rambarde noire qui m'arrivait à hauteur de poitrine.

Je m'immobilisai, me souvenant du tableau d'Elora que j'avais vu dans sa pièce verrouillée. C'était exactement le même balcon, celui où elle m'avait représentée allongée sur le ventre, la main cherchant à atteindre quelque chose dans le vide et le regard terrifié. Je regardai ma robe, mais ça n'était pas la même ; elle était ravissante aussi, mais celle du tableau était moirée. Du verre brisé recouvrait le sol alors que là, il n'y en avait pas.

— Tu viens ? m'appela Willa.

— Euh, ouais.

Je secouai la tête et, inspirant profondément, la rejoignis.

Willa marcha jusqu'au bout du balcon et se pencha sur la rambarde. La vue y était encore plus extraordinaire. Le balcon surplombait un vide d'une trentaine de mètres. En dessous, les cimes des érables, chênes et arbres à feuilles persistantes s'étendaient à perte de vue. Le jardin secret demeurait caché.

Plus loin au pied de la falaise, j'apercevais les toits des maisons et encore plus loin, le fleuve turbulent qui s'enfuyait. Une brise se mit alors à souffler sur le balcon en nous rafraîchissant soudain, et Willa soupira.

— Ça suffit ! grommela Willa.

Je crus d'abord qu'elle s'adressait à moi.

Je m'apprêtais à lui demander ce qu'elle voulait dire quand elle leva la main et agita un peu les doigts. Quasi instantanément, ses cheveux, qui avaient été dérangés par le vent, se remirent sagement en place sur ses épaules. Le vent avait cessé.

— Tu viens de faire ça ? lui demandai-je en essayant de ne pas trop montrer ma stupéfaction.

— Ouais. Mais c'est tout ce que je sais faire. Minable, non ? répondit Willa en fronçant le nez.

— Non, en fait, c'est super, admis-je.

Elle pouvait dompter le vent ! C'était une force naturelle qu'on ne pouvait maîtriser, mais il lui suffisait d'agiter quelques doigts pour qu'il cessât, comme par magie.

— J'ai toujours espéré avoir un jour un *véritable* talent, et comme ma mère ne pouvait commander qu'aux nuages, je ne peux pas me plaindre, je fais mieux, dit Willa en haussant les épaules. Tu verras, quand tes talents commenceront à se manifester. Nous espérons tous obtenir celui de la télékinésie, ou au moins de la persuasion, mais en fait, nous devons nous contenter, si nous avons de la chance, de l'aptitude à commander aux éléments. Les talents ne sont plus ce qu'ils étaient, je crois.

— Savais-tu que tu avais quelque chose avant d'arriver ici? demandai-je en la regardant par-dessus mon épaule.

Le dos appuyé à la rambarde, elle laissait ses cheveux pendre dans le vide.

— Ouais, j'ai toujours su que je valais mieux que tous les autres.

Ses yeux se fermèrent et elle agita à nouveau les doigts, créant une petite brise qui lui traversa les cheveux.

— Et toi?

— Hum… oui, si on veut.

Différente sans aucun doute. Meilleure, sûrement pas.

— Tu es plus jeune que la plupart d'entre nous, décréta Willa. Tu vas toujours en classe?

— J'y allais.

Personne n'avait évoqué le sujet de l'école depuis que j'étais arrivée et je n'avais pas la moindre idée de ce qu'ils comptaient faire pour parfaire mon éducation.

— L'école est empoisonnante de toute façon.

Willa se redressa et, me regardant solennellement, elle ajouta :

— Pourquoi t'ont-ils fait venir plus tôt dans ce cas? À cause des Vittras?

— Que veux-tu dire? demandai-je, inquiète.

Je savais de quoi elle parlait, mais je voulais voir si elle allait me le dire. Personne n'avait semblé désireux de me parler des Vittras, et Finn n'avait jamais évoqué leur attaque depuis mon arrivée. J'imaginais être en sécurité à l'intérieur de l'enceinte, mais je ne savais pas s'ils voulaient toujours me récupérer.

— J'ai entendu dire que les Vittras rôdaient ces temps-ci, pour essayer d'attraper des enfants substitués trylles, déclara Willa nonchalamment. Je me suis dit que tu étais pour eux une priorité de choix, puisque tu es la princesse, et ça n'est pas rien ici.

Elle contemplait ses doigts de pieds nus en réfléchissant.

— Je me demande si je serais une de leurs priorités. Mon père n'est ni roi, ni rien de ce genre, encore que nous soyons de sang royal, quand même. Qu'y a-t-il juste en dessous d'une reine dans le monde des humains ? Duchesse, non ?

— Aucune idée.

Je haussai les épaules. Je n'y connaissais rien en monarchie et titres de noblesse, ce qui était un comble puisque je faisais désormais partie d'une monarchie.

— Ouais, je crois que c'est ça.

Les yeux de Willa se plissaient à force de concentration.

— Mon titre officiel est marksinna, ce qui équivaut à duchesse. Mon père est un markis, c'est-à-dire un marksinna au masculin. Nous ne sommes pas les seuls d'ailleurs. Il y a six ou sept familles portant ce titre à Förening. Si tu n'étais pas revenue, les Kroner auraient été les suivants sur la liste. Ils sont terriblement puissants, et ce Tove est un beau parti.

Bien qu'il fût beau, rien ne m'avait particulièrement attirée chez Tove, autre que son aptitude en télékinésie. Quand même, cela faisait un drôle d'effet de se dire qu'ils convoitaient ma place alors que nous venions de les recevoir à dîner.

— Je n'ai pas trop à m'inquiéter de tout ça, je crois, déclara Willa en bâillant. Pardon, mais l'ennui me donne envie de dormir. Si nous rentrions ?

Il commençait à faire froid et j'acceptai avec joie. À peine étions-nous à l'intérieur que Willa s'allongea sur le canapé et s'endormit. Garrett s'excusa sans traîner. Il partit dire au revoir à Elora, puis aida Willa à regagner leur voiture.

Le majordome commença bientôt à tout ranger, et Finn suggéra que nous retournions dans nos chambres. La soirée ayant été particulièrement fatigante, j'acquiesçai volontiers.

— Que se passe-t-il ? lui demandai-je après le départ des Strom.

C'était la première fois que je pouvais vraiment lui parler depuis le début de la soirée.

— C'est quoi, ce bal, ou cette fête, ou ce je ne sais quoi, qui doit avoir lieu samedi prochain?

— C'est l'équivalent trylle du bal des débutantes, sauf que les garçons y ont droit aussi, expliqua Finn en montant l'escalier.

Je me souvins tristement de la fierté que j'avais éprouvée quelques heures plus tôt en descendant ce même escalier. Pour la première fois de ma vie, je m'étais sentie une vraie princesse, et maintenant, je me percevais juste comme une gamine déguisée. Aurora avait percé à jour mon harnachement luxueux (qu'elle ne trouvait d'ailleurs pas très chic) et compris que je n'étais pas spéciale.

— Je ne sais même pas ce qu'est un bal de débutantes, dis-je en soupirant.

Je ne connaissais rien à la haute société.

— C'est une fête d'affirmation de soi, ta présentation au monde si tu veux, expliqua Finn. Les enfants substitués n'ont pas été élevés ici. Personne ne les connaît dans la communauté. Si bien que lorsqu'ils reviennent, on leur laisse quelque temps pour s'acclimater, puis on les introduit en société. Chacun des substitués a droit à sa fête, et la plupart sont généralement modestes. Mais comme tu es la princesse, tes invités viendront de toute la communauté trylle. Ça sera une sérieuse épreuve.

— Je ne suis pas du tout prête pour ça, grommelai-je.

— Tu le seras, m'assura Finn.

Nous parcourûmes le reste du trajet jusqu'à ma chambre en silence. Je continuais de m'inquiéter au sujet de cette fête. Cela ne faisait pas si longtemps que j'étais allée à ma première soirée dansante, et voilà qu'on me demandait d'être le centre d'intérêt d'un bal officiel.

Je n'y arriverais jamais. La soirée n'avait été qu'un simple dîner vaguement officiel et pourtant, je n'avais pas été à la hauteur.

— Je suis sûr que tu dormiras bien cette nuit, me dit Finn au moment où j'ouvrais la porte de ma chambre.

— Il faut que tu viennes m'aider, désignai-je en montrant ma robe. Je ne peux pas défaire la fermeture toute seule.

— Bien sûr.

Finn me suivit dans la chambre assombrie et alluma. La paroi vitrée faisait comme un miroir réfléchissant dans la nuit, et apercevant mon reflet, je me trouvai toujours jolie. Et puis, je me rendis comptte que c'était probablement parce que d'autres avaient choisi ma tenue. Mon jugement était faussé. Je m'éloignai du miroir et attendis que Finn défît ma robe.

— J'ai tout bousillé ce soir, n'est-ce pas ? demandai-je tristement.

— Non. Absolument pas.

La main chaude de Finn s'appliqua sur mon dos, et je sentis la robe se libérer au moment où il défit la fermeture à glissière. Je la retins devant moi en croisant les bras et le regardai. Je me rendais à moitié compte que nous étions à peine éloignés l'un de l'autre et que ses yeux sombres me fixaient.

— Tu as fait exactement ce que je t'avais dit de faire, dit Finn. Si quelqu'un a déraillé, c'est moi. Mais la soirée n'a pas été gâchée. Elora ne supporte pas les Kroner, c'est tout.

— Pourquoi ? Pourquoi alors les laisse-t-elle prendre le dessus ? C'est elle, la reine.

— On a déjà vu des monarques se faire renverser, répondit Finn calmement. Ceux qui s'avèrent inaptes peuvent être réprouvés par le prétendant suivant et se voir rapidement destitués.

Plus il parlait, plus je blêmissais. C'était trop pour moi. J'avais mal au cœur et avalais avec peine. Le bal avait été suffisamment terrifiant comme ça, si je ne réussissais pas à celui-ci, ma mère serait détrônée.

— Ne t'en fais pas, ça ira.

Son expression s'assombrit à nouveau, puis il ajouta doucement :

— Elora a un plan pour les calmer.

— C'est quoi?

Au lieu de me répondre, son regard divagua et son visage perdit toute expression. Il fronça les sourcils en secouant la tête.

— Désolé, dit Finn. Tu vas devoir m'excuser. Elora a besoin de moi dans sa chambre.

— Elora te réclame dans sa chambre?

Les mots se bousculèrent sans que je pusse dissimuler mon trouble.

Il semblait assez inconvenant que Finn lui rendît visite en pleine nuit. Peut-être venait-elle de lui demander, en s'adressant directement à son cerveau, de la rejoindre dans sa chambre, et je ne parvenais pas à me faire une idée exacte de leur type de relation.

Le fait que je fusse jalouse de ma propre mère était passablement agaçant, et cela ne fit qu'augmenter la sensation de nausée qui me submergeait, en plus du reste.

— Oui, elle a une terrible migraine.

Finn s'éloigna de moi.

— Bon, alors, amuse-toi bien, marmonnai-je.

La porte se referma doucement derrière lui, et je regagnai la salle de bain pour ôter mes bijoux et passer un pyjama. L'anxiété troubla mon sommeil cette nuit-là. Tout ce que j'avais à accomplir m'angoissait.

Je ne savais rien de ce pays et de ces gens qu'on me demandait de diriger dans un futur proche. Ça n'aurait pas été aussi insurmontable s'il n'avait fallu qu'en l'espace d'une semaine, je parvinsse à les convaincre que j'en étais capable.

Si je n'y arrivais pas, tout ce pourquoi ma mère s'était battue pendant des années lui serait repris. Même si je n'étais pas une inconditionnelle d'Elora, je l'étais encore moins d'Aurora, et l'idée de ruiner complètement l'héritage familial ne m'enchantait guère.

# TREIZE

# Être Trylle

Fort heureusement, les dimanches paresseux existaient aussi à Förening. Je me réveillai tard, heureuse d'apprendre que le chef était toujours en service pour faire les petits déjeuners. J'aperçus brièvement Finn en passant dans le couloir, mais nous n'échangeâmes pas grand-chose outre un signe de tête.

Plus tard, je retournai m'allonger sur mon lit, certaine que j'allais passer une journée terriblement ennuyeuse. Et puis, Rhys frappa à ma porte, interrompant mon envie de traîner misérablement. Il m'invitait à venir voir des films dans sa chambre en compagnie de Rhiannon.

Sa chambre était la version masculine de la mienne, ce qui était logique, puisque c'était lui qui avait installé ma pièce. La seule différence résidait en un gros canapé rembourré, placé devant la télé. Sur l'insistance de Rhys, nous avons fini par regarder la trilogie du *Seigneur des anneaux*. Il prétendait que c'était plus marrant à voir une fois qu'on avait vécu parmi de vrais trolls.

Rhys s'était installé entre nous deux. Pendant le premier film, il se tint bien au milieu de canapé, et puis, après trois ou quatre heures de marathon cinéma, je remarquai qu'il s'était rapproché de moi. Cela ne me gênait nullement.

Comme il parlait et plaisantait avec Rhiannon, leur comportement me mettait à l'aise. Après une fin de semaine où je n'avais fait que décevoir le désir d'Elora de faire de moi une parfaite petite princesse, il était bon de se détendre et de rigoler simplement.

Rhiannon partit après le début du troisième film, prétendant qu'elle devait se lever tôt le lendemain matin. Après son départ, Rhys ne s'éloigna pas de moi pour autant. Il était installé si près sur le canapé que sa jambe appuyait contre la mienne.

Je pensais m'éloigner un peu, mais je n'avais pas de vraies raisons pour le faire. Le film était amusant, il était séduisant et j'aimais sa compagnie. Il ne fallut pas attendre longtemps pour que son bras fût passé « nonchalamment » autour de mes épaules, ce qui faillit me faire éclater de rire.

Il ne faisait pas battre mon cœur comme Finn, mais la chaleur de son bras faisait du bien. Avec Rhys, je me sentais normale, comme cela ne m'était jamais arrivé, et je ne pouvais m'empêcher de l'apprécier. Finalement, je m'appuyai sur lui, la tête reposant sur son épaule.

Ce dont je ne me doutais pas, c'était que de regarder au complet les trois volets allongés du *Seigneur des anneaux* d'un seul coup représentait plus de onze heures de visionnement. Pour faire passer un ennuyeux dimanche après-midi, cela semblait génial, mais aux alentours de minuit, l'affaire se transforma en lutte acharnée contre le sommeil, et à ce stade, je perdis la bataille.

Au petit matin, alors que je dormais profondément sur le canapé de la chambre de Rhys, je n'avais pas idée du remue-ménage qui se produisait dans la maison. J'aurais adoré ne pas en entendre parler et continuer à dormir, mais Finn, surgissant paniqué, me réveilla brusquement.

— Oh mince ! m'écriai-je en sautant du canapé.

Finn m'avait fait peur et mon cœur bondissait dans ma poitrine.

— Que se passe-t-il ? Tout va bien ?

Au lieu de répondre, Finn ne bougeait pas et me dévisageait. Derrière moi, Rhys se réveillait bien plus lentement. Finn ne l'avait apparemment pas autant effrayé que moi.

Je regardai Rhys, qui était vêtu d'un t-shirt et de joggings qui ne lui allaient pas trop mal, mais la vision que Finn avait dû avoir en surgissant dans la pièce m'apparut soudain.

Je portais encore aussi ma tenue d'intérieur, et Rhys et moi avions dormi enlacés. Même si Finn n'avait pas remarqué la chose, personne ne pouvait nier que je venais de passer la nuit ici. Je me creusai les méninges à la recherche d'une excuse, mais à cet instant précis, la plus innocente des vérités ne me venait même pas à l'esprit.

— Elle est ici ! lança Finn.

Au grognement de Rhys, je compris que les choses allaient mal. Maintenant totalement éveillé, il se tenait honteusement à mes côtés. Je voulais demander à Finn ce qui se passait et pourquoi il avait l'air si excédé, mais Elora ne m'en laissa pas le temps.

Elle apparut sur le seuil de la porte, sa robe émeraude flottant derrière elle en volutes théâtrales et ses cheveux, regroupés en une longue et unique natte, lui tombaient dans le dos. Bien que debout derrière Finn, elle éclipsait tout.

Je m'étais souvent dit qu'elle avait l'air triste, mais ça n'était rien comparé à l'expression d'extrême sévérité qui s'était emparée de son visage. Sa mauvaise humeur faisait peine à voir et ses yeux étaient pleins de rage.

— Mais qu'est-ce que tu t'imagines ?

La voix d'Elora résonna douloureusement dans mon crâne. Elle y avait ajouté une touche de vibrations télépathiques pour la rendre encore plus fulgurante.

— Pardon, dis-je. Nous ne faisions que regarder des films et nous nous sommes endormis.

— C'est ma faute, ajouta Rhys. J'ai mis la…

— Je me fiche de ce que vous faisiez! Vous rendez-vous compte de l'indécence de votre comportement?

Son regard se concentra sur Rhys, qui s'enfonçait encore plus en arrière.

— Rhys, tu sais que ceci est inadmissible.

Elle se frottait les tempes comme si une nouvelle migraine s'emparait d'elle, au point que Finn sembla s'en inquiéter.

— Je ne veux même pas en parler avec toi! Prépare-toi pour aller à l'école et disparais!

— Oui, Madame, dit Rhys. Pardon.

— Quant à toi…

Elora pointa son doigt vers moi, sans trouver quoi dire. Elle avait l'air si déçue et consternée par ma conduite.

— Je me fiche de savoir comment tu as été élevée avant de venir ici, mais tu dois au moins savoir quel comportement est digne de celui d'une jeune fille.

— Je ne faisais qu… commençai-je, mais elle leva la main pour m'imposer le silence.

— Et pour être honnête, celui qui me déçoit le plus, c'est toi, Finn.

Elle ne hurlait plus. Lorsqu'elle se tourna vers Finn, elle eut juste l'air fatiguée. Il baissa honteusement les yeux et elle ajouta, hochant la tête :

— Je ne peux pas croire que tu aies laissé ceci se produire. Tu sais pourtant bien que tu ne dois pas la perdre de vue.

— Je sais. Cela ne se reproduira plus.

Finn se courba devant elle en s'excusant.

— J'espère bien! Et maintenant, tâche de lui apprendre les bonnes manières trylles. Entre-temps, je ne veux plus vous voir.

Elle leva les mains, comme si elle en avait fini avec nous, et quitta la pièce.

— Pardon, je suis désolé, s'excusa Rhys avec emphase.

Ses joues rouges le rendaient encore plus mignon.

Il serait pourtant exagéré de dire que j'accordai sur le moment une réelle importance à son aspect. J'avais l'estomac noué et je bénissais le ciel de ne pas pleurer comme une madeleine. Je ne savais même pas ce que j'avais fait de mal. Je comprenais bien que dormir dans la chambre d'un garçon n'était pas le truc idéal, mais tout le monde s'excitait ici comme s'il s'agissait d'une faute capitale.

— Prépare-toi pour l'école, envoya Finn à Rhys sans plus d'égards avant de se tourner vers moi. Toi. Dehors. *Maintenant.*

Je fis, en m'en allant, un gros détour pour éviter de l'approcher. J'adorais habituellement être près de lui, mais pas aujourd'hui. Mon cœur battait à tout rompre, pas de plaisir cette fois. Finn essayait de garder un visage placide, mais on sentait bien tension et colère irradier de lui. Pendant qu'il tançait Rhys sur la façon dont il devait se tenir, je m'éclipsai vers ma chambre.

— Où vas-tu ? me demanda Finn au moment où j'ouvrais la porte de ma chambre.

Venant juste de quitter la chambre de Rhys, il en claqua la porte derrière lui, ce qui me fit sursauter.

— Dans ma chambre ? tentai-je confuse.

— Non, pour le moment, tu vas me suivre dans la mienne, dit-il.

— Quoi ? Mais pourquoi donc ?

Une petite partie de moi était excitée à l'idée de le suivre dans sa chambre. Cela ressemblait vaguement à un fantasme que j'avais eu. Mais à la façon dont il me regardait actuellement, j'étais plus terrorisée qu'autre chose. Allait-il me liquider en douce ?

— Il faut que je me prépare pour la journée et je ne sais plus comment faire pour ne pas te quitter des yeux.

Il portait un pantalon de pyjama avec un t-shirt, et ses cheveux noirs ne paraissaient pas aussi lisses que d'habitude.

J'opinai et m'empressai de lui emboîter le pas. Il marchait rapidement et filait si vite que je ne parvenais à le suivre que deux ou trois pas en arrière.

— Je suis vraiment désolée, tu sais. Je n'avais pas l'intention de m'endormir. Nous regardions des films et ça n'en finissait plus. Si j'avais su que ça s'éterniserait comme ça, je serais retournée plus tôt dans ma chambre.

— Tu aurais dû savoir, Wendy ! s'exclama Finn, exaspéré. Il faut que tu saches que tes actions ne sont pas sans conséquence et que tout ce que tu fais a une incidence !

— Pardon ! répétai-je. La journée d'hier s'annonçait tellement barbante que je voulais juste faire *quelque chose*.

Finn pivota soudain vers moi, me surprenant au point que je fis un pas en arrière. Mon dos cogna le mur, mais il se rapprocha. Il posa un bras sur le mur à côté de moi, son visage à quelques centimètres du mien. Ses yeux sombres pétillaient, mais sa voix restait étrangement calme et posée.

— Tu sais de quoi ça a l'air, une fille qui passe la nuit dans la chambre d'un garçon ? Je suis certain que tu le sais. Eh bien, c'est encore pire lorsqu'une *princesse* passe la nuit seule avec un *mänsklig*. Ça peut tout compromettre.

— Je… je ne comprends pas ce que tout cela veut dire, bafouillai-je. Personne ne veut me l'expliquer.

Finn me dévisagea pendant une nouvelle pénible minute, puis soupira et fit un pas en arrière. Tandis qu'il se frottait les yeux, je ravalai mes larmes et inspirai un grand coup.

Quand il me fixa à nouveau, son regard s'était adouci, mais il ne dit rien. Il se contenta de partir vers sa chambre. Je le suivis sans trop savoir si je pouvais.

Sa chambre était plus petite que la mienne, mais d'une taille plus sécurisante. Bien que les stores fussent baissés, je pouvais voir qu'un des murs était entièrement vitré. Des couvertures de couleur foncée étaient étendues sur son lit et des livres débordaient des étagères de sa bibliothèque. Un ordinateur portable était posé dans un coin, sur un petit bureau.

Il disposait comme moi d'une salle de bain attenante. Il y entra, en laissant la porte ouverte, si bien que je l'entendis se brosser les dents. Je m'assis prudemment sur le rebord du lit pour regarder autour de moi.

— Tu dois passer pas mal de temps dans ta chambre, non ?

Je savais qu'il faisait beaucoup d'allers et venues, mais le fait de disposer ici d'autant d'affaires indiquait qu'il y vivait de façon plus permanente.

— J'habite ici, quand je ne piste pas, dit-il.

— Ma mère t'aime bien, articulai-je faiblement.

— Pas en ce moment, non.

Finn éteignit le robinet et sortit. Il s'adossa à l'encadrement de la porte et leva les yeux vers moi en soupirant.

— Je suis navré d'avoir crié contre toi.

— Ça va, dis-je en haussant les épaules.

Je ne comprenais toujours pas pourquoi il s'était *autant* énervé, mais à sa décharge, il est vrai que j'étais désormais princesse et que je devais le montrer.

— Non, tu ne le méritais pas.

Il se frotta le front et secoua la tête.

— Quand j'ai vu que tu n'étais pas dans ta chambre ce matin, j'ai paniqué. Avec tout ce qui se passe du côté des Vittras et tout… dit-il en secouant la tête.

— Qu'est-ce qui se passe avec les Vittras ?

Mon cœur se remit à battre plus vite.

— Rien qui doive t'inquiéter, répondit Finn. Ce que je veux dire, c'est que j'étais énervé de ne pas te trouver et que je n'aurais pas dû m'en prendre à toi. Je m'excuse.

— Non, c'est ma faute. Vous aviez tous raison.

Finn restait là, appuyé à la porte en regardant ailleurs, quand quelque chose me frappa.

— Comment as-tu su que je n'étais pas dans ma chambre ?

— J'ai vérifié, bien sûr, répondit Finn, qui me dévisageait comme une idiote. Je vérifie tous les matins.

— Tu viens vérifier, même quand je dors ? Tous les matins ?

Je le regardai ahurie.

Il acquiesça.

— Je ne savais pas.

— Et comment le saurais-tu puisque tu dors ? fit-il remarquer.

— Ben… Ça fait drôle, c'est tout, rétorquai-je.

Matt et Maggie aussi me surveillaient, mais ça me faisait un curieux effet que Finn pouvait ainsi entrer chez moi, ne serait-ce qu'une seconde, et me voir dormir.

— Je suis chargé de vérifier que tout va bien et que tu n'as pas de problème. Ça fait partie de mon boulot.

— Tu ne changes jamais de disque ? murmurai-je avec lassitude. On dirait que tu ne fais que travailler.

— Qu'est-ce que tu veux que je te dise ? répliqua Finn en me regardant posément.

Je secouai la tête et regardai ailleurs. Mon pantalon de jogging, dont je tirais consciencieusement sur les peluches, attirait soudain toute mon attention. Finn continuait de me dévisager et je m'attendais à ce qu'il allât se préparer. Comme il n'en fit rien, je décidai de rompre le silence.

— C'est quoi un mänsklig ? demandai-je en levant de nouveau les yeux vers lui.

Il soupira.

— La traduction littérale de mänsklig est « humain ».

Il reposa sa tête contre l'encadrement de la porte et me regarda.

— Rhys est un humain.

— Je ne comprends pas. Pourquoi est-il ici alors ?

— À cause de toi, répondit Finn.

Ce qui ne fit que me perturber davantage.

— Tu es une substituée, Wendy. Ce qui veut dire que tu as été échangée à la naissance contre un autre bébé. Il a bien fallu que ce bébé aille quelque part.

— Tu veux dire que…

Je m'interrompis. Tout devenait absolument évident après ses dernières paroles.

— Rhys est Michael !

Mon penchant pour Rhys m'apparut soudain très étrange. Il n'était pas mon frère de sang, mais il était le frère de mon frère, même si Matt n'était pas non plus mon vrai frère. Quoi qu'il en fût, cela ne semblait pas… très correct.

Et j'aurais vraiment dû m'en rendre compte plus tôt. Je ne pouvais pas croire que cela m'avait échappé. Rhys et Matt se ressemblaient tellement : leurs cheveux blond sable, leurs yeux bleus, et jusqu'à la forme du visage. Mais les soucis de Matt l'avaient endurci, alors que Rhys riait et souriait à la moindre occasion.

Peut-être était-ce pour cette raison que cela ne m'avait pas frappée. Le contraste entre leurs personnalités m'avait leurrée.

— Michael ?

Finn avait l'air perplexe.

— Ouais, c'est ainsi que ma mère… enfin Kim, ma fausse mère… l'avait nommé. Elle savait qu'elle avait eu un fils, et ce bébé, c'est Rhys.

Mon esprit chavirait.

— Mais comment ont-ils fait ? Pour nous échanger ?

— C'est plutôt simple, expliqua Finn, presque las. À la naissance de Rhys, les contractions d'Elora ont commencé à se produire pour toi, et usant de persuasion sur la famille et les infirmières, elle a réussi à t'échanger contre lui.

— Ça ne peut pas être aussi simple. La persuasion n'a pas vraiment marché sur Kim, fis-je remarquer.

— Ordinairement, nous faisons des échanges d'enfants du même sexe, une fille pour une fille, un garçon pour un garçon ; mais Elora avait depuis longtemps jeté son dévolu sur les Everly. Et dans le cas d'un échange fille contre garçon, ça ne marche pas aussi bien, car les mères ont plus de raisons de s'en rendre compte. C'est ce qui s'est passé avec ta mère d'accueil.

— Attends, attends !

Je levai les mains au ciel et le regardai.

— Elle savait que c'était risqué et que Kim aurait des chances de réagir brutalement, mais elle l'a fait quand même ?

— Elora était persuadée que les Everly seraient ce qu'il y avait de mieux pour toi. Et elle n'a pas eu complètement tort. Tu as toi-même admis que la tante et le frère étaient bons pour toi.

J'avais toujours plus ou moins détesté Kim. Je trouvais qu'elle était dure et cruelle, comme beaucoup de mes camarades de classe, mais elle savait que je n'étais pas son enfant. Kim avait été hyper maternelle, en réalité, puisqu'elle n'avait jamais oublié son fils. Même quand elle n'aurait pas dû, elle n'avait jamais accepté de l'abandonner. Plus j'y pensais, plus je trouvais cela tragique.

— Alors c'est pour ça qu'ils ne veulent pas me voir avec le mänsklig ? Parce que c'est une sorte de « demi-frère » pour moi ?

Je grimaçai à cette idée.

— Ce n'est pas ton frère, insista Finn. Les Trylles et les mänskligs n'ont absolument rien à voir. Le problème est qu'ils sont humains.

— Ce qui signifie que nous sommes « physiquement » incompatibles ? dis-je prudemment.

— Non. De nombreux Trylles ont quitté l'enceinte pour aller vivre avec des humains, et leur progéniture est normale. C'est une des raisons pour lesquelles notre population diminue.

— Que se passera-t-il pour Rhys maintenant que je suis de retour ? demandai-je en ne tenant pas compte de l'aspect clinique avec lequel Finn, qui ne cessait de m'apparaître trop professionnel, avait répondu.

— Rien. Il peut rester ici autant qu'il veut. Ou partir s'il le décide. Peu importe, dit Finn en haussant les épaules. Les mänskligs ne sont pas mal traités ici. Par exemple, Rhiannon est la mänsklig de Willa.

— Évidemment, opinai-je.

Rhiannon avait souvent l'air agitée et nerveuse, et à la fois plutôt normale par rapport aux autres.

— Alors, que font-ils des mänskligs ?

— On ne les élève pas comme de véritables enfants, mais on leur donne tout ce qu'ils veulent pour être heureux. Nous avons des écoles spéciales pour les mänskligs, et bien qu'elles soient moins bonnes que les écoles où tu es allée, les mänks reçoivent quand même une éducation. Un petit fonds fiduciaire est mis à la disposition de chacun d'eux et, à la majorité, ils sont libres de faire ce qu'ils veulent.

— Mais ils ne sont pas nos égaux, me rendis-je compte.

Elora avait tendance à prendre tout le monde de haut, et c'était pire avec Rhys et Rhiannon. Je supposai que Willa ne devait guère se montrer plus aimable avec eux.

— C'est une monarchie. Il n'y a pas d'égalité.

L'expression de Finn se voila un bref instant de tristesse, puis il approcha et s'assit sur le lit à côté de moi.

— En tant que ton pisteur, je suis supposé m'occuper de ton éducation, et comme l'a fait remarquer justement Elora, j'aurais dû commencer plus tôt. Il faut que tu prennes conscience des différences hiérarchiques qui existent ici. Au sommet, il y a la royauté, dont tu fais partie, dit Finn en faisant un geste adapté. Après Elora, bien sûr. En dessous, on trouve les markis et marksinnas, qui peuvent devenir rois ou reines par alliance. Puis, il y a les Trylles moyens, le petit peuple si tu veux. En dessous se trouvent les pisteurs. Et tout en bas, les mänskligs.

— Pourquoi les pisteurs sont-ils si bas dans la hiérarchie ?

— Nous sommes des Trylles, mais nous ne faisons que pister. Mes parents étaient des pisteurs et leurs parents avant eux, expliqua Finn. Il n'y a jamais eu parmi nous d'enfants substitués. Ce qui fait que nous ne disposons pas de revenus. Nous n'apportons rien à la communauté. Nous procurons juste un service, en échange duquel on nous fournit le gîte et le couvert.

— Vous êtes comme des serviteurs autonomes en sorte ?

— Pas exactement.

Finn essaya de sourire, mais son rictus eut l'air forcé.

— Jusqu'à la retraite, on ne nous demande rien d'autre. Bon nombre de pisteurs comme moi travailleront comme gardes auprès de certaines familles en ville. Tous les métiers de service, tels ceux de nourrices, instituteurs, chefs cuisiniers et domestiques, sont généralement occupés par des pisteurs à la retraite, salariés à l'heure. Certains d'entre eux peuvent être des mänskligs, mais ils restent de moins en moins longtemps ici.

— C'est pour cela que tu te courbes toujours devant Elora, dis-je pensivement.

— Elle est la reine, Wendy. Tout le monde lui doit allégeance, sauf toi et Rhys. Il est trop mal élevé, et d'ailleurs, les parents d'accueil n'enseignent jamais la révérence à leurs enfants.

— C'est bon de savoir que le fait d'être princesse a au moins quelques avantages, comme celui de ne pas faire de courbettes, dis-je sournoisement.

— Elora peut sembler froide et distante, mais elle est une femme extrêmement puissante.

Finn me regardait solennellement.

— *Tu* seras une femme très puissante toi aussi. Tu bénéficieras de toutes les occasions dont on peut rêver. Tu ne le sais pas encore, mais tu auras une vie merveilleuse.

— Bon, je vois. Ça n'a probablement aidé en rien que je me retrouve dans le pétrin ce matin, mais je ne me sens pas vraiment forte, si tu veux savoir.

— Tu es encore très jeune, dit Finn avec un petit sourire.

— Sans doute.

Me rappelant sa fureur passée, je me tournai vers lui.

— Je n'ai rien fait avec Rhys. Tu le sais, hein? Il ne s'est rien passé.

Finn fixait le sol pensivement. J'essayai d'étudier son visage pour y lire un éclair de quelque chose, mais il resta de marbre. Il finit tout de même par opiner en disant :

— Oui, je sais.

— Tu ne le croyais pas ce matin, n'est-ce pas?

Cette fois, Finn choisit de ne pas répondre. Se levant, il dit qu'il devait prendre une douche. Il rassembla ses vêtements et passa dans la salle de bain.

Je me dis que c'était le moment d'explorer sa chambre, mais je me sentis soudainement épuisée. Je m'étais réveillée très tôt, et toute cette matinée avait été harassante. Me laissant aller, je m'enroulai sous les douces couvertures imprégnées de son odeur et m'endormis aussitôt.

# QUATORZE

# Royaume

Outre le jardin situé à l'arrière des bâtiments, je n'avais pas vu grand-chose autour du palais. Après le petit déjeuner, Finn voulut me montrer les environs. Perplexe, il observait le ciel couvert et morne.

— Il va pleuvoir ? demandai-je.

— On ne peut jamais rien prévoir, ici.

Même si cela semblait le contrarier, il décida que nous pouvions nous y risquer.

Sortant par la porte d'entrée principale cette fois, nous empruntâmes une allée pavée. Des arbres faisaient de l'ombre au palais, leur ramure s'élevant haut dans le ciel. Juste au bord de l'allée, de somptueuses fougères et plantes comblaient les espaces vides entre les pins et les érables.

Finn pénétra entre les arbres en nous frayant délicatement un passage à travers les plantes. Il avait insisté pour que je mette des chaussures aujourd'hui, et je compris immédiatement pourquoi. Un sentier rocailleux y avait été conçu, mais il était envahi de mousse, de brindilles et de pierres.

— Où allons-nous? demandai-je en constatant que le sentier commençait à grimper.

— Je te fais visiter Förening.

— Ne l'ai-je pas déjà visité? dis-je en m'arrêtant et regardant autour de moi.

Je ne distinguais pas grand-chose à travers les arbres, mais j'imaginais que cela devait être à peu près partout pareil.

— Tu n'as pratiquement rien vu, répondit Finn en me souriant. Allez, Wendy, viens.

Sans attendre ma réponse, il se mit à grimper la pente inclinée et glissante à cause de la boue et de l'humidité de la mousse. Finn s'en sortait facilement, attrapant ici une branche, là une racine saillante pour se retenir.

Ma montée était loin d'être aussi aisée. Je glissais et trébuchais constamment, me blessant les paumes des mains et les genoux aux rochers. Finn ne regarda pas une fois en arrière ni ne ralentit. Il avait plus confiance que moi en mes capacités, ce qui, après tout, n'avait rien de nouveau.

Si je n'avais eu à me concentrer à ce point pour éviter de tomber, j'aurais peut-être passé un agréable moment. À cause des pins et des feuilles, l'air sentait bon la verdure et la mousse fraîche. Le son du fleuve courant dans la vallée se répercutait en écho de tous côtés, ce qui me rappela le jour où, enfant, j'avais posé une conque sur mon oreille. Plus proche de moi, j'entendais le pépiement des oiseaux qui chantaient à tue-tête.

Finn m'attendait à côté d'un énorme rocher et ne fit aucun commentaire sur ma lenteur en me voyant enfin arriver. Je n'eus pas le temps de reprendre mon souffle qu'il était déjà en train de s'accrocher au rocher pour se hisser plus haut.

— Je suis certaine de ne pouvoir grimper là-dessus, dis-je en montrant la surface lisse du rocher.

— Je vais t'aider.

Le pied calé dans une fissure, il se pencha en arrière pour me tendre la main.

En toute logique, si j'attrapais son bras, mon poids additionné au sien devait lui faire lâcher prise. Mais comme il n'avait aucune crainte sur sa capacité à nous hisser tous les deux, pourquoi en douterais-je ? Finn avait le don de faire croire tout ce qu'il voulait, ce qui m'effrayait parfois.

Je saisis sa main, sans avoir le temps d'apprécier réellement combien elle était chaude et forte, et il me tira à lui. Je poussai un petit cri qui le fit rire. Il dirigea mon pied vers une fissure du rocher et je finis par me retrouver accrochée au-dessus du vide, ma vie ne tenant plus qu'à un fil.

Finn continua à monter, gardant toujours une main tendue vers moi pour que je pusse la saisir en cas de dérapage, mais je parvins à grimper pratiquement toute seule. Je n'en revenais pas que mes mains ne lâchassent pas prise et que mes pieds ne fuissent pas. Une fois au sommet, je ne pus m'empêcher d'éprouver quelque fierté.

Debout sur l'énorme rocher et essuyant la boue sur mes genoux, je commençai à commenter ma performance quand j'aperçus le panorama. Ce rocher devait constituer le point le plus haut de la région, d'où l'on apercevait tout par-dessus les falaises. À cet égard, le point de vue était bien plus impressionnant d'ici, que du palais.

Des cheminées étroites pointaient entre les arbres et je distinguais les volutes de fumée qui s'en échappaient, emportées au loin par le vent. Des rues, le long desquelles marchaient quelques personnes, sillonnaient la ville. L'immense château d'Elora, dangereusement suspendu au rebord de la falaise, était toujours à demi masqué par la vigne et les arbres.

Le vent qui soufflait dans mes cheveux rendait l'instant enivrant. Bien que simplement perchée sur ce rocher, j'avais l'impression de voler.

— Voilà Förening, dit Finn en désignant les maisons dissimulées dans la verdure, qui apparaissaient ici et là entre les arbres.

— C'est magnifique, admis-je. Je suis éblouie.

— Tout est à toi.

Ses yeux noirs plongèrent dans les miens, accentuant la gravité de sa phrase. Puis, il regarda au loin et montra les arbres.

— C'est ton royaume.

— Enfin, bon… Ça n'est pas vraiment à moi.

— En réalité, c'est comme si, dit-il avec un léger sourire.

Je contemplai la vue. Bien sûr, en matière de royaume, celui-ci était plutôt petit, et ce n'était pas comme si j'avais hérité de l'empire romain. Mais cela me faisait drôle de penser que je posséderais un jour un domaine, quel qu'il fût.

— Mais pourquoi ? questionnai-je doucement.

Finn ne répondit pas et je crus que mes paroles avaient été emportées par le vent. Je redemandai :

— Pourquoi est-ce à moi ? Qu'est-ce que je vais en faire ?

— Le gouverner.

Finn, qui se tenait à quelques pas de moi, se rapprocha.

— Prendre les décisions. Maintenir la paix. Déclarer les guerres.

— Déclarer les guerres ?

Je le regardai, stupéfaite.

— C'est vraiment ce qu'il faudra faire ?

Il haussa les épaules.

— Je ne comprends pas, dis-je.

— La plupart des choses auront déjà été décidées quand tu monteras sur le trône.

Finn regardait les maisons tout en bas plutôt que moi.

— Tout est déjà organisé. Il t'incombera juste de maintenir l'ordre et de le renforcer. En règle générale, tu n'auras qu'à habiter le palais, à assister à des fêtes ou à des réunions gouvernementales futiles, et à prendre occasionnellement des décisions pour des choses importantes.

— Comme quoi? demandai-je, peu rassurée par la soudaine sévérité de sa voix.

— Des expulsions, par exemple.

Il avait l'air pensif.

— Ta mère a banni une marksinna, un jour. Cela ne s'est plus produit depuis des années, mais elle doit prendre des décisions de ce type pour protéger notre peuple et son mode de vie.

— Pourquoi l'a-t-elle bannie?

— Elle avait corrompu le sang de sa lignée.

Il ne dit plus rien pendant une minute, et je le regardai d'un air interrogatif.

— Elle a eu un enfant avec un humain.

Je voulus le questionner davantage sur tout cela, mais sentant une goutte d'eau me tomber sur le front, je levai le nez pour m'assurer que c'était bien de la pluie. Les nuages semblaient vouloir se déchirer pour lâcher toute l'eau du ciel avant que nous n'eussions une chance de nous mettre à l'abri.

— Viens!

Finn me prit par la main pour me tirer.

En le suivant alors qu'il dévalait la pente, mon dos cogna un rocher et je tombai dans un buisson de fougères. Mes vêtements étaient déjà trempés de pluie et je commençais à grelotter. Me tenant toujours par la main, Finn me conduisit à l'abri d'un immense pin.

— C'est arrivé si subitement, dis-je en examinant le ciel à travers les branches.

Nous n'étions pas complètement protégés de la pluie sous cet arbre mais, heureusement, seules quelques grosses gouttes parvenaient à passer au travers du ramage.

— Le climat est capricieux par ici. Les gens du coin mettent cela sur le compte du fleuve, mais je sais que les Trylles sont en grande partie responsables de ce dérèglement, expliqua Finn.

Je repensai à Willa et au moment où elle s'était plainte de ne savoir maîtriser que le vent, et sa mère, uniquement les nuages. Le jardin derrière le palais fleurissait à longueur d'année, grâce aux talents des Trylles. Il n'était pas difficile de les imaginer commander à la pluie.

Les oiseaux se taisaient à présent et la pluie couvrait le bruit du fleuve. L'air embaumait l'essence de pin, et même au plus fort de cet orage, je me sentais étrangement en sécurité. Nous restâmes silencieux côte à côte un bon moment, en regardant la pluie tomber. Et puis, le froid prenant le dessus, je me mis à claquer des dents.

— Tu as froid.

— Ça va.

Sans autre forme de sollicitation, Finn passa son bras autour de moi et m'attira contre lui. La soudaineté de ce mouvement me coupa le souffle et, même s'il n'était guère plus réchauffé que moi, la force de son bras qui m'enveloppait répandait en moi une chaleur peu ordinaire.

— Je n'ai pas l'impression que ça soit vraiment efficace, déclara-t-il à voix basse.

— Je ne tremble plus de froid, lui fis-je remarquer calmement.

— Nous ferions bien de rentrer pour que tu puisses te sécher et changer de vêtements.

Il soupira en me regardant un bref instant.

Puis, aussi vite qu'il m'avait approchée de lui, il s'éloigna et se mit à dévaler la falaise. La pluie glacée tombait toujours et sans lui pour me réchauffer, je n'avais plus aucune raison de m'éterniser sous ce pin. Je le suivis jusqu'en bas, glissant plus que courant.

Nous pénétrâmes précipitamment dans l'entrée en dérapant sur le sol en marbre. Je constatai que l'eau dégoulinait à notre passage en formant de grandes flaques. Avant d'avoir eu le temps de reprendre mon souffle, je vis que nous n'étions pas seuls dans le hall.

De son port royal, Elora approchait, sa robe déployée autour d'elle, donnant l'impression qu'elle flottait. Un homme chauve et obèse l'accompagnait, ses joues ballottant à chaque pas.

— Vous tombez bien, je suis justement en train de faire visiter les lieux au chancelier ! lança froidement Elora en nous dévisageant.

Je me demandai contre lequel d'entre nous elle était le plus fâchée.

— Votre Majesté, je peux encore rester un peu pour parler, dit le chancelier en la regardant de ses petits yeux fiévreux.

Il portait un costume blanc qui n'aurait sis à personne et qui le faisait ressembler à une gigantesque boule de neige transpirante.

— Chancelier, je suis désolé que nous ayons raté votre visite, dit Finn en essayant de retrouver sa contenance.

Même dégoulinant de pluie, il avait l'air sérieux et soucieux de plaire. De mon côté, j'essayai de ne plus trembler de froid en entourant mon buste de mes bras.

— Non, vous m'avez suffisamment donné à réfléchir et je ne veux pas vous faire davantage perdre votre temps.

Les yeux pleins de dédain, Elora souriait à peine au chancelier.

— Vous tiendrez compte de mes conseils ? s'enquit-il en s'immobilisant et en la regardant avec appréhension.

Elle essayait depuis un moment de le pousser vers la sortie, et son sourire se crispa un peu plus lorsqu'il s'arrêta.

— Bien entendu, dit Elora d'un ton si suave que je compris qu'elle mentait. Je prends très au sérieux vos conseils.

— J'ai de très bonnes sources, enchaîna le chancelier.

Elora avait réussi à le faire repartir en l'entraînant plus près de la sortie.

— J'ai des espions partout, y compris dans les camps vittras. C'est ainsi que j'ai acquis mes fonctions.

— Oui, je me souviens de votre parcours politique.

Elora semblait excédée, mais il gonflait la poitrine, comme si elle lui avait fait un joli compliment.

— S'ils prétendent qu'il y a complot, c'est qu'il y a complot, affirma le chancelier.

Je vis le front de Finn se plisser pendant qu'il examinait le chancelier avec une attention accrue.

— Oui, je suis sûre qu'il y en a un, conclut Elora en faisant signe à Finn de tenir la porte au chancelier. J'aurais aimé m'entretenir avec vous plus longtemps, mais il faut vous dépêcher si vous voulez échapper au gros de l'orage. Je ne voudrais pas que vous soyez bloqué par la tempête.

— Oh oui, bien sûr, dit le chancelier en regardant le rideau de pluie qui tombait.

Il pâlit légèrement, et se courbant vers Elora, lui prit la main et la baisa.

— Ma reine. Je suis et serai toujours à votre disposition.

Elle lui décocha un pâle sourire pendant que Finn lui souhaitait bon voyage. Le chancelier me jeta un vague coup d'œil avant de s'enfoncer sous la pluie. Finn ferma la porte derrière lui et Elora poussa un soupir de soulagement.

— Et toi, que faisais-tu donc ? me demanda Elora d'un air méprisant.

Avant que j'eusse pu répondre, elle me fit un signe de la main.

— Qu'importe ! Estime-toi heureuse que le chancelier ne se soit pas rendu compte que tu étais la princesse.

Je baissai les yeux vers mes vêtements sales et détrempés, consciente du fait que je n'avais en rien l'air d'appartenir à une cour royale. Finn, de son côté, avait su préserver une certaine dignité et je me demandai comment il faisait.

— Quel était le motif de la visite du chancelier ? demanda-t-il.

— Tu connais le chancelier, répondit Elora, qui leva les yeux au ciel en s'éloignant. Il croit toujours qu'une conspiration se prépare. Je devrais vraiment changer les lois pour avoir le dernier mot sur la nomination du chancelier, plutôt que de laisser voter les Trylles. Le peuple choisit toujours des crétins de son espèce.

— Il a évoqué quelque chose à propos d'un complot vittra, insista Finn en la suivant quelques pas en arrière.

Je suivis le mouvement.

— Je suis certaine que ce n'est rien. Nous n'avons pas vu de Vittra à Förening depuis des lustres, répondit Elora avec une assurance étrange.

— Oui, mais, avec la princesse… commença Finn.

D'un geste de la main, elle lui imposa le silence. Elle s'était retournée vers lui, et rien qu'à l'expression de son visage, je compris qu'elle s'adressait directement au cerveau de Finn. Après un court instant, il inspira profondément et dit :

— Tout ce que je suggère, c'est que nous prenions davantage de précautions en embauchant plus de gardiens.

— C'est bien pour ça que tu es là, Finn.

Dans son sourire, qui avait l'air presque sincère, s'était glissée une pointe de malice.

— Et non pour ton joli minois !

— Vous m'accordez trop de confiance, Votre Majesté.

— Il faut croire…

En partant, Elora soupira.

— Allez vous changer. Vous dégoulinez sur tout.

Finn la regarda s'éloigner une minute, et moi, j'attendis près de lui jusqu'à ce que je fusse certaine qu'elle fût assez loin pour ne plus nous entendre. En même temps, plus j'y pensais, plus je me disais qu'elle n'était jamais suffisamment loin au point de ne pas nous entendre.

— De quoi s'agissait-il ? murmurai-je.

— De rien.

Finn secoua la tête en me regardant, comme s'il se souvenait soudain de ma présence.

— Il faut aller te changer avant de tomber malade.

— Non, ça n'était pas rien. Il va y avoir une attaque ? demandai-je.

Mais Finn me tourna le dos pour emprunter les escaliers.

— Mais qu'est-ce que vous avez tous ? Pourquoi faut-il toujours que vous évitiez de répondre à mes questions ?

— Wendy, tu es complètement trempée, répondit Finn avec désinvolture, et je joggai pour le rattraper, sachant qu'il ne m'attendrait pas. Et tu as entendu la même chose que moi. Tu en sais donc autant que moi.

— Non, c'est faux ! J'ai bien vu qu'elle te faisait encore ce truc louche de transmission de pensée.

— Oui, mais elle m'a seulement indiqué de me taire.

Il grimpa les marches sans me regarder.

— Tu es en sécurité ici. C'est toi la princesse, le bien le plus précieux du royaume, et Elora ne prendra pas le risque de te perdre. Elle déteste le chancelier, c'est tout.

— Tu es sûr que je ne crains rien ?

Je ne pouvais m'empêcher de repenser au tableau que j'avais vu dans la pièce secrète d'Elora, celui qui me dépeignait terrifiée, une main tendue vers le vide.

— Je n'accepterai jamais qu'il t'arrive quoi que ce soit, m'assura Finn tandis que nous atteignions le palier.

Il désigna le couloir où se trouvait ma chambre.

— Nous avons encore beaucoup à faire. Il vaudrait mieux que tu ne penses plus à tout ça et que tu revêtes quelque chose de chaud.

# QUINZE

# Éducation

Après que j'eus changé de vêtements, Finn m'entraîna dans le couloir au-delà de ma chambre, jusqu'à un salon du premier étage. Le plafond voûté comportait une fresque représentant des nuages, des licornes et des anges. Malgré cela, et contrairement aux antiquités coûteuses qui meublaient la plus grande partie de la maison, ce mobilier-ci semblait moderne et simple.

Finn expliqua que cette pièce avait été auparavant la salle de jeux de Rhys. Quand il eut grandi, on l'avait transformée en pièce pour lui, mais il ne l'utilisait que rarement.

Je m'allongeai sur le sofa pour contempler le plafond tandis que Finn s'assit face à moi sur un fauteuil rembourré, un livre ouvert sur les genoux. Près de lui, des piles de papiers s'amoncelaient. Il entreprit de me donner un aperçu de l'histoire des Trylles.

Les Trylles avaient beau apparaître comme des créatures mythiques, leur histoire ne me semblait pas beaucoup plus excitante que celle des humains.

— Quel est le rôle des markis et marksinnas ? demanda Finn.

— Je ne sais pas. Aucun, répondis-je à la légère.

— Wendy, il faut que tu apprennes, soupira Finn. Il va y avoir des conversations au bal et il faut que tu aies l'air de savoir. Tu ne peux plus te contenter de rester assise dans un coin, sans rien dire à personne.

— Je suis la princesse et j'ai le droit de faire ce qui me plaît, ronchonnai-je en agitant mes jambes, qui se balançaient sur l'accoudoir du canapé.

— Quel est le rôle des markis et marksinnas ? répéta Finn.

— Dans les autres provinces, où ne vivent ni le roi ni la reine, les markis et marksinnas sont des chefs. Ce sont des gouverneurs, ou un truc comme ça, expliquai-je en haussant les épaules. Et s'il arrivait un beau jour que le roi ou la reine ne parviennent plus à tenir son rôle, un markis pourrait se présenter pour prendre sa place. Dans un endroit comme Förening, leur titre signifie simplement qu'ils valent mieux que les autres, mais en réalité, ils n'ont pas de réels pouvoirs.

— C'est exact, mais il ne faut pas faire état de ton dernier commentaire, dit Finn en tournant une page de son livre. Quel est le rôle du chancelier ?

— Le chancelier est un officiel élu, un peu comme le premier ministre en Angleterre, répondis-je avec lassitude. La monarchie dispose du veto final et détient tous les pouvoirs, mais le chancelier, qui la conseille, permet également aux citoyens trylles de donner leur avis sur la manière dont le gouvernement dirige le pays. Il y a quelque chose que je ne pige pourtant pas, dis-je en le regardant. Nous vivons aux États-Unis et ceci n'est pas un pays indépendant. Ne devrions-nous pas nous conformer à leurs lois ?

— En théorie, oui, d'autant que la majorité des lois trylles coïncide avec celles des États-Unis, sauf que nous en avons davantage. Cependant, nous vivons dans des enclaves séparées, en autarcie. Grâce à nos ressources, en particulier l'argent et le don de persuasion, nous pouvons faire en sorte que les officiels du gouvernement fédéral ne s'y intéressent pas, et mener ainsi à bien nos propres affaires.

— Hum.

J'enroulai une mèche de cheveux sur mon doigt en réfléchissant.

— Est-ce que tu sais tout sur la société trylle ? Lorsque tu parlais avec Garrett et Elora, tu avais l'air de tout connaître à fond sur le sujet.

J'étais persuadée qu'il en savait mille fois plus que les Kroner, mais comme il estimait que son rôle était de rester dans l'ombre, il se taisait quand ils étaient là. Tout le concernant était tellement plus raffiné, posé, équilibré, intelligent, charmeur et superbe ; il avait cent fois plus l'air d'un chef d'État que moi.

— Un imbécile s'imagine tout savoir, alors qu'un homme intelligent sait qu'il ne sait rien, répliqua Finn, l'air absent, en feuilletant son livre.

— Ah, une vraie formule de biscuit chinois, m'esclaffai-je.

Même lui afficha un petit sourire.

— Sérieusement, Finn, cela n'a aucun sens. C'est toi qui devrais diriger ce pays, pas moi. Je n'y entends rien, alors que toi, tu es taillé sur mesure pour l'emploi.

— Je ne serai jamais un dirigeant, dit Finn en secouant la tête. Et toi, tu es parfaite pour l'emploi. Tu n'as pas encore été formée comme je l'ai été, c'est tout.

— C'est stupide, grommelai-je. On ne devrait pas baser ces choses sur les origines, mais sur les qualités.

— *C'est* fondé sur les qualités, insista Finn. Mais il se trouve seulement qu'elles viennent *avec* les origines.

— Qu'est-ce que tu racontes ? lui demandai-je tandis qu'il refermait le livre.

— Ta persuasion par exemple, tu la tiens de ta mère, expliqua Finn. Les markis et marksinnas sont ce qu'ils sont en raison de leurs aptitudes et ils les transmettent à leurs enfants. Les Trylles de base ont quelques dons qui se sont amoindris avec le temps.

Or, il se trouve que ta mère est l'une des reines les plus puissantes que nous ayons eues depuis longtemps. Nous espérons tous que tu sauras faire perdurer cette tradition.

— Mais je suis nulle !

Je me redressai.

— J'ai à peine un peu de persuasion et tu m'as dit toi-même que je ne pouvais même pas l'utiliser sur toi !

— Pas encore, mais ça viendra, me corrigea Finn. Après ta formation, tu comprendras mieux.

— Formation ? Quelle formation ?

— Après le bal de cette fin de semaine, tu commenceras à exercer tes talents, dit Finn. Pour le moment, ton objectif est de te préparer pour le bal. Alors…

Il rouvrit son livre pour la leçon, mais je n'étais pas prête à continuer.

— Mais c'est *toi* qui as des dons, insistai-je. Et Elora te préfère. Je suis sûre qu'elle aimerait bien mieux que tu sois prince.

En disant cela, je compris que ce n'était que la triste vérité. Je m'enfonçai dans le canapé.

— Je suis certain que non.

— Si, si. Et c'est quoi l'histoire entre toi et Elora ? Il ne fait aucun doute qu'elle te préfère et elle semble même se confier à toi.

— Elora ne se confie à personne.

Après un moment de silence, Finn soupira.

— Si je te confie quelque chose, tu promets de te remettre à étudier ?

— Oui ! répondis-je sans attendre avant de le regarder.

— Ce que je vais te confier ne doit pas quitter cette pièce, dit Finn gravement.

J'acquiesçai, la gorge serrée, effrayée à l'avance par ce que j'allais entendre.

J'étais, il est vrai, de plus en plus perturbée par sa relation avec Elora. Belle femme mûre, je l'imaginais parfaitement capable de jeter ses griffes de couguar sur un garçon aussi séduisant. En tout cas, c'était ce que je craignais.

— Il y a environ seize ans, après le décès de ton père, *mon* père a été au service de ta mère. Comme il était pisteur à la retraite, ma mère l'a embauché en tant que garde du corps et gardien de la propriété.

Ses yeux s'assombrirent. Il se pinça les lèvres et mon cœur se mit à battre.

— Elora est tombée amoureuse de mon père. Personne ne l'a su, excepté ma mère, avec laquelle il est d'ailleurs resté marié. Ma mère a fini par le convaincre de s'en aller. Après son départ, Elora, toujours mordue, a reporté son attachement sur moi, sans doute par dépit.

Après un soupir, il continua sans se démonter, comme s'il me parlait de la pluie et du beau temps.

— Elle avait personnellement requis mes services sur plusieurs années, et comme le travail était bien payé, j'ai accepté.

Nauséeuse et angoissée, je le dévisageai. Son père ayant eu une aventure avec ma mère après ma naissance, je pouvais en déduire que nous n'étions pas frère et sœur, c'était déjà ça.

Tout le reste semblait particulièrement déroutant et je me demandais si, au fond, Finn ne me détestait pas. Il avait dû haïr Elora et il n'était là que parce qu'elle le payait bien. Finalement, me demandant s'il n'était pas une sorte de gigolo, je me retins pour ne pas vomir.

— Je ne couche pas avec elle, et elle ne m'a jamais fait la moindre avance, clarifia Finn en me regardant droit dans les yeux. Elle m'aime bien parce que je lui rappelle mon père et que je ne lui en veux pas pour ce qui s'est passé entre eux. C'était il y a longtemps, et seul mon père avait une famille à charge, pas elle.

— Hum.

Je levai les yeux au plafond pour ne pas avoir à soutenir son regard.

— Tout cela te bouleverse, je le vois bien. Pardon. C'est pour cela que j'hésitais à t'en parler, dit-il avec sincérité.

— Non, non, ça va. Continuons à travailler, insistai-je sans conviction. J'ai plein de choses à apprendre, paraît-il.

Pendant un instant, Finn ne dit plus rien, me laissant absorber ce qu'il venait de me confier mais, de mon côté, j'essayai d'écarter tout cela de mon esprit aussi vite que possible. Y penser me faisait me sentir sale, et j'en avais déjà bien trop en tête.

Il reprit enfin les textes sur lesquels je tâchai de me concentrer. Si je réfléchissais suffisamment au rôle d'une reine, j'éviterais de penser à ma mère, amourachée de son père.

Frederique Von Ellsin, le couturier, passa nous voir le jour suivant. Il était flamboyant et passionné, mais je n'aurais su dire s'il était Trylle, lui aussi. Je ne portais qu'une combinaison quand il prit mes mesures avant de se mettre à dessiner frénétiquement sur les feuilles de son carnet. Il déclara très vite qu'il avait l'idée d'une tenue parfaite pour moi et, sans plus attendre, fila se mettre au travail.

Toute la journée, une quantité crispante d'employés de toutes sortes se succédèrent, des traiteurs et organiseurs de fêtes, qui tous m'ignorèrent. Ils trottinaient derrière Elora. Elle leur débitait un nombre incalculable de recommandations à propos de tâches qu'ils se dépêchaient d'inscrire dans leurs carnets ou en tapotant sur leurs BlackBerry.

Ce qui fit que je pus tranquillement traîner en t-shirt toute la journée. Chaque fois qu'Elora m'apercevait, elle me toisait d'un air dégoûté, mais elle était si occupée à tenter d'obtenir ce qu'elle voulait de ces gens qu'elle n'eut même pas le temps de me faire une remarque désobligeante.

Je parvins à comprendre enfin ce qui m'attendait pour cette fête, ce qui ne fit qu'accentuer ma terreur. Lors d'un passage d'Elora en coup de vent, la chose la plus terrifiante que j'entendis fut :

— Il faudra que nous puissions asseoir au moins cinq cents personnes.

Cinq cents personnes présentes à la fête dont je devais être le centre d'intérêt ? Merveilleux.

Le seul bon côté des choses était que je devais passer la journée avec Finn, ce qui s'avéra nettement moins plaisant lorsque je me rendis compte qu'il refusait de parler d'autre chose que de la conduite que je devais avoir pendant cette fête.

Pendant deux heures, nous passâmes en revue le nom des invités les plus importants en examinant leurs photos. Deux heures entières à essayer de me rappeler des noms, visages et faits majeurs concernant une centaine de personnes.

Puis, une heure et demie à la table du dîner révéla que je ne savais absolument pas manger correctement. On devait tenir la fourchette d'une façon, le bol d'une autre, lever son verre ainsi, placer sa serviette autrement. Je n'avais jusque-là jamais su ce qu'il convenait de faire et, à la façon dont Finn me regardait, je compris que cela n'allait toujours pas.

Pour finir, j'abandonnai. Repoussant mon assiette, je posai la joue sur le bois frais de la table et ne bougeai plus.

— Oh mon Dieu, il a réussi à te tuer ? s'enquit Willa, consternée.

Je levai la tête pour l'apercevoir à l'autre bout de la table, les mains élégamment posées sur ses hanches, comme à son habitude. Elle portait trop de bijoux, des colliers et bracelets surchargés de pendeloques, mais après tout, peut-être était-ce ainsi qu'on était une vraie Trylle. Ils semblaient tous adorer les breloques, une chose à quoi j'avais en quelque sorte échappé, n'éprouvant d'intérêt que pour la bague que je portais au pouce.

— Moi aussi, il m'a ennuyée à mourir, ajouta Willa en me souriant.

J'eus du mal à croire que je me sentais aussi soulagée de la voir arriver. Ce n'était pas elle qui essaierait à tout prix de m'enfoncer dans le crâne la liste des trois cents derniers monarques.

— Tu as pourtant l'air plus vivante que jamais, répliqua Finn sèchement en se relâchant sur son siège. Je n'ai peut-être pas essayé assez fort avec toi.

— S'agit-il de remords, *cigogne* ?

Willa s'essaya à une grimace sarcastique, sans y parvenir complètement.

— Si tu ressens une démangeaison, adresse-toi à tes anciens partenaires sexuels.

Finn lui souriait à peine, et je le fixai, ébahie. Je ne l'avais encore jamais entendu s'adresser à quelqu'un de cette façon.

— Très drôle, rétorqua Willa en essayant de ne pas montrer que la réplique de Finn l'amusait. Enfin, peu importe, je suis venue sauver la princesse.

— Vraiment ? demandai-je, un peu trop crédule. Me sauver de quoi ?

— T'extirper des trucs barbants, déclara-t-elle en haussant gentiment les épaules.

J'interrogeai Finn du regard pour savoir si je pouvais m'en aller.

— Vas-y, dit-il avec un vague geste de la main. Nous avons bien travaillé. Tu as mérité une petite récréation.

Jamais je ne me serais crue heureuse de m'éloigner de Finn, mais cette fois-ci, je m'enfuis avec joie. Willa glissa son bras dans le mien pour m'entraîner loin de la salle à manger. J'avais du mal à me séparer de Finn, mais je ne pouvais me faire à l'idée d'une leçon de plus sur le maniement des couverts en argent.

Willa ne cessa de jacasser pendant tout le trajet jusqu'à ma chambre, m'expliquant à quel point ses premières semaines ici avaient été terribles. Elle était persuadée que Finn l'aurait embrochée avec une fourchette, ou vice-versa, avant la fin de la leçon consacrée au dîner.

— Toute cette fichue période d'entraînement avant le bal, c'est ce qu'il y a de pire, dit-elle gravement. C'est *horrible*.

— Ouais, c'est vrai que je ne m'amuse pas, dis-je d'un ton las.

— Écoute, si j'ai pu survivre, ne t'en fais pas, tu t'en sortiras.

Elle pénétra dans ma salle de bain, et comme je ne l'y suivais pas, elle se retourna.

— Alors, tu viens?

— Quoi, avec toi dans la salle de bain?

— Oui, pour expérimenter des coiffures, me dit-elle avec l'air de me trouver idiote.

Je la suivis sans enthousiasme. C'était passer du mauvais au pire.

— Des coiffures? questionnai-je tandis que Willa me faisait signe de m'asseoir sur le tabouret de la coiffeuse.

— Bien sûr, pour le bal.

Elle examinait les produits pour cheveux qui parsemaient le comptoir et, apercevant mon regard dans le miroir, elle s'arrêta.

— À moins que ta mère n'ait déjà suggéré de t'aider?

— Pas que je sache, dis-je en secouant la tête.

— Ouais, c'est vrai qu'elle n'est pas très coopérative, acquiesça Willa avec tristesse.

S'emparant d'un flacon et d'une brosse à cheveux, elle se tourna vers moi.

— Tu préfères une coiffure en hauteur ou plutôt détachée?

— Aucune idée.

Je me souvins de la première fois où j'avais rencontré Willa. Juste avant, Finn m'avait conseillé de ne pas attacher mes cheveux.

— Détachée, plutôt.

— Très bon choix.

Elle retira l'élastique de mes cheveux pour les coiffer, non sans mal, mais en souriant.

— Frederique est-il passé aujourd'hui?

— Euh, oui, ça fait un bon moment, dis-je les dents serrées pendant qu'elle tirait sur mes cheveux emmêlés.

— Excellent, dit Willa. Quand tu auras reçu ta robe, prends-la en photo pour me l'envoyer. Je suis curieuse de voir ça.

— Oui, bien sûr.

— Je sais bien que tout cela peut paraître ridicule et perturbant au début.

Tout en parlant joyeusement, Willa crêpait et coiffait mes cheveux.

— Et même si Finn connaît énormément de choses, il peut se montrer parfois un peu… froid. Je suis sûre que ce n'est guère mieux avec la reine.

— Pas vraiment, admis-je.

Je n'aurais pourtant pas utilisé le mot *froid* pour décrire Finn. Il était souvent réservé, mais la plupart du temps, lorsqu'il me regardait de ses yeux noirs, je le trouvais tout sauf froid.

— C'est juste pour que tu saches que je veux t'aider.

Elle arrêta de tirer sur mes cheveux pour me regarder dans le miroir.

— Ça n'est pas comme avec cette immonde Aurora Kroner, toujours prête à vous tirer dans le dos, ni parce que mon père m'aurait dit de le faire, bien qu'il l'ait fait, ni comme pour Finn, parce que c'est son boulot. Non, je sais trop ce que c'est que d'être à ta place. Et si je peux t'aider, je veux le faire.

Elle me décocha un petit sourire en coin, où je ne pus que lire de la sincérité. Sous son côté prétentieux, elle était en fait une personne généreuse. Si peu de gens semblaient s'intéresser aux autres que je trouvais agréable d'être tombée sur elle.

Tout de suite après, Willa se lança dans un long monologue à propos de robes. Elle était capable de décrire toutes les tenues qu'elle avait vues depuis qu'elle vivait à Förening et, en trois ans, elle n'en avait aimé qu'une ou deux.

Mon apprentissage avec Willa ne s'avéra finalement pas plus passionnant qu'avec Finn. Elle détenait juste davantage de potins sur qui courtisait qui, qui était fiancé à qui, etc. Ne connaissant aucune de ces personnes, cela ne m'intéressait guère.

Willa était jusqu'ici célibataire, ce qui, visiblement, ne l'enchantait pas. Elle passait son temps à dire que son père ferait bien d'arranger quelque chose pour elle, et qu'elle avait en vue tel ou tel gars, croisé ici ou là. Comme ce Tove Kroner, dont elle semblait entichée, même si elle se rendait compte qu'en ne jetant pas son dévolu sur lui, elle échappait du même coup à une belle-mère odieuse.

Quoi qu'il en fût, en fin de journée, j'étais affublée d'une coiffure et d'un « plan » de maquillage impeccables. Et j'avais le sentiment d'en savoir un peu plus sur la royauté trylle. Tout ce qu'elle m'en racontait ressemblait beaucoup à la vie de l'école, ce qui aurait pu être réconfortant, si je m'en étais bien sortie là-bas.

# SEIZE

# Directives supplémentaires

Je savais qu'on me trouvait intéressante et que j'aurais dû m'en flatter, mais j'aurais préféré qu'on me laissât tranquille. À l'autre bout de la table, Elora et Aurora, penchées sur l'immense plateau de chêne, examinaient soigneusement un plan de table qu'elles y avaient étalé.

J'avais l'impression qu'Elora m'avait emmenée uniquement pour ne pas se sentir trop seule. Quant à Aurora, je ne comprenais pas ce qu'elle me voulait. Plus j'y pensais, plus je me disais qu'elle cherchait peut-être à mieux me connaître, pour savoir comment mieux me faire échouer. Son sourire forcé m'horripilait.

Finn s'était glissé dans ma chambre ce matin, mais mon enthousiasme avait fondu au rythme où je l'avais vu s'emparer frénétiquement de mes vêtements. Il m'avait expliqué qu'il fallait que je me préparasse en un éclair et que je me tinsse bien toute la journée. Je n'appréciais pas du tout la façon dont il me traitait, comme si j'avais cinq ans et que je devais me rendre à ma première journée d'école maternelle.

Mais assise là, à les regarder analyser le moindre détail d'un fichu plan de table, me donnait encore plus l'impression d'avoir à peine cinq ans et d'être celle qui avait fait tant de bêtises qu'elle devait rester assise sans broncher. J'essayai d'avoir l'air intéressée par leurs histoires, mais je ne connaissais aucune des personnes dont elles parlaient.

Nous étions réunis dans la salle de guerre de l'aile sud, où les murs étaient tapissés de cartes. Des zones en rouge et vert indiquaient où se trouvaient les autres tribus trolls que j'essayais d'apprendre à localiser, pendant qu'Elora et Aurora complotaient. Mais Elora, dès qu'elle voyait mon attention vagabonder, me rappelait à l'ordre.

— Si nous mettons le chancelier à cette place, il faudra placer le markis Tormann à une autre table.

Aurora tapait du doigt sur le plan.

— Il n'y a pas moyen de faire autrement.

Elora sourit aussi affablement que possible et Aurora fit de même.

— Il arrive de très loin pour cette fête, dit Aurora en papillonnant des cils.

— Il sera tout de même assez près pour bien entendre l'intronisation, répondit Aurora en se tournant vers moi. Es-tu prête pour cette cérémonie ?

— Euh, oui, dis-je.

Finn m'en avait un peu parlé, mais je n'y avais pas fait très attention et je ne pouvais évidemment pas l'avouer. Je me contentai de sourire en ayant l'air confiante.

— Une princesse ne dit pas « euh », déclara Elora en plissant les yeux pendant qu'Aurora avait du mal à étouffer un ricanement.

Je soupirai.

— Pardon.

Elora avait sans doute envie de me réprimander davantage, mais Aurora, aux aguets, nous dévisageait toutes les deux. Elora fit la moue et se mordit les lèvres, en faisant en sorte que n'apparût aucun signe de faiblesse de sa part.

Je ne compris pas bien ce qu'Aurora cherchait à faire, ni pourquoi Elora avait pris peur. C'était pourtant bien elle la reine, alors qu'il me semblait que les dons d'Aurora se limitaient à de l'hypocrisie et des menaces voilées.

La marksinna, qui portait une longue robe bordeaux, avait l'air radieuse et je me trouvais minable dans ma simple jupe. La beauté d'Aurora faisait presque de l'ombre à celle d'Elora, ce qui n'était pas rien, mais je crois que cela importait peu à Elora.

— Peut-être pourrais-tu poursuivre ton apprentissage ailleurs, suggéra Elora en me décochant un regard furieux.

— Oui. Excellente idée.

Je bondis si vite de ma chaise que je faillis la renverser. L'expression amusée d'Aurora vira en franc écœurement tandis qu'Elora levait les yeux au ciel.

— Pardon, mais tout ceci est si excitant.

— Maîtrisez-vous, princesse.

En prenant sur moi, je quittai la pièce aussi calmement que possible. J'aurais voulu m'élancer comme une gamine quittant la classe le dernier jour d'école, mais comme je n'étais pas certaine de connaître la sortie et que je n'avais aucune idée de l'endroit où Finn pouvait se trouver, je marchai posément. Mais dès que je me sentis hors de portée, je m'élançai pour courir.

J'avais à peine parcouru quelques mètres dans le couloir et passé quelques portes closes qu'une voix me stoppa dans mon élan.

— Princesse ! appela la voix par une des quelques portes ouvertes.

Je m'arrêtai pour jeter un coup d'œil prudent dans la pièce qui ressemblait à un salon, occupé en son centre par un luxueux tapis rouge entouré de fauteuils en cuir. L'une des parois transformée en baie vitrée avait les stores baissés, ce qui plongeait l'intérieur dans la pénombre.

Je plissai des yeux, pour distinguer un homme accoudé à un lourd bar en acajou dans un coin de la pièce. Les cheveux en bataille, il n'était pas mal habillé, même si plutôt simplement.

— Vous me reconnaissez, princesse?

Sa voix rieuse me fit croire un instant qu'il plaisantait.

— On n'y voit pas grand-chose, affirmai-je en entrant dans la pièce.

— Garrett Strom, le père de Willa, ajouta-t-il.

Je vis son sourire s'élargir.

— Ah!, oui. Heureuse de vous voir.

Soudainement plus à l'aise, je lui souris à mon tour. Je ne l'avais rencontré qu'une fois au dîner de l'autre soir, mais je l'aimais bien.

— Vous avez besoin de quelque chose?

— Non, non. J'attends juste votre mère, mais comme j'imagine que la journée va être longue, j'ai pris un peu d'avance, dit Garrett en secouant son verre.

— Très bien.

— En voulez-vous? offrit Garret. Sachant la façon dont Elora vous met à l'épreuve, je suis sûr que vous en avez besoin.

Je me mordis les lèvres en réfléchissant. Je n'avais jamais rien bu jusqu'ici, en dehors d'un verre de vin au dîner, mais avec tout ce qui venait de se passer en si peu de jours, pourquoi pas? Cependant, Elora me tuerait si elle l'apprenait et Finn serait très déçu par mon comportement.

— Non, je tiens le coup, dis-je en secouant la tête. Merci quand même.

— Ne me remerciez pas, c'est votre alcool, fit-il remarquer. Vous avez l'air exténuée; cela vous détendrait.

— Bon d'accord, cédai-je en me laissant tomber dans un fauteuil.

Le cuir pouvait sembler vieillot, mais le fauteuil avait la souplesse d'une planche de bois. Je me trémoussai pour trouver une position à peu près confortable. Sans succès. J'abandonnai.

— Qu'essaie-t-elle d'obtenir de vous ? me demanda Garrett en s'asseyant en face de moi.

— Je ne sais pas. Pour le moment, elle fait un plan de table.

J'appuyai ma tête au dossier du fauteuil.

— Je ne sais même pas pourquoi elle a voulu que je vienne, si ce n'est pour mettre en évidence que je fais tout très mal.

— Elle veut juste que vous vous sentiez à l'aise et impliquée, dit Garrett en sirotant son whisky.

— Sauf que je n'ai aucune envie de m'impliquer, marmonnai-je. Si c'est pour qu'elle et Aurora passent leur temps à me lancer des regards de reproche, en jugeant en permanence tout ce que je fais, je préfère qu'on me laisse tranquille.

— Ne la laissez pas vous marcher sur les pieds.

— Laquelle ?

— Les deux, dit-il en riant.

— Désolée. Je ne tiens pas à vous mêler à tout ça.

— Ne vous excusez pas. Je sais que tout ceci est dur et je suis certain qu'Elora ne fait rien pour vous rendre les choses plus aisées.

— Elle s'attend à ce que je sache tout sur tout, alors que je suis ici depuis si peu de temps.

— Vous avez de la volonté. Et vous le tenez d'elle.

Garrett sourit.

— Croyez-le ou non, tout ce qu'elle fait, c'est pour vous protéger.

Pour la première fois, quelqu'un faisait une comparaison entre Elora et moi, et cela me réchauffait le cœur d'une façon inattendue. Je m'apercevais aussi qu'il était une des rares personnes à l'appeler « Elora » et non « la reine », et je me demandais s'il la connaissait aussi bien que ça.

— Merci, répondis-je sans trop savoir quoi dire.

— J'ai appris que Willa vous avait rendu visite hier soir.

Il avait les yeux fixés sur moi. Ma vue s'étant habituée à l'obscurité de la pièce, je distinguais mieux son regard très doux.

— Oui, c'est vrai. Elle a gentiment essayé de m'aider.

— Bien, je suis content de l'apprendre.

Garrett semblait rassuré, et je me demandai à quelle réponse il s'était attendu de ma part.

— Elle peut parfois être un peu…

Il secoua la tête en cherchant le mot exact.

— *Willa* parfois, mais elle a un bon fond.

— Ouais, Finn m'a expliqué.

— Je fais mon possible pour qu'elle soit moins dure avec les mänks, et elle commence tout juste à y arriver. Enfin, nous sommes sur la bonne voie.

— Pourquoi est-elle si méchante avec Rhiannon, en particulier?

Je n'avais pas entendu Willa lui parler souvent, pourtant le peu que j'avais entendu était rempli de piques et de sarcasmes, pires que ceux d'Aurora.

— Rhiannon a vécu avec moi pendant dix-neuf ans avant Willa, expliqua Garrett. Willa a toujours eu peur que je lui préfère Rhiannon, alors qu'en fait, même si j'aime beaucoup Rhiannon, je n'aurai jamais qu'une seule fille.

Je n'avais jamais supposé qu'il ait pu avoir de l'affection pour Rhiannon ou que quiconque pouvait aimer les mänskligs, qui ici, n'intéressaient personne. Je jetai un coup d'œil en direction de la salle de guerre, comme si j'avais pu apercevoir Elora à travers le mur, tout en ne parvenant pas à croire qu'elle pouvait aimer qui que ce soit.

Il est vrai aussi que les seuls bébés présents au sein de l'élite Trylle, tout mänsklig qu'ils fussent, avaient quand même dû engendrer un peu d'instinct parental. Peut-être pas tous, mais il me semblait logique que des gens comme Garrett se soient pris d'affection pour ces bébés, en les élevant comme leurs propres enfants.

— Vous pensez qu'Elora aime Rhys? demandai-je.

— Je crois qu'Elora est une personne très difficile d'approche, concéda Garrett.

Puis, en me souriant, il ajouta :

— Mais je sais qu'elle vous aime.

— Ouais, ça se voit, dis-je sèchement.

Je ne tenais pas plus à considérer ce qu'il venait de dire qu'à le croire. J'avais déjà été échaudée par suffisamment de mères cinglées.

— Elle parle de vous avec beaucoup d'affection. Quand vous n'êtes pas là, bien sûr, ajouta-t-il avec un petit rire.

À la façon dont il dit ceci, je sentis une forme de familiarité, presque intime.

Une image m'apparut soudain. Elora, assise en robe de chambre à sa coiffeuse et mettant ses bijoux. Garrett, derrière elle, toujours allongé sur les draps de son lit. Elle lui disait qu'elle ne s'attendait pas à ce que je fusse aussi jolie, et avant qu'il eût le temps de répondre, elle le priait de se rhabiller en vitesse.

Je secouai la tête pour évacuer cette pensée.

— Vous fréquentez Elora ? lui demandai-je abruptement, même si je connaissais la réponse.

— Je n'appellerais pas cela fréquenter, railla-t-il avant d'avaler une longue gorgée de whisky. Disons plutôt que je suis la personne la plus proche d'elle, autant qu'il est possible, et du moins *pour le moment.*

— Pour le moment ? demandai-je en plissant le front. Que voulez-vous dire ?

— Elora n'a pas toujours été la reine froide et composée que vous craignez.

Il avait dit cela avec un accent si amer que je me demandai depuis quand il la fréquentait si étroitement. La voyait-il déjà du temps de mon père ? Ou quand elle était amoureuse du père de Finn ?

— Qu'est-ce qui l'a changée ? demandai-je.

— Comme pour chacun de nous, l'expérience.

Il fit tourner son verre en contemplant le peu d'alcool qui y restait.

— Qu'est-il arrivé à mon père?

— Vous tenez vraiment à creuser très loin, n'est-ce pas? s'enquit Garrett en haussant un sourcil. Je n'ai pas assez bu pour pouvoir continuer cette conversation.

Et il avala d'un coup sec ce qui restait dans son verre.

— Pourquoi? Que s'est-il passé? insistai-je en me penchant en avant.

— C'était il y a fort longtemps.

Il inspira profondément, sans lever les yeux.

— Et Elora a été anéantie.

— Elle l'aimait vraiment alors?

Je continuai de trouver étrange qu'elle avait pu aimer quelqu'un, elle qui semblait si peu capable d'émotion autre que la colère.

— Très franchement, je ne sais pas. Je ne la connaissais pas assez bien à l'époque.

Garrett se leva brusquement pour se diriger vers le bar.

— Ma femme vivait encore et nous ne rencontrions que rarement la reine, à l'époque.

Me tournant le dos, il se servit un autre verre.

— Si vous voulez en savoir plus sur cette période, il vous faudra interroger Elora.

— Elle ne me dira rien.

Je soupirai en me renfonçant dans mon fauteuil.

— Il y a des choses qu'il vaut mieux oublier, déclara-t-il, l'air songeur.

Sans se retourner, il avala une longue gorgée de whisky et je compris trop tard que j'avais dû le bouleverser.

— Pardon.

Je me levai. Ne sachant trop comment rattraper ma maladresse, il me sembla qu'il valait mieux que je partisse.

— Vous n'avez pas à vous excuser, dit-il.

— Je dois m'en aller de toute façon.

Je me rapprochai de la porte.

— Finn est probablement en train de me chercher partout.

Garret acquiesça.

— Probablement.

J'étais à peine dans le couloir qu'il me rappela.

— Princesse ? dit-il en tournant à peine la tête, dévoilant uniquement son profil en contre-jour. Elora est dure avec vous parce qu'elle a peur de vous aimer. Mais elle se battra pour vous jusqu'à la mort.

— Merci, bredouillai-je.

En quittant la pénombre du salon, je fus éblouie par la luminosité du couloir. Qu'avais-je pu dire qui avait tant contrarié Garrett ? Peut-être raviver le souvenir de sa femme, ou peut-être lui rappeler que, si Elora ne pouvait plus ouvertement l'aimer, elle avait été éprise, il y avait longtemps, d'un autre homme.

Peu convaincue par tout ce que Garrett m'avait raconté à propos d'Elora, j'essayai de réprimer le trouble qu'il venait de créer en moi. Je ne pensais pas qu'il mentait, mais il avait indéniablement cherché à me rassurer. Certes, tenter de me convaincre que j'avais une mère qui m'aimait, pouvait m'aider, même si j'avais cessé de me projeter dans ce rêve depuis belle lurette.

Je retrouvai Finn dans le hall d'entrée. Il transférait les indications d'Elora aux personnes qui devaient aider à préparer le bal. Comme il me tournait le dos, il ne me vit pas arriver et je restai plantée là, à l'observer. Il savait exactement ce qu'il fallait faire pour tout. Je ne pus réprimer un sentiment d'admiration.

— Princesse ?

M'apercevant après avoir jeté un coup d'œil derrière lui, Finn sourit en se retournant. Un assistant lui demanda quelque chose et il se contenta de faire un vague geste en direction de la salle à manger avant de se diriger vers moi.

— Ça a été comment ce matin?

— Ça aurait pu être pire, affirmai-je en haussant les épaules.

— Pas très rassurant, rétorqua-t-il en haussant un sourcil. Mais j'imagine que tu as droit à un peu de répit.

— Du répit?

Ce fut mon tour de le dévisager avec scepticisme.

— Oui, il me semble que nous pourrions faire quelque chose d'amusant maintenant.

Finn me souriait.

— Amusant, vraiment?

Me souvenant de ce qu'il avait essayé de me vendre la veille comme étant très amusant avec cet abrutissant entraînement, j'ajoutai :

— Amusant, amusant? Ou amusant comme regarder des photos pendant deux heures? Ou comme suivre l'amusant cours fourchette 101?

— Je veux parler de quelque chose qui ressemble au moins à du vraiment amusant, répondit Finn. Viens.

# DIX-SEPT

# Jalousie

Lorsque Finn m'entraîna dans le couloir pour regagner l'aile sud, je compris que je n'avais encore rien vu. Garrett, qui taquinait Elora en lui disant que sa demeure était un palais, ne plaisantait pas. Il restait tellement de choses à découvrir que j'en étais abasourdie.

Finn me montra quelques pièces, comme la bibliothèque, les salles de réunion, où se réglaient les affaires, l'imposante salle à manger, où nous avions dîné le samedi et, enfin, la salle de bal.

Poussant les portes, qui semblaient hautes de deux étages, Finn m'introduisit dans la plus grande salle que j'aie vue de ma vie. Le plafond, gigantesque et exquis à la fois, semblait s'étendre à l'infini, peut-être parce qu'il était entièrement vitré. Des poutres dorées auxquelles s'accrochaient des lustres étincelants, tout en diamant, le soutenaient. L'ensemble ressemblait à une salle de bal sorti d'un dessin animé de Walt Disney, avec des sols en marbre, et des murs crème, rehaussés par endroits de frises dorées.

Pour la fête, les décorateurs avaient commencé à apporter des objets, et empilé des chaises et des tables, qu'ils avaient repoussées contre les murs. Autour, on avait rassemblé des nappes, chandeliers et autres éléments de décoration. J'y remarquai un grand piano blanc installé dans le coin opposé de la pièce, qui, outre Finn et moi, était vide.

Je détestais me laisser captiver par la splendeur de cette salle, et haïssais encore plus le fait de me retrouver aussi mal attifée dans un lieu si magnifique. Mes cheveux n'étaient qu'un désastre et ma tenue bien trop sage. Finn n'était pas non plus sur son trente et un, mais sa chemise classique sur son jean sombre donnait au moins le change.

— Alors, c'est quoi le truc marrant ? lui demandai-je.

Ma question se réverbéra dans toute la pièce.

— Danser.

Finn se fendit d'un sourire, et je grognai.

— J'ai déjà dansé avec toi, et il est clair que tu as des progrès à faire.

— Les cercles lents, ça ne suffit pas ? grimaçai-je.

— Malheureusement, non. Une valse correctement exécutée devrait cependant faire l'affaire, et si tu peux y arriver, tu seras prête pour le bal de samedi.

— Oh, non !

Rien que de penser à ce qui m'attendait, j'eus un haut-le-cœur.

— Il va falloir que je danse avec tous ces gens, c'est ça ? Des étrangers, des vieux et des jeunes avec les mains baladeuses ?

Finn rigola. Tout ce que je voulais, c'était me recroqueviller et disparaître.

— Je pourrais te mentir mais, honnêtement, c'est vrai. Ce sont les seuls qui t'inviteront à danser, admit Finn avec un petit sourire narquois.

— Ça a l'air de te réjouir sacrément ! dis-je, ce qui ne fit qu'accentuer son sourire. Ravie que tu trouves drôle que je sois tripatouillée par des inconnus et que je leur marche sur les pieds pendant une heure. Charmante perspective !

— Mais non, ça ne sera pas si terrible.

Il me fit signe d'avancer.

— Si je t'apprends au moins les pas de base, tu ne leur marcheras pas sur les pieds.

Poussant un énorme soupir, je m'approchai de lui. À l'instant où il prit ma main, toute l'appréhension d'avoir à danser avec des inconnus s'évanouit. Car il m'apparut qu'avant de devoir danser avec eux, j'allais danser avec *lui*.

Après quelques instructions de sa part et un début ardu de la mienne, voilà que nous dansions, son bras passé autour de ma taille, ferme et rassurant. Il m'indiquait comment garder les yeux dans les siens, afin que je ne surveillasse plus mes pieds en dansant. Son regard sombre m'hypnotisait toujours.

En principe nous devions laisser entre nous une certaine distance, ce qui me paraissait insurmontable. Il pressait délicatement son corps contre le mien, et j'en adorais la sensation. J'étais certaine que nous n'évoluions pas aussi vite qu'il l'aurait fallu, mais je m'en fichais. Ce moment avec lui était trop beau pour être vrai.

— D'accord, ça va.

Finn s'arrêta brusquement en faisant un pas en arrière.

Déçue, je laissai ma main retomber lourdement.

— Jusqu'ici, ça va plutôt bien, mais il ne faudrait pas oublier la musique. Voyons maintenant comment tu t'en sors avec ça.

— D'accord ? dis-je, incertaine.

— Si je me mets au piano, tu sauras compter les pas toute seule ?

Finn s'était approché de l'instrument, et je me demandais quelle bourde j'avais pu faire encore pour qu'il arrête aussi vite de danser avec moi.

— Tu apprendras mieux ainsi.

— Euh, ah bon, dis-je en haussant les épaules avec hésitation. Je croyais que je m'en sortais plutôt bien.

— Non, nous n'allions pas assez vite. La musique t'aidera à garder le rythme.

Je fronçai les sourcils en le dévisageant. Tout ce que je voulais, c'était qu'il revînt danser avec moi. Me souvenant du moment où il m'avait dit que j'étais une partenaire épouvantable, je me demandais si ne c'était pas ça, le vrai problème.

Il s'assit au piano et se mit à jouer merveilleusement. C'était une valse. Évidemment, il savait jouer. Il savait tout faire. Je restai plantée là à l'écouter, jusqu'à ce qu'il m'expliquât quoi faire.

Je me mis ensuite à virevolter sur la piste de danse, ce qui était beaucoup moins drôle que de tourbillonner avec lui. Ce n'était pas marrant du tout. Ça aurait pu être amusant, si je n'avais passé mon temps à me demander ce que je faisais de mal et qui éloignait toujours Finn de moi.

Finn lançant sans arrêt des instructions, j'avais un mal fou à me concentrer sur mes pas. Bizarre qu'il n'ait remarqué aucune de mes erreurs quand nous dansions ensemble.

— Non, ça suffit, lâchai-je à bout de souffle après ce qui me sembla une éternité.

Mes pieds et jambes me faisaient mal, et je dégoulinais de sueur. J'avais eu ma dose de danse pour la journée. Je m'assis lourdement par terre avant de m'allonger sur le marbre frais.

— Wendy, ça n'a pas duré si longtemps que ça, insista Finn.

— Je m'en fiche. J'arrête !

Je respirai profondément en essuyant la sueur de mon front.

— On dirait que tu n'as jamais travaillé de ta vie, se plaignit Finn.

Quittant le tabouret de piano, il vint se placer au-dessus de moi pour me tancer de toute sa hauteur.

— C'est important.

— Je sais, tu me le répètes toutes les dix secondes.

— Pas du tout.

Finn me dévisageait, les bras croisés.

— Jamais je n'ai eu à travailler aussi dur, dis-je en le fixant à mon tour. Soit j'abandonnais avant que ça ne devienne trop dur, soit je n'essayais même pas. Alors, cesse de prétendre que je ne fais aucun effort.

— Tu n'as jamais essayé de bosser plus dur que ce que tu fais là? Jamais? me demanda Finn, incrédule.

Je secouai la tête.

— Ton frère ne t'a jamais obligée à faire quoi que ce soit?

— Pas vraiment, admis-je en y repensant. Il veillait à ce que j'aille en classe, mais c'est tout. Matt et Maggie m'encourageaient pour plein de choses, mais ne me forçaient pas.

— Ils t'ont gâtée bien plus que je n'imaginais, dit Finn, surpris.

— Ils ne m'ont pas gâtée, soupirai-je avant de me reprendre. Ils ne m'ont pas pourrie gâtée à la manière dont Willa, ou d'autres substitués, a été pourrie évidemment, mais ils voulaient juste que je sois heureuse.

— Le bonheur est une chose qui se mérite, fit remarquer Finn.

— Oh, ça va, tes dictons à dix cents, rétorquai-je. Nous travaillons autant que n'importe qui pour y avoir droit. Ils tenaient à bien veiller sur moi parce que ma mère avait essayé de me tuer. C'est sans doute pour ça qu'ils me traitaient avec une bonté particulière.

— Comment ta mère a-t-elle essayé de te tuer? demanda Finn en me regardant droit dans les yeux.

Je ne lui avais pas dit grand-chose à ce sujet, puisqu'il voulait rarement que nous évoquions mon passé.

— C'était le jour de mon anniversaire et, comme toujours, j'étais insupportable. J'étais furieuse, parce qu'elle m'avait acheté un gâteau au chocolat et que je détestais ça, expliquai-je. Dans la cuisine, ma mère a commencé à me disputer et à me poursuivre avec un immense couteau. Puis, elle a essayé de me transpercer et n'a réussi qu'à me couper le ventre assez méchamment. Puis, mon frère, Matt, m'a sauvé la vie en surgissant pour la maîtriser.

— Elle t'a ouvert le ventre?

Finn fronçait les sourcils avec inquiétude.

— Ouais.

Je soulevai mon chandail pour lui montrer la cicatrice qui me barrait le ventre.

À peine avais-je fait ce geste que je le regrettai. Laisser Finn contempler la partie la plus grassouillette de mon corps, au moment où j'étais ainsi étendue au sol, n'était sans doute pas l'idée du siècle.

Il s'accroupit près de moi et passa délicatement les doigts sur ma cicatrice. Ma peau frémit nerveusement en même temps qu'une étrange chaleur m'envahit. Il ne quittait pas ma blessure des yeux. Puis, il posa sa main à plat sur mon ventre, comme pour la recouvrir. Sa peau était chaude et douce, provoquant comme un envol de papillons dans mon estomac.

Il cligna des yeux et, semblant subitement se rendre compte de ce qu'il était en train de faire, retira sa main et se releva. Je tirai mon chandail pour me couvrir. Je n'avais plus envie de rester allongée. Je m'assis et replaçai mon chignon.

— Matt t'a sauvé la vie? demanda Finn en brisant le curieux silence qui venait de s'installer entre nous.

Il semblait toujours intrigué par quelque chose, et j'aurais bien aimé savoir à quoi il pensait.

— Ouais.

Je me relevai.

— Aussi loin que je m'en souvienne, Matt m'a toujours protégée.

— Hum.

Finn me regardait pensivement.

— Tu t'es bien mieux entendue avec ta famille d'accueil que les substitués ne le font d'habitude.

— Famille d'accueil? grimaçai-je. Tu cherches à me faire passer pour un parasite?

Ayant dit cela, je me rendis compte que c'était probablement vrai. On m'avait placée chez les Everly pour que je puisse utiliser leurs biens, leur argent, les possibilités qu'ils m'offraient, et que je les rapporte ici. C'est exactement ce que font les parasites.

— Tu n'es pas un parasite, dit Finn. Ils t'aiment et tu les as sincèrement aimés. C'est peu fréquent, mais ça n'est pas une mauvaise chose. En fait, c'est même très bien. Cela t'aura peut-être appris la compassion, dont les chefs trylles manquent depuis si longtemps.

— Je ne suis pas certaine d'avoir beaucoup de compassion, dis-je en secouant la tête.

— Je vois bien que la manière dont Elora s'adresse aux gens te dérange. Elora est persuadée ne pouvoir obtenir le respect qu'avec la terreur. Et quelque chose me dit que tu gouverneras d'une façon radicalement différente.

— Et comment vais-je gouverner? m'enquis-je en haussant un sourcil.

— Ça sera à toi d'en décider, dit Finn simplement.

Après cela, il interrompit la leçon, prétextant que je devais me reposer pour le lendemain. J'étais effectivement épuisée, et tout ce que je voulais, c'était me blottir sous des couvertures pour dormir jusqu'au dimanche, une fois passés le bal et toutes les peurs qui l'accompagnaient.

Je ne parvins pourtant pas à m'endormir facilement, me tournant et me retournant sans cesse dans mon lit en pensant à Finn. Comme il avait été merveilleux de danser avec lui, et cette main chaude posée sur mon ventre.

En réalité, je pensais surtout à Matt et à combien il me manquait. J'avais espéré y penser de moins en moins une fois ici, mais plus le temps passait, plus il me manquait. Au fond, j'avais besoin de savoir que je comptais vraiment pour quelqu'un qui veillait sur moi de façon inconditionnelle.

Je me réveillai tôt le lendemain matin. En fait, je n'avais pas fermé l'œil de la nuit, et à six heures, je me levai. Je voulais simplement descendre manger un morceau. Lorsque j'atteignis le haut des marches, je croisai Rhys, qui remontait. Il mordait dans un bagel.

— Hé, que fais-tu debout à cette heure-ci ?

Il me sourit en mâchant.

— Je n'arrive pas à dormir. Et toi ?

— Pareil. De toute façon, il faut que je parte bientôt à l'école.

Repoussant la mèche de cheveux qui lui tombait sur les yeux, il s'appuya à la rambarde.

— Tu t'en fais pour samedi ?

— Si on veut.

— C'est assez excitant, dit Rhys, les yeux grands ouverts.

J'acquiesçai évasivement.

— Il y a autre chose qui t'embête, non ? Tu as l'air plutôt… perturbée, il me semble.

— Non, dis-je en soupirant.

Puis, je m'assis sur la marche supérieure. Je ne pouvais plus rester debout, j'avais seulement envie de pleurer.

— Je pensais à mon frère.

— Ton frère ?

Un voile passa dans son regard. Le souffle presque coupé, il s'assit lentement à côté de moi. Au début, je ne saisis pas bien pourquoi et, tout à coup, cela me parut évident.

Tout ceci devait être si étrange pour Rhys, qui avait toujours eu conscience de ne pas vivre dans sa vraie famille. Et ce n'était pas non plus la même chose que d'être adopté. Sa famille n'avait jamais souhaité se débarrasser de lui. Il avait simplement été subtilisé, et par une famille qui ne voulait même pas vraiment de lui. Ils avaient juste voulu que ce soit moi qui bénéficie de sa vie.

— Ouais, je veux dire… *ton* frère en réalité.

J'eus du mal à me reprendre, d'autant que Matt serait toujours mon frère, quelle que soit notre histoire génétique.

— Quel est son nom? me demanda Rhys calmement.

— Matt. Il n'existe pas de type plus gentil sur Terre.

— Matt? répéta Rhys d'un ton épaté.

— Ouais. C'est le type le plus courageux qui soit. Il ferait n'importe quoi pour protéger ceux qu'il aime. Il est tout sauf égoïste et pense toujours d'abord aux autres. Et il est vraiment, vraiment fort. Il est…

J'avalai et décidai que je ne pouvais plus parler de lui. Je hochai la tête et détournai le regard.

— Et mon père, et ma mère? insista Rhys.

Je ne sus quoi lui répondre.

— Papa est mort quand j'avais cinq ans, dis-je prudemment. Ma mère l'a très mal vécu et… elle est depuis cette époque dans une clinique psychiatrique. Pour dérangement mental. Maggie, la sœur de mon père, et Matt m'ont élevée.

— Oh.

Son expression trahit un peu de compassion.

Je détestai soudain Kim encore plus. Je savais qu'elle avait agi par amour pour Rhys, mais cela n'excusait pas tout. Il ne servait à rien que je lui racontasse ce qu'elle avait fait, ni qu'elle ne pourrait de toute façon pas s'occuper de lui, puisqu'elle était enfermée.

— Je suis désolée.

Je plaçai ma main sur la sienne pour le réconforter.

— Il m'est difficile de te dire comment je le sais, mais ta mère t'aimait vraiment. Elle te voulait près d'elle, et je crois qu'elle m'a toujours détestée parce qu'elle savait que je n'étais pas toi.

— Vraiment?

Il y avait à la fois de l'espoir et de la tristesse dans son regard.

— Ouais. Ça m'a mise dans une drôle de situation, en fait.

Je lui souris faiblement, et il éclata de rire.

— Pardon. On dirait bien que je suis du genre inoubliable.

Et il me sourit à son tour.

— Ouais, on dirait bien, acquiesçai-je.

Rhys avait bougé sa main de façon à tenir la mienne.

— Parle-moi de cette Maggie. De quoi a-t-elle l'air ? demanda Rhys.

— Elle est hyper cool. Parfois un peu trop protectrice, mais vraiment chouette. Elle s'est mise dans le pétrin si souvent à cause de moi. Tous les deux, d'ailleurs.

En repensant à eux, je trouvais vraiment étrange qu'ils ne soient plus ma famille à présent.

— Tout cela est si étrange. Ils sont ton frère et ta tante.

— Je comprends. Mais ils sont ta famille aussi. Ils t'ont aimée et élevée. C'est bien pour ça qu'existent les familles, non ?

J'avais souhaité depuis si longtemps que quelqu'un me dise cela que je serrai sa main dans la mienne. J'aimais encore Matt et Maggie, et les aimerais toujours, et j'avais simplement besoin de le savoir pour aller bien.

— Wendy !

Encore vêtu de son pyjama, Finn surgit dans le couloir. Instinctivement, je retirai ma main de celle de Rhys, qui se leva.

— Qu'est-ce que tu fais là ?

— Je viens de me réveiller et nous parlions, c'est tout.

Rhys acquiesça en me regardant.

Finn nous dévisagea d'une façon si dure que j'eus l'impression d'avoir dévalisé une banque.

— Pourquoi n'irais-tu pas te préparer pour l'école ? lança-t-il froidement à Rhys.

— C'est ce que j'allais faire, répondit Rhys avant de me sourire. Nous nous verrons plus tard, Wendy.

— Ouais, d'accord.

Je lui rendis son sourire.

— Qu'est-ce que tu fichais ?

— Je te l'ai déjà dit, insistai-je en me levant. Nous parlions.

— De quoi ?

— De ma famille, déclarai-je en haussant les épaules. Et alors ?

— Tu ne peux pas parler de ta famille avec lui, répliqua Finn. Les mänskligs ne doivent pas savoir d'où ils viennent. S'ils le savaient, ils seraient tentés de partir à la recherche de leurs parents, ce qui ruinerait complètement notre projet de société. Tu comprends ça ?

— Je ne lui ai rien expliqué ! dis-je en me sentant plutôt stupide de ne pas y avoir pensé moi-même. Matt me manquait et j'ai seulement dit des trucs gentils à son propos. Je n'ai pas dit à Rhys où il habitait, ni rien de tel.

— Wendy, il faut que tu fasses plus attention.

— Pardon, je ne savais pas.

Je n'aimais pas la façon dont il me fixait. Je me retournai pour partir dans ma chambre.

— Attends.

Finn m'attrapa le bras pour que je m'arrêtasse et le regardasse.

Il fit un pas de plus pour me faire face. Afin de lui manifester ma colère, je refusai de le regarder, mais sentant ses yeux posés sur moi et la chaleur de son corps si proche, j'eus du mal à me rebiffer.

— Quoi ? demandai-je.

Finn baissa la voix.

— Je t'ai vue lui tenir la main.

— Et alors ? C'est un crime ?

— Non, mais… tu *ne peux pas* faire ça. Tu ne peux pas avoir une histoire avec un mänsklig.

— Qu'importe, indiquai-je en extirpant brusquement mon bras, furieuse qu'il ne fasse que penser à son travail et rien d'autre. Tu es jaloux, c'est tout.

— Je ne suis pas jaloux, dit Finn en s'écartant. Je suis chargé de surveiller ta conduite. Tu ne te rends pas compte à quel point il serait dangereux pour toi d'avoir une aventure avec lui.

— Ouais, ouais, marmonnai-je en m'éloignant vers ma chambre. Je ne comprends rien à rien.

— Ce n'est pas ce que j'ai dit, poursuivit Finn en m'emboîtant le pas.

— Mais c'est ça, hein ? ripostai-je. Je ne sais rien.

— Wendy ! lâcha Finn.

Je me retournai à contrecœur pour le regarder.

— Si tu ne comprends pas certaines choses, c'est que je te les ai mal expliquées.

Il baissa les yeux, la gorge nouée, ses grands cils noirs tombant sur ses joues. Sentant qu'il voulait me dire autre chose, je croisai les bras et attendis.

— Mais tu avais raison sur un point.

Il avait visiblement du mal à articuler et je le regardai avec attention.

— J'étais jaloux.

— Quoi ?

Ma mâchoire faillit se décrocher, et mes yeux s'élargirent de surprise.

— Cela ne change rien à mon travail, ni au fait que tu ne peux avoir de relation amoureuse avec un mänsklig, dit-il fermement, tout en gardant les yeux baissés. Maintenant, il faut te préparer. Nous avons une longue journée devant nous.

Il se retourna pour partir.

— Finn, attends !

Il s'immobilisa et pivota légèrement pour me regarder.

— Il n'y a rien de plus à dire, répliqua-t-il froidement. J'avais promis de ne jamais te mentir, c'est ce que je fais.

Debout devant la porte de ma chambre, je me repassais ce qu'il venait de confesser. Pour la première fois, Finn admettait qu'une partie de ses sentiments pour moi n'avaient rien à voir avec sa mission. Et pourtant, il me fallait oublier tout cela et faire comme si de rien n'était.

# DIX-HUIT

# Intimidation

Je mis un temps infini à m'habiller tant j'essayais de comprendre ce que Finn avait voulu dire. Évidemment, j'étais ravie qu'il m'aime suffisamment pour éprouver de la jalousie, mais je me rendis compte en même temps à quel point ça ne voulait pas dire grand-chose. Il ne ferait jamais rien qui allât à l'encontre de son sens du devoir et de l'honneur.

Bien que je misse un temps fou à me préparer, Finn ne vint pas voir où j'en étais. Je l'attendis finalement en haut de l'escalier. Même si j'avais envie de le faire, je ne me sentais pas assez à l'aise pour le retrouver dans sa chambre. Il m'en aurait probablement éjectée, de toute façon.

Du haut de mon poste d'observation, c'est avec surprise que j'aperçus Tove Kroner pousser la porte d'entrée. Il n'avait ni frappé, ni appelé, se contentant de passer une main dans ses cheveux en bataille, en regardant autour de lui.

— Que puis-je pour vous ? lançai-je.

En tant que princesse, je me devais de me montrer accueillante, même si j'avais un trac fou et me sentais horriblement gênée.

— Euh, ouais. Je vous cherchais, justement.

Il sortit les mains de ses poches et s'approcha de l'escalier sans aller plus loin.

— Pourquoi?

Me rendant compte que ma question pouvait paraître impolie, je fronçai le nez et me repris

— Je veux dire, je vous demande pardon?

— Pour vous aider, c'est tout.

Tove haussa les épaules.

Je descendis lentement les marches et remarquai qu'il examinait la pièce. Me regarder n'avait jamais semblé le mettre à l'aise.

Comme j'approchais de lui, je perçus les reflets naturellement délicats qui couraient dans sa longue chevelure noire, qui, indisciplinée, lui descendait jusqu'aux épaules.

Son teint était subtilement olivâtre, de cette nuance verte dont Finn m'avait parlé. Personne d'autre ne possédait cette couleur de peau, sauf peut-être sa mère, chez qui elle n'était pas aussi prononcée.

— M'aider en quoi? demandai-je.

— Quoi?

Il s'était mis à ronger l'ongle de son pouce et, levant les yeux vers moi, il continuait à le grignoter.

— Vous voulez m'aider en quoi? articulai-je lentement, à la limite de l'arrogance.

Mais je n'eus pas l'impression qu'il s'en aperçut.

— Oh.

Il lâcha son doigt et me dévisagea soudain, comme s'il avait oublié pourquoi il était venu.

— Je suis médium.

— Quoi? Vous lisez dans les pensées?

Je me raidis aussitôt, comme pour l'empêcher de lire dans les miennes.

— Non, non, bien sûr que non, décocha-t-il en s'éloignant pour aller inspecter les lustres qui pendaient du plafond. Je sens les choses. Et je peux faire bouger les choses par la pensée. Mais je ne peux pas lire celle des autres. Je ne vois que des auras. La vôtre est un peu brune aujourd'hui.

— Ce qui veut dire? demandai-je en croisant les bras, comme si, de cette façon, je pouvais cacher mon aura.

Je ne savais d'ailleurs pas exactement de quoi il s'agissait.

— Vous n'êtes pas heureuse.

Tove, l'air absent, me jeta un coup d'œil distrait.

— Normalement, elle est orange.

— Je ne comprends pas davantage ce que cela signifie, ni en quoi tout ceci est supposé m'aider.

— Cela n'est pas censé vous aider.

Cessant de gesticuler, il me regarda enfin pour de bon.

— Finn vous a-t-il parlé de l'entraînement?

— Vous voulez dire, de la formation de princesse que j'ai commencée?

— Non.

Il secoua la tête en se mordant l'intérieur de la joue.

— Concernant vos dons. Cette formation-là ne doit pas débuter avant la fin de l'intronisation. Ils pensent que si vous parvenez à maîtriser vos dons *avant* l'endoctrinement, vous serez intenable.

Il soupira.

— Ils vous veulent calme et docile.

— Et vous, vous êtes calme actuellement? demandai-je, sceptique, en haussant un sourcil.

— Non.

Tove posa à nouveau les yeux sur rien en particulier. Puis, il se retourna, son regard vert plongeant dans le mien.

— Vous m'intimidez.

— *Je* vous intimide?

J'éclatai de rire, sans parvenir à m'arrêter, ce qui ne sembla pas l'offenser.

— Je suis la personne la moins intimidante qui soit.

— Hum.

Son expression se renfrogna sous l'effet de la concentration.

— Peut-être que vous n'en intimidez pas certains, mais ils ne savent ni ce que je sais, ni ce que je vois.

— Que savez-vous? demandai-je aimablement, étonnée par sa déclaration.

— Ils vous l'ont dit?

Tove me décocha un nouveau regard.

— Dit quoi?

— OK, s'ils ne vous ont rien dit, ce n'est certainement pas moi qui le ferai.

Il se gratta le bras et me tourna le dos pour arpenter à nouveau la pièce et l'examiner.

— Quoi que vous fassiez en ce moment, ça ne m'aide vraiment pas, dis-je en commençant à me lasser. Vous ne faites que me troubler davantage.

— Pardon, princesse.

Tove s'immobilisa en se courbant un peu.

— Finn souhaitait que je vous parle de vos talents. Il sait que vous ne pourrez commencer un véritable entraînement qu'après le bal, mais il voulait que vous y soyez préparée.

— C'est Finn qui vous a demandé de venir me voir?

Mon cœur se remit à battre la chamade.

— Oui. Cela vous déplaît? demanda-t-il, confus.

— Pas du tout, mentis-je.

Finn avait probablement demandé à Tove de le faire pour qu'il n'eût pas à s'occuper de moi. Il essayait de m'éviter.

— Vous avez des questions?

Tove se rapprocha, et je fus encore une fois surprise par la délicate nuance verte de sa peau. Chez un garçon moins beau, cela aurait semblé étrange, mais à lui, cela donnait un petit air exotique.

— Des tonnes, dis-je en soupirant tandis qu'il penchait la tête vers moi. Il vous faudrait être plus précis.

— Vous n'avez rien à craindre, vous savez.

Tove me regardait à présent de si près que je me dis que je le préférais quand il craignait de croiser mon regard.

— Je n'ai pas peur.

Il me fallut faire un effort pour ne pas être mal à l'aise à mon tour.

— Je sais quand vous mentez, dit-il en m'observant. Non parce que je suis médium, mais parce que vous le dissimulez très mal. Vous devriez travailler cela. Elora est une très bonne menteuse.

— Je m'exercerai, balbutiai-je.

— C'est probablement ce que vous aurez de mieux à faire.

Je trouvai la sincérité de Tove désarmante. Même sa folie inter-mittente avait du charme. Il baissa les yeux, et son expression s'assombrit.

— Je vous préfère ainsi, honnête et troublée. Mais cela ne marchera jamais pour une reine.

— C'est vrai, je ne le crois pas non plus, dis-je, prise d'une soudaine nostalgie.

— Je suis moi-même un peu déjanté, vous avez remarqué.

Il me sourit malicieusement, mais ses yeux verts demeuraient tristes. Là-dessus, il s'accroupit et attrapa une petite pierre ovale, qu'il fit ensuite tourner entre ses doigts, les yeux toujours baissés.

— Je trouve difficile de rester concentré, mais je me soigne.

— Bon… Ne le prenez pas mal, mais pourquoi Finn veut-il que *vous* m'aidiez ?

Je me frottai le bras en espérant que ma question ne le vexerait pas.

— Parce que je suis fort.

Tove, en ayant apparemment assez de triturer sa pierre, la jeta sur le côté.

— Et parce qu'il me fait confiance.

Il me regarda de nouveau.

— Bon, voyons ce que vous savez faire.

— Avec quoi ? lui demandai-je, déroutée par ce changement de sujet.

— Ce que vous voulez.

Il étira son bras au-dessus du sol.

— Pouvez-vous bouger des choses ?

— Avec mes mains, oui.

— Évidemment.

Il leva les yeux au ciel.

— Vous n'êtes pas paraplégique, alors oui, je suppose que vous en êtes physiquement capable.

— Je ne sais pas faire grand-chose, à part un peu de persuasion. Et je ne m'en suis pas servie depuis mon arrivée ici.

— Essayez.

Tove montra le lustre au dessus de nos têtes.

— Bougez-le.

— Je ne tiens pas à bouger ça, dis-je, effrayée.

Une vision s'empara de moi. Celle du tableau que j'avais vu dans la chambre d'Elora. Avec de la fumée noire et des flammes autour de lustres brisés, sauf que l'image me semblait bien plus réelle maintenant, comme si je pouvais sentir l'odeur de fumée et voir le feu se répandre en sculptant des ombres nouvelles dans le tableau. Même le fracas du verre résonnait en moi.

La gorge nouée, je fis quelques pas pour m'éloigner du lustre. Comme j'étais placée juste en dessous, je tenais vraiment à m'en écarter.

— Qu'était-ce ? me demanda Tove en penchant la tête vers moi.

— Quoi ?

— Il s'est passé quelque chose.

Il m'observait attentivement en essayant de déchiffrer ma réaction, mais je ne fis qu'un signe négatif de la tête. Cela me semblait trop difficile à expliquer et, en outre, je n'étais pas sûre d'avoir tout imaginé.

— Intéressant.

— Merci, murmurai-je.

— Je déteste faire ça, d'autant que cela semble vous effrayer beaucoup, mais il faut que je vous sorte de ma tête.

Il regardait le lustre, et mes yeux suivirent son regard.

Mon cœur battait à toute vitesse et j'avais la gorge serrée. Les pendentifs en cristal se mirent à trembler, à tinter, puis à chatoyer. Je fis plusieurs pas en arrière, souhaitant lui crier de cesser ce petit jeu sur-le-champ, mais je n'étais pas sûre qu'il m'entendrait. Et puis soudain, le lustre se mit à tanguer et je ne pus plus me retenir.

— Arrêtez !

Ma voix se réverbéra dans la pièce.

— Pourquoi faites-vous ça ?

— Désolé.

Il respirait avec difficulté.

Je gardai les yeux braqués sur le lustre jusqu'à ce qu'il cessât de tanguer.

— Il fallait que je fasse quelque chose et, dans cette pièce, à part vous, il n'y avait rien d'autre à remuer que ce lustre. Je ne pense pas que vous auriez aimé être ainsi secouée.

— Pourquoi fallait-il que vous bougiez quoi que ce soit ? lui lançai-je sèchement.

Ma panique commençait à céder la place à de la rage, et je serrai les poings.

— Quand vous êtes ainsi terrifiée, vous le projetez avec tellement d'intensité.

Il levait les mains, les remuant devant lui pour mieux s'expliquer.

— La plupart des gens n'entendent ni ne sentent plus ces choses-là, tandis que moi, je suis particulièrement sensible aux émotions. Et lorsque je remue les objets, cela m'aide à me concentrer ; ça arrête au moins le bruit pendant un moment. Vous étiez trop bruyante, il fallait que je mette fin à votre vacarme. Désolé.

— Mais vous n'aviez pas à m'effrayer de la sorte.

Je me calmai un peu, mais mes paroles continuaient à m'échapper avec dureté.

— Ne refaites pas ça, s'il vous plaît.

— C'est si dommage, ajouta-t-il, à la fois triste et dérouté. Ils ne se rendront jamais compte de ce que vous êtes vraiment. Désormais trop faibles, ils ne sont même pas capables de comprendre combien vous êtes puissante.

— De quoi parlez-vous ?

J'oubliai ma colère pendant un instant.

— Votre mère est dotée d'une force inouïe.

Tove semblait émerveillé.

— Peut-être pas autant que vous, et sans doute pas autant que moi, mais elle a ça dans le sang. Quelque chose qui se propage comme de l'électricité. Quand je la vois marcher dans une pièce, elle semble comme magnétisée. Tandis que les autres… dit-il en secouant la tête.

— Vous voulez parler des autres Trylles ?

Je cherchai à comprendre ce qui, pour moi, devenait de plus en plus énigmatique.

— Nous avions pour habitude de remuer ciel et terre.

Il semblait mélancolique, et son comportement avait changé. Il n'arpentait plus la pièce en regardant dans tous les coins. Il me semblait que le fait d'avoir fait bouger le lustre avait changé quelque chose en lui.

— Réellement ou métaphoriquement ? demandai-je.

— Réellement. Nous pouvions créer des montagnes, arrêter le cours des fleuves.

Il remuait les bras de façon théâtrale, comme s'il se souvenait, aujourd'hui encore, comment on faisait ces choses-là.

— Nous avons tout inventé autour de nous ! Nous étions des magiciens !

— Nous ne le sommes plus ? interrogeai-je, saisie par la passion qui l'habitait.

— Pas de la même manière. Grâce à la technologie, les humains ont su créer leur propre magie, et la dépendance a changé de camp. Une fois qu'ils ont acquis tous les pouvoirs et l'argent, nous avons dépendu d'eux pour élever nos enfants, ajouta-t-il avec une pointe de mépris dans la voix. Les substitués n'ont plus voulu revenir quand ils ont compris qu'ici, nous n'avions plus autant à leur offrir.

— Nous sommes revenus, nous, fis-je remarquer bêtement.

— Votre jardinière, celle qui fait fleurir vos plantes, c'est une marksinna ! dit Tove en désignant l'arrière de la maison, là où se trouvait le jardin. Une *jardinière* ! Je ne suis pas de ceux qui défendent les clivages sociaux, mais quand un des membres les plus puissants d'une population devient jardinier, on peut commencer à se poser des questions.

— Bien… Mais pourquoi est-elle jardinière ?

— Parce que. Personne d'autre ne sait le faire.

Quelque chose comme de la rage brûlait dans ses yeux verts fixés sur moi.

— Personne ne sait plus rien faire.

— Vous savez faire des choses. Moi aussi, dis-je, espérant ainsi alléger un peu sa détresse.

— Je sais, dit-il en soupirant et en baissant à nouveau les yeux. Nous avons tous été trop fascinés par le principe humain de la monarchie ; avec ses créateurs de mode et ses bijoux hors de prix, déclara-t-il, avec une moue dédaigneuse. Cette obsession de devenir riches a toujours été notre perte.

— Oui, acquiesçai-je. Mais votre mère me semble être une des pires à cet égard.

— Je sais, répondit Tove avec résignation.

Il s'était radouci, et j'eus même l'impression qu'il cherchait à se faire pardonner quelque chose.

— Je ne suis pas contre les humains. C'est ce qu'on dirait, pourtant, n'est-ce pas?

— Je ne sais pas. Vous avez l'air extrêmement passionné, dis-je.

Lors de notre première rencontre, j'avais mis son insouciance sur le compte de l'ennui et de l'arrogance. J'étais en train de comprendre que ses dons pouvaient bien être liés à cela, lui conférant une sorte de puissance supplémentaire. Il semblait en outre d'une honnêteté sans faille, ce dont fort peu de Trylles pouvaient se vanter.

— Peut-être.

Légèrement embarrassé, il sourit en baissant les yeux.

— Quel âge avez-vous? lui demandai-je.

— Dix-neuf ans, pourquoi?

— Comment se fait-il que vous connaissiez si bien le passé? Vous en parlez comme si vous aviez été témoin de certaines choses, comme si vous les aviez vues. Ou alors, c'est que vous êtes mordu d'histoire.

— Ma mère a toujours voulu que j'étudie pour le cas où j'aie une chance d'accéder au trône, répliqua Tove.

Cette perspective semblait lui déplaire si profondément que j'en déduisis qu'il n'était pas plus emballé que moi à l'idée de gouverner. L'échafaudage de plans pour la conquête du trône était certainement le seul fait d'Aurora.

— Qu'avez-vous vu quand vous avez regardé le lustre tout à l'heure? me demanda Tove, me ramenant ainsi à la raison de sa présence.

— Je ne sais pas trop.

Je voulus répondre le plus honnêtement possible, mais ne sus comment.

— J'ai vu... un tableau.

— Certaines personnes voient le futur, alors que d'autres voient le passé.

Il avait les yeux braqués sur le lustre, dont les lumières scintillaient non loin de nous. Il réfléchit un instant.

— En fin de compte, ils n'ont rien de bien différent. Personne n'échappe ni à l'un ni à l'autre.

— Quelle philosophie, dis-je.

Il rit.

— Vous trouvez que je ne vous ai pas beaucoup aidée, c'est ça ?

— Je ne saurais dire.

— Je crains que c'en soit trop pour vous en un seul après-midi, ajouta-t-il.

— Comment ça ?

Il ne répondit à ma question que par un hochement de tête.

— Je sais que vous avez énormément à faire et il vaut mieux que je ne vous fasse pas perdre votre temps. Je ne pense pas pouvoir vous aider davantage pour l'instant.

Il se dirigea vers la porte.

— Hé, attendez, lançai-je.

Il s'arrêta.

— Vous m'avez dit qu'en général, ils n'aimaient pas que nous soyons trop bien entraînés pour l'intronisation. Pourtant, Finn souhaitait que vous m'aidiez à me préparer. À quoi ? Que se passe-t-il donc ?

— Finn est un protecteur. C'est son travail de s'inquiéter.

Lorsque Tove fit cette déclaration, mon cœur se serra. Je détestais qu'on me rappelle que je ne représentais qu'une partie du travail de Finn.

— Il doit être certain que, dans n'importe quelle circonstance, vous êtes en sécurité. Qu'il soit là ou non.

— Pourquoi ne serait-il pas là ? questionnai-je, parcourue de frissons de peur.

— Je ne sais pas.

Il haussa les épaules.

— Mais lorsque quelque chose nous tient vraiment à cœur, on s'arrange pour que rien de fâcheux n'arrive.

Sur ces bonnes paroles, Tove me quitta. Bien que peu certaine de ce qu'il avait fait outre me perturber davantage, je lui étais reconnaissante de sa tentative d'aide. Mais une nouvelle anxiété me gagnait.

Je ne savais pas ce qui se passait avec Finn et ne faisais que repenser à cette toile aperçue dans la réserve secrète d'Elora. Je m'y revoyais, le regard terrifié, essayant d'atteindre quelque chose au-delà du balcon. Les mots de Tove, qui m'avaient fait froid dans le dos, résonnaient encore en moi.

*On ne peut échapper au futur.*

Je levai les yeux vers le lustre. J'avais été terrorisée à la simple idée de le faire bouger, supposant qu'il tomberait et que j'aurais ainsi donné vie à la peinture d'Elora. Mais je ne l'avais pas fait, et rien d'épouvantable n'était arrivé.

Avais-je changé le futur ? Ou le pire était-il à venir ?

# DIX-NEUF

# Intronisation

Le vendredi, la fête n'étant plus éloignée que de vingt-quatre heures, Elora éprouva le besoin de vérifier où j'en étais, ce dont je n'aurais d'ailleurs su la blâmer. Son idée était une répétition générale du dîner, afin de tester mes aptitudes à la conversation et, visiblement, aux bonnes manières.

Comme elle ne tenait pas à ce que trop de monde assistât à mes éventuels déboires, elle n'invita que Garrett, Willa et Rhiannon, en compagnie de Finn et Rhys. C'était le plus grand nombre de personnes qu'elle pouvait rassembler sans risquer le déshonneur complet. Ayant déjà rencontré chacun d'entre eux, je n'avais pas trop le trac, encore qu'Elora m'ait signifié qu'il fallait que je me comportasse exactement comme pour demain soir.

Tous, probablement instruits de la même manière, apparurent bien plus guindés qu'à l'ordinaire. Même Rhys avait mis un veston, qui lui allait d'ailleurs fort bien. Comme d'habitude, Finn était beaucoup trop beau.

En raison de la fortuite confession de Finn concernant sa jalousie, je ne savais plus très bien comment me comporter avec lui. Quand il avait jailli dans ma chambre avant le dîner pour s'assurer que je me préparais, je n'avais pu m'empêcher de remarquer qu'il faisait tout pour éviter de croiser mon regard.

Lorsque j'atteignis la salle à manger, Elora était en train de nous indiquer comment nous asseoir, se plaçant à un bout de la table et m'installant à l'autre. Rhys et Finn m'entouraient, Rhiannon, Garrett et Willa prenant place au milieu.

— Je serai assise à côté de qui ? demandai-je entre deux petites gorgées de vin.

— Entre Tove Kroner et moi.

Elora plissa les yeux en observant le verre que je tenais.

— Tiens ton verre par le pied.

— Pardon. Je croyais que c'était ce que je faisais.

Je bougeai mes doigts dans l'espoir de mieux faire.

— Une princesse ne s'excuse jamais, corrigea Elora.

— Pardon, bredouillai-je en me rendant compte que je recommençais. C'était un accident, dis-je en hochant la tête. Ça ne se reproduira plus.

— Ne hoche pas la tête, ça n'est pas très féminin, sermonna Elora. Une princesse ne fait pas non plus de promesses. Elle pourrait ne pas réussir à les tenir et n'aimerait pas qu'on lui en fasse grief.

— Je ne faisais pas vraiment de promesse, fis-je remarquer, ce qui fit plisser encore plus sévèrement les yeux d'Elora.

— Une princesse ne contredit jamais, dit-elle froidement.

— Je ne suis une princesse que depuis une semaine. Ne peux-tu me laisser souffler un peu ? demandai-je aussi aimablement que je pus.

Je ne supportais plus toutes ces histoires de princesse. Chaque phrase qu'elle m'avait adressée avait, en général, commencé par « Une princesse », suivi par ce qu'une princesse devait ou ne devait pas faire.

— Tu es une princesse depuis ta naissance. C'est dans ton sang.

Elora s'était redressée sur son siège comme si elle voulait me menacer.

— Tu devrais savoir comment te comporter.

— J'y travaille, marmonnai-je.

— Parle plus fort. Quoi que tu aies à dire, exprime-toi d'une voix claire et puissante, décocha Elora. Et il ne te reste plus une minute pour y travailler. Ta fête est demain. C'est *maintenant* que tu dois être prête.

Je voulais lui répondre sur-le-champ, mais Rhys et Finn me firent de grands signes des yeux pour que je me tusse. Rhiannon reluquait nerveusement son assiette, tandis que Garrett n'en finissait pas de mâcher poliment.

— Je comprends.

J'expirai profondément avant de boire une nouvelle gorgée de vin. Je n'étais pas certaine d'avoir tenu le verre correctement cette fois, mais Elora ne dit rien.

— J'ai bien reçu la photo de ta robe, dit Willa en me souriant. Elle a l'air extraordinaire. Je suis vraiment jalouse. Tu n'es la plus belle pour un bal qu'une seule fois, et tu le seras certainement demain! Tu seras fabuleuse.

Elle me venait ainsi en aide en changeant de sujet, passant des choses que je faisais mal à ce que je faisais bien. Même si elle était odieuse avec Finn et Rhiannon, je ne parvenais pas à la détester.

— Merci.

Je lui rendis son sourire.

Mon dernier essayage avait eu lieu un peu plus tôt dans la journée, et comme Willa me l'avait demandé l'autre soir, Finn avait pris une photo avec son téléphone et la lui avait envoyée.

Je me sentais mal à l'aise en posant pour cette photo, et ce qui n'arrangeait rien, Finn ne m'avait pas rassurée, ne serait-ce que pour me dire que la robe m'allait bien. Il me semblait tellement impossible qu'elle m'aille bien que j'aurais bien aimé un peu de soutien à cet instant-là. Mais Finn s'était contenté d'appuyer sur le bouton de son appareil. Fin de l'histoire.

— Avez-vous vu la robe? demanda Willa en s'adressant à Elora, qui mâchouillait un brocoli de façon guindée.

— Non. J'ai fait confiance aux esquisses de Frederique, et du reste, c'est à Finn que revient la décision finale, répondit-elle, l'air absent.

— Moi, quand il s'agira de la robe de ma fille, j'insisterai pour m'occuper jusqu'au bout du moindre détail, lâcha Willa, pensive.

Elora se cabra imperceptiblement, mais Willa ne remarqua rien.

— En réalité, j'ai toujours adoré les robes et la mode. Je pourrais passer ma vie au bal.

Elle demeura encore pensive pendant une fraction de seconde, puis me sourit à nouveau.

— C'est pour cela que ta présence ici est si merveilleuse. Demain, ta fête sera énorme.

— Merci, répétai-je, peu certaine de ce que je devais ajouter.

— Tu as eu droit toi aussi à une fête splendide, intervint Garrett, légèrement sur la défensive concernant la soirée qu'il avait offerte à sa fille. Ta tenue était fantastique.

— Je sais, sourit modestement Willa. Ce n'était pas mal.

Finn se racla la gorge au point qu'Elora et Willa se mirent ensemble à le dévisager, mais aucune ne dit mot.

— Pardon, j'avais un chat dans la gorge, expliqua Finn en avalant un peu de vin.

— Hum, murmura Elora, peu enchantée, avant de s'adresser à moi. Oh, à propos, j'ai été trop occupée cette semaine pour te poser la question. À quoi as-tu pensé pour ton nom?

— Mon nom? m'enquis-je en inclinant la tête sur le côté.

— Oui. Pour la cérémonie d'intronisation.

Elle me regarda pendant un instant, puis se tourna vers Finn avec un air sévère.

— Je pensais que Finn t'en avait parlé.

— Oui, mais ce nom n'a-t-il pas déjà été décidé ? répondis-je, totalement déroutée. Je veux dire, Dahl est bien le nom de famille, non ?

— Il ne s'agit pas de nom de famille, mais de prénom, rétorqua Elora, qui se frictionna les tempes, visiblement agacée.

— Je ne comprends pas. Pourquoi ne serait-ce pas Wendy Dahl ?

— Ce n'est pas un prénom approprié pour une princesse, décocha Elora. On change tous de prénom. Willa s'appelait autrement. Comment, déjà, chérie ?

— Nikki, dit Willa. J'ai adopté le nom de Willa en souvenir de ma mère.

Garrett sourit en entendant cela. Elora se raidit un peu, puis se tourna à nouveau vers moi.

— Bon, alors, et toi ? Quel prénom aimerais-tu ? insista Elora, sans doute pour détendre l'atmosphère.

— Je... je ne sais pas.

Mon cœur se mit à battre inconsidérément. Je ne voulais pas changer mon prénom, pas du tout. Quand Finn avait évoqué cela pour l'intronisation, je croyais qu'il s'agissait uniquement de mon nom de famille. Cela ne m'emballait pas mais, en même temps, peu importait ; j'aurais bien fini par me marier un jour et changer de nom de famille de toute façon.

Mais Wendy était *mon* prénom. Je me tournai vers Finn pour l'appeler à la rescousse, ce qu'Elora remarqua. Elle s'adressa brusquement à moi pour récupérer mon attention.

— Si tu n'as pas d'idées, j'en ai, décocha Elora en découpant frénétiquement sa viande dans son assiette. Il y a Ella, en souvenir de ma mère, ou bien Sibylla, comme ma sœur. Ces deux noms sont très jolis. Celui de la reine qui a gouverné le plus longtemps était Lovisa, et j'ai toujours trouvé que c'était un prénom magnifique.

— Je ne déteste aucun de ces noms, dis-je prudemment, tout en trouvant le prénom de Sybilla particulièrement affreux. Mais j'aime le mien. Je ne vois pas pourquoi je devrais le changer.

Elora écarta cette idée d'un revers de main.

— Wendy est un prénom ridicule, totalement inadéquat pour une princesse.

— Pourquoi? insistai-je, et Elora me dévisagea.

Quoi qu'en dise Elora, je refusais catégoriquement de changer de prénom. Non que ce prénom me parut génial, mais il se trouvait que Matt, qui me l'avait donné, était une des rares personnes à m'avoir acceptée telle que j'étais. Je n'allais certainement pas jeter cela aux orties.

— C'est un nom de mänsklig, marmonna Elora entre ses dents. D'ailleurs, j'ai assez entendu de bêtises. Tu trouveras un prénom digne d'une princesse, ou je le choisirai pour toi. Est-ce clair?

— Si je suis une princesse, pourquoi ne puis-je décider de ce qui est digne d'une princesse?

Je forçai ma voix à sonner fort et clair, sans tremblement ni énervement.

— Ne fait-il pas partie des prérogatives d'une princesse de gouverner le royaume en ayant son mot à dire? Et si je veux, en tant que princesse, qu'on m'appelle Wendy, qu'y a-t-il de mal à cela?

— Aucune princesse n'a jusqu'ici gardé son nom humain et aucune ne le fera.

Les yeux noirs d'Elora me fixaient durement, mais je ne détournai pas les miens pour autant.

— Ma fille, la princesse, ne portera pas un prénom de *mänks*.

Une dose d'hostilité perçait dans ses paroles, et surtout dans le mot « mänks », et je décelai un peu de tension dans les mâchoires de Rhys. Je savais ce que c'était de grandir avec une mère qui vous détestait, mais jamais on ne m'avait intimée de rester sagement soumise face à une mère qui me lançait ouvertement de telles insultes. Mon cœur eut envie de bondir pour le défendre, et je dus me contenir encore plus fortement pour ne pas hurler.

— Je ne changerai pas de prénom, martelai-je.

Ils avaient tous le nez plongé dans leurs assiettes tandis qu'Elora et moi nous affrontions. Le dîner pouvait désormais être officiellement considéré comme un échec magistral.

— L'endroit est mal choisi pour ce genre de conversation, coupa Elora d'un ton glacial.

Elle se frotta la tempe et soupira.

— L'incident est clos. Ça n'est même pas un sujet de discussion. Tu changeras de prénom, et bien évidemment, je le choisirai.

— Ce n'est pas juste !

Les larmes me montaient aux yeux.

— J'ai fait tout ce que tu m'as demandé de faire et je devrais au moins avoir le droit de garder mon prénom.

— Ce n'est pas ainsi que cela fonctionne. Tu feras ce que je te dirai de faire.

— Avec tout le respect que je vous dois, interrompit Finn en surprenant tout le monde. Ne pensez-vous pas que nous devrions respecter les souhaits de la princesse ? Ses désirs les plus importants seront bientôt considérés comme des ordres dans ce pays, et un souhait aussi minime ne devrait soulever aucune indignation dans le peuple.

— C'est possible.

Elora se força à sourire en lui décochant un regard noir. Il le lui rendit, la fixant à son tour imperturbablement.

— Quoi qu'il en soit, mes désirs ont toujours le dessus et, jusqu'à nouvel ordre, c'est à moi que revient la décision finale.

Son sourire s'élargit et devint encore plus menaçant lorsqu'elle ajouta

— Avec tout le respect qui t'est dû, *pisteur*, ne penses-tu pas que tu devrais accorder plus d'importance à tes devoirs qu'à ses désirs ?

L'expression de Finn perdit un peu de son assurance, mais il continua de la fixer de ses grands yeux noirs.

— Ne devais-tu pas l'informer des particularités de l'intronisation, en veillant à ce qu'elle soit totalement prête pour demain?

— En effet, répondit Finn sans la moindre gêne.

— Il semblerait que tu aies échoué, conclut Elora. Je commence à me demander comment tu as occupé ton temps avec la princesse. Y a-t-il eu le moindre entraînement dans tout ça?

C'est alors que Rhys renversa son vin. Le verre se brisa et le liquide se répandit partout. Tous étaient bien trop occupés à observer Elora et Finn pour s'en apercevoir, mais du coin de l'œil, j'avais remarqué qu'il l'avait fait exprès.

Rhys se lança dans des excuses, expliquant qu'il allait se dépêcher de tout nettoyer. Elora cessa de dévisager Finn, et il n'avait plus à se défendre. À mon grand soulagement, Rhys avait réussi à nous secourir.

Après le nettoyage du désastre, Willa, qui n'avait pourtant jamais semblé apprécier Rhys, se mit à lui parler sans discontinuer, et lui, à lui répondre avec empressement. Ils causaient sans cesse, uniquement pour qu'Elora et Finn ne puissent plus le faire.

Elora parvint malgré tout à glisser quelques remarques désobligeantes à mon endroit, tel «Vraiment princesse, tu devrais savoir comment utiliser une fourchette!»

Mais à peine avait-elle terminé sa phrase que Willa entamait une histoire drôle à propos d'une fille qu'elle connaissait, ou du film qu'elle venait de voir, ou d'un endroit où elle était allée. C'était sans fin. Et nous lui en étions, pour la plupart, extrêmement reconnaissants.

Quand le dîner eut pris fin, Elora prétexta une nouvelle migraine et un million de choses à faire pour le lendemain, et s'excusa du fait qu'il n'y aurait pas de dessert. Elle ne bougea pas pour autant de son siège. Sans trop savoir que faire, chacun commença à prendre congé. Garrett suggéra que tout le monde s'en allât, et elle opina d'un vague mouvement de la tête.

— Je vous verrai demain soir, dit-elle sans conviction.

Elle fixait un point de la pièce sans même le regarder. Garrett fit comme si cela ne l'offensait pas.

— Prenez soin de vous, indiqua-t-il en lui touchant doucement l'épaule.

Finn, Rhys et moi nous levâmes pour accompagner Garrett, Willa et Rhiannon jusqu'à la porte, mais la voix d'Elora nous interrompit, jetant un nouveau froid. Je m'immobilisai. Il me sembla que tous s'arrêtèrent en même temps et que je fus la seule à prendre cela au tragique.

— Finn ? demanda Elora platement, le regard toujours dans le vague. Accompagne-moi à l'atelier s'il te plaît, j'ai à te parler.

— Bien sûr, répondit Finn en lui faisant une petite révérence.

Je le dévisageai, comme tétanisée, tandis qu'il s'obstinait à ne pas me regarder. Debout, stoïque et les mains derrière le dos, il attendait simplement qu'Elora lui donnât de plus amples instructions.

Je serais sans doute restée là jusqu'à ce qu'Elora me congédiât si Willa ne m'avait prise par le bras pour m'entraîner avec elle.

Rhys et Rhiannon étaient partis devant et se chuchotaient à l'oreille. Garrett jeta un dernier regard à Elora et se dirigea vers la sortie.

— Bon, alors je viendrai vers dix heures demain matin, dit Willa d'un ton intentionnellement léger et joyeux.

— Pour faire quoi ? lui demandai-je, à demi hébétée.

— Pour t'aider à te préparer. Il y a *tant* à faire ! dit-elle en secouant la tête et en lançant un coup d'œil vers la salle à manger. Et on ne peut pas dire que ta mère soit du genre secourable.

— Willa, ne parle pas ainsi de la reine, dit Garrett sans y mettre beaucoup de conviction.

— Bon, qu'importe, je viendrai demain t'aider pour tout. Tu seras fabuleuse.

Elle me fit un sourire encourageant avant de me serrer le bras gentiment et de s'en aller avec son père.

C'est ainsi que Rhys et moi nous retrouvâmes seuls dans le hall d'entrée.

— Ça va ? me demanda-t-il.

— Oui, ça va, mentis-je.

Je me sentais flageolante et malade, et s'il était une chose dont j'étais sûre, c'était que je ne voulais plus être princesse, si je l'avais voulu un jour. Je ne supporterais plus d'autres dîners comme celui-ci. Je fis un pas pour m'éloigner de Rhys, bien décidée à aller faire part de ma décision à Elora, quand il posa une main chaude sur mon bras pour m'arrêter.

— Si tu y vas, tu vas tout aggraver ; ce sera pire pour toi, insista Rhys. Allez.

Il posa sa main sur le creux de mes reins pour me faire avancer vers l'escalier. Je m'attendais à ce qu'il me poussât jusqu'en haut une fois que nous aurions atteint les marches, mais il n'en fit rien. Il savait que j'attendais Finn pour savoir ce qui s'était passé.

Je jetai un coup d'œil en direction de la salle à manger en espérant y capter quelque chose. Je ne savais pas ce que cela m'apporterait, mais je me disais que si je pouvais voir ce qui se passait, cela me rassurerait.

— Tout un dîner ! dit Rhys, cynique, en s'asseyant sur une marche.

Comme je ne pouvais rien apercevoir au loin, j'abandonnai. Tirant sur ma jupe pour la ramener sous mes genoux, je m'assis à côté de lui.

— Je suis désolée.

— Ne t'excuse pas. Ça n'était pas ta faute, m'assura Rhys avec son petit sourire en coin. Grâce à toi, cette maison est devenue cent fois plus intéressante.

Elora avait intentionnellement pris Finn à part pour le spectacle. Sans quoi, elle se serait contentée de le tancer en privé, directement dans son cerveau. Pour une raison inconnue, elle avait tenu à ce que j'assiste à cette scène. Je ne savais pas exactement ce qu'il avait fait de mal, outre ne pas être d'accord avec elle. Il s'était montré respectueux et n'avait rien dit de faux.

— Que crois-tu qu'elle lui dise en ce moment ? demandai-je.

— Je ne sais pas. Avec moi, elle n'a jamais vraiment hurlé.

— Tu plaisantes ou quoi ? m'exclamai-je en le dévisageant d'un air sceptique.

Rhys faisait continuellement fi des règles, ce qu'Elora n'était pas du genre à laisser passer.

— Non, sérieusement.

Rhys rit de mon étonnement.

— Certes, elle m'envoie balader dès qu'elle est près de moi, mais sais-tu combien de fois elle s'est vraiment trouvée près de moi ? J'ai été élevé par des nurses. Dès le premier jour, Elora s'est montrée extrêmement claire ; elle n'était pas ma mère et n'avait aucunement l'intention de le devenir.

— A-t-elle jamais souhaité être mère, d'ailleurs ?

Le peu que je connaissais d'elle suggérait qu'elle n'était pas dotée du plus petit instinct maternel.

— Réellement ?

Rhys se demandait s'il allait continuer à m'en parler et finit par me répondre tristement.

— Non, je ne crois pas qu'elle en ait eu envie, mais elle doit assurer une descendance à sa lignée. C'est un devoir pour elle.

— Je fais simplement partie de son programme, en somme, marmonnai-je amèrement. J'aimerais bien qu'une personne ait envie de m'avoir pour de bon près d'elle, pour une fois.

— Oh, allez, Wendy, me réprimanda Rhys gentiment en se penchant plus près. Des tas de gens te veulent auprès d'eux. Ne prends pas personnellement le fait qu'Elora soit une peste.

— Difficile de faire autrement, dis-je en tripatouillant ma robe. Elle est ma mère.

— Elora est une femme forte et compliquée que ni toi ni moi ne sommes en mesure de commencer à comprendre, m'expliqua Rhys, un peu las. Elle est d'abord une reine, ce qui fait d'elle une personne distante, froide et cruelle.

— Et ça t'a fait quel effet de grandir dans ce contexte?

Culpabilisant de m'être ainsi répandue en plaintes alors qu'il avait eu une vie plus dure que la mienne, je posai à nouveau les yeux sur lui. Moi, au moins, j'avais Matt et Maggie.

— Je ne sais pas.

Il haussa les épaules.

— Disons que c'était un peu comme de grandir en pension avec une directrice super rigide. Elle avait toujours un œil sur tout, et je savais qu'au bout du compte, elle aurait toujours raison. Mais ses rapports avec moi n'existaient qu'au strict minimum.

Il me regarda de nouveau, moins sûr de lui.

— Quoi?

— Elle n'est pas aussi impénétrable qu'elle croit. Ici, c'est une grande demeure, et j'étais un petit garçon bien trop curieux.

Il se mordit la lèvre et joua avec un bouton de son veston.

— Tu savais qu'elle couchait avec le père de Finn?

— Je le savais, dis-je tranquillement.

— Je pensais bien qu'il te le dirait.

Se mordillant toujours les lèvres, Rhys garda le silence pendant une minute.

— Elora était amoureuse de lui. Et quand elle est amoureuse, elle est étrange. Son visage change, il devient plus doux et presque radieux.

Il secoua la tête, perdu dans ses souvenirs.

— C'était encore plus douloureux pour moi de la voir capable d'autant de gentillesse et de générosité. Tout ce que j'avais reçu n'ayant jamais dépassé le stade des regards glacés lâchés depuis une extrémité de la pièce, j'avais l'impression de m'être fait flouer.

— Je suis désolée.

Je mis ma main sur son bras.

— J'aimerais pouvoir te dire quelque chose de réconfortant, mais à dire vrai, j'ai du mal à imaginer quelle horreur ça a été de grandir ainsi.

Il eut un sourire forcé et haussa les épaules, comme pour évacuer le mauvais souvenir.

— Quoi qu'il en soit, le père de Finn a abandonné Elora pour retourner vivre avec sa femme, ce qui n'était pas plus mal.

Rhys demeura pensif un instant.

— Je parie pourtant qu'elle aurait tout envoyé balader pour lui, s'il l'avait vraiment aimée. Mais là n'est pas l'important.

— Qu'est-ce qui est important ? demandai-je en tremblant.

— La rumeur a prétendu qu'elle gardait Finn auprès d'elle parce qu'elle était toujours amoureuse de son père, bien que ce dernier ne l'ait jamais aimée. Il ne s'est jamais rien passé entre Finn et Elora, ça, j'en suis sûr.

Rhys laissa échapper un profond soupir.

— Mais…

— Mais quoi ?

— Le père de Finn ne l'a jamais regardée comme Finn te regarde.

Il s'arrêta un instant sur ce qu'il venait de dire, comme s'il tentait d'en saisir toute la portée.

— Tu as donc aussi cet obstacle à surmonter. Elle n'a jamais voulu avoir d'enfant, et tu es en train d'obtenir ce qu'elle n'a jamais eu.

— Qu'est-ce que tu veux dire ? Je n'ai rien qu'elle n'ait jamais eu, et franchement, je n'ai même pas Finn. Je… nous n'avons jamais… rien fait… rien d'autre que notre devoir.

— Wendy.

Rhys me regardait avec un sourire triste.

— Tout le monde sait que je suis incapable de cacher mes sentiments, mais alors toi, tu es pire.

— Je… je ne comprends pas ce que tu racontes, bégayai-je en évitant son regard.

— Bien, bien, dit Rhys en riant. Comme tu voudras.

Pour détendre l'atmosphère, il fit quelques blagues que je ne compris pas vraiment. J'avais l'esprit ailleurs et mon cœur battait trop fort. Rhys devait s'imaginer des choses. Et même si ça n'était pas le cas, Elora ne pouvait punir Finn pour cela. N'est-ce pas ?

# VINGT

# Résignation

Quand Finn apparut devant l'escalier, je me levai d'un bond. Il avait dû passer à peine un quart d'heure avec Elora, mais cela m'avait semblé une éternité. Rhys, assis à mes côtés, se leva avec moins d'empressement. Finn nous regarda avec mépris et grimpa les marches sans nous adresser la parole.

— Finn !

Je trottai derrière lui tandis que Rhys trouvait plus judicieux de s'enfuir en cuisine.

— Attends ! Finn ! Que s'est-il passé ?

— Une conversation, me répondit-il avec désinvolture.

Comme il ne faisait aucun effort pour ralentir le pas alors que je trottais derrière lui, je lui saisis le bras au milieu de l'escalier pour l'arrêter. En évitant mon regard, il jeta un coup d'œil par-dessus son épaule vers le bas des marches, comme s'il cherchait à apercevoir Rhys.

— Je croyais t'avoir dit de ne pas fréquenter les mänskligs.

— Rhys est juste resté avec moi pendant que je t'attendais, dis-je. Il faut que tu t'y fasses.

— Il est très dangereux pour toi de rester près de lui.

Finn examinait le haut de l'escalier tout en ne me perdant pas de vue.

— Il est même dangereux pour toi que tu restes près de moi.

Je n'aimais pas du tout la façon dont il évitait de me regarder. Ses yeux sombres me manquaient.

— Qu'est-ce que tu veux dire par là ?

— Lâche-moi, dit Finn.

— Dis-moi seulement ce qui se passe, et je te laisse tranquille, dis-je sans lâcher prise.

— J'ai été relevé de mes fonctions, répondit Finn placidement. Elora ne perçoit plus de danger venant de l'extérieur, et comme elle m'a jugé indiscipliné, elle m'a prié de faire mes valises et de partir au plus vite.

Je n'arrivais plus à respirer, l'air me manquait. Mon plus vif cauchemar prenait forme. Finn devait partir par ma faute. C'était lui qui m'avait défendue quand j'aurais dû me défendre moi-même, ou quand j'aurais simplement dû la boucler.

— Quoi ? demandai-je, hébétée. C'est injuste. Tu ne peux pas… Tu es ici depuis si longtemps, et Elora te fait confiance. Elle ne peut juste… C'est ma faute ! C'est moi qui ai refusé de l'écouter !

— Non, ce n'est pas ta faute, insista Finn. Tu n'as rien fait de mal.

— Eh bien, tu ne peux t'en aller ! Je dois faire face à cette histoire de bal demain et je ne sais rien ! continuai-je désespérément. Je ne suis pas une princesse, Finn. Il y a tellement de choses pour lesquelles j'ai encore besoin de ton aide.

— Je ne t'aiderai plus après le bal, de toute façon, dit Finn. Un tuteur doit venir prendre le relais pour tout t'enseigner après cette fête. Et quoi qu'en dise Elora, tu es fin prête pour ce bal. Tu seras merveilleuse demain.

— Mais tu n'y seras pas ?

Se retournant, il dit doucement

— Tu n'as pas besoin de moi.

— Tout est ma faute ! Je vais parler à Elora. Tu ne peux pas partir. Il faut qu'elle comprenne.

— Wendy, non. Ne fais pas ça… dit Finn.

Mais j'avais déjà filé dans l'escalier.

Une panique irrépressible s'était emparée de moi. Finn m'avait forcée à quitter les seules personnes pour lesquelles j'avais jamais compté, et je l'avais fait parce que je lui faisais confiance. Et voilà qu'il m'abandonnait avec Elora, au sein d'une monarchie dont je ne voulais pas faire partie.

Certes, Rhys serait encore là, mais je savais bien que ça ne serait qu'une question de jours avant qu'il ne soit écarté à son tour. J'allais être plus seule et isolée que jamais, et ça, je ne pourrais le supporter.

En courant vers le salon d'Elora, je savais pertinemment qu'il s'agissait aussi d'autre chose. Je ne pouvais supporter l'idée de perdre Finn, et cela n'avait rien à voir avec la façon dont Elora, ou quiconque, me traitait. Une vie sans lui était inconcevable. Avant qu'Elora ne menaçât de l'écarter, je n'avais pas conscience de l'importance qu'il avait pour moi.

— Elora !

J'ouvris brusquement la porte de son atelier sans frapper. Je savais que ça l'agacerait, mais je n'en avais cure. Si je me montrais suffisamment indisciplinée, peut-être finirais-je par être renvoyée, moi aussi.

Contemplant la nuit qui tombait par la baie vitrée, Elora n'eut pas l'air surprise le moins du monde par le bruit de la porte qui s'ouvrit violemment. Sans se retourner, elle me dit calmement

— Tout ceci est totalement inutile, et il va sans dire que cela n'a rien à voir avec le comportement d'une princesse.

— Tu ne fais que m'expliquer comment une princesse doit se comporter, mais pourrait-on savoir comment une reine doit se comporter, au juste ? rétorquai-je sèchement. Manques-tu à ce point de confiance en ta façon de gouverner pour être incapable d'accepter la plus petite dissension ? Si nous ne nous plions pas immédiatement à ton opinion, tu nous congédies sur-le-champ ?

Elora soupira.

— Je suppose qu'il s'agit de Finn.

— Tu n'avais pas le droit de le renvoyer ! Il n'a rien fait de mal !

— Qu'il ait mal fait ou non n'a aucune incidence. Je « renvoie » qui je veux, pour le motif qui me plaît. Je suis la reine.

Elle se tourna lentement vers moi, le visage étonnamment calme.

— Ce n'est pas son désaccord qui m'a gênée, c'est le pourquoi.

— Est-ce à cause de mon stupide prénom ? lançai-je, incrédule.

— Tu as encore beaucoup à apprendre. S'il te plaît, assieds-toi.

S'enfonçant dans sa méridienne, Elora me montra un des canapés.

— Il n'y a aucune raison de s'en prendre à moi, princesse. Il faut que nous parlions.

— Je ne veux pas changer de nom, dis-je en m'asseyant en face d'elle. Je ne comprends pas pourquoi tu y attaches autant d'importance. Les prénoms ne sont pas essentiels.

— Il ne s'agit pas de ça.

Elora évacua le sujet d'un geste de la main.

Ses cheveux flottaient autour d'elle comme de la soie dans laquelle elle passa négligemment la main.

— Je sais que tu me trouves cruelle et sans cœur ; pourtant, je ne le suis pas. J'aime bien Finn, plus qu'une reine ne devrait s'attacher à un serviteur, et je suis navrée d'avoir si mal choisi certains modèles pour toi. Cela me fait de la peine de voir Finn s'en aller, mais je t'assure que je l'ai fait pour toi.

— C'est faux! criai-je. Tu l'as fait parce que tu étais jalouse!

— Mes émotions n'entrent pas en ligne de compte. Pas même mon sentiment concernant la façon dont tu t'impliques dans tout ceci.

Ses lèvres se crispèrent. Son regard semblait vide.

— J'ai fait tout cela parce que c'était mieux pour le royaume.

— En quoi le fait de se débarrasser de Finn représente-t-il un avantage pour qui que ce soit?

— Tu refuses de comprendre que tu es une princesse!

Elora se tut un instant avant de reprendre une longue et tonifiante inspiration.

— Qu'importe que tu comprennes ou non la gravité de la situation. Tout le monde sait, y compris Finn, quelle est la raison pour laquelle il s'en va. Il sait que c'est mieux pour toi.

— Je ne comprends pas. En quoi son départ peut-il m'aider une seconde? Je compte sur lui pour tout, et toi aussi. Et voilà que tu es en train de me dire que tu le laisses partir, juste comme ça?

— Je sais bien que tu crois qu'il n'y a là qu'une question d'argent, mais il s'agit en réalité d'un facteur bien plus puissant. Notre lignée est riche de talents exceptionnels, qui excèdent largement ceux de la population trylle en général.

Tout en parlant, Elora se penchait davantage vers moi.

— Malheureusement, quand les Trylles se sont désintéressés de notre mode de vie, nos talents ont commencé à décliner. Pour notre peuple, il est essentiel que le sang ne perde pas de sa pureté, afin que nos dons continuent de se développer.

»Les titres et autres grades semblent arbitraires, continua Elora. Mais si nous sommes au sommet, c'est parce que nous avons les pouvoirs les plus étendus. Depuis des siècles, nos dons outrepassent ceux des autres familles; cependant, les Kroner sont en train de nous rattraper. Tu es notre dernière chance de conserver le trône et de garder le pouvoir dans notre famille.

— Qu'est-ce que tout ceci a à voir avec Finn ? demandai-je, lassée de toutes ces considérations politiques.

— Tout, répondit Elora avec un faible sourire. Certaines lois ont été édictées afin de préserver la pureté et la force de notre sang. Pas seulement pour la royauté, mais pour tout le monde. Il ne s'agit pas juste de se garantir de comportements qui dépasseraient les bornes de la bonne conduite en société, mais aussi d'empêcher que des sang-mêlé ne viennent frayer avec notre lignée.

La manière dont elle prononça «frayer» me fit froid dans le dos.

— La sévérité des représailles varie en fonction de la faute commise, continua Elora. Quand un Trylle a une histoire avec un mänsklig, il leur est demandé à tous deux de quitter la communauté.

— Il ne se passe rien entre Rhys et moi, rétorquai-je.

Elora opina avec scepticisme.

— Bien que les pisteurs soient des Trylles, ils n'ont pas les mêmes dons, au sens conventionnel du terme, ajouta-t-elle.

Je commençais à voir où elle voulait en venir.

— Les pisteurs doivent rester entre eux. S'il arrive que des Trylles aient une liaison avec l'un d'eux, ils s'abaissent, mais c'est autorisé.

» Sauf si l'on appartient à la royauté.

Elle me dévisagea sévèrement.

— Un pisteur n'a pas droit à la couronne. N'importe quelle marksinna, ou princesse, attrapée avec un pisteur est immédiatement démise de son titre. Si l'offense est grave au point qu'une princesse compromette la pureté de son sang, les deux sont bannis.

Ma gorge se serra. Si quoi que ce soit se passait entre Finn et moi, je perdrais mon titre de princesse et n'aurais plus le droit de vivre à Förening. À première vue, c'était choquant. Jusqu'à ce que je me souvinsse que je n'avais aucune envie d'être princesse, ni de vivre ici. Que m'importait donc tout cela ?

— Et alors ? lançai-je à Elora, qui eut un mouvement de surprise.

— Je sais bien que pour le moment, tout cela ne signifie rien pour toi, rétorqua Elora en montrant tout ce qui nous entourait. Je sais que tu détestes tout ici, et je comprends. Mais ton destin est là, et si tu ne t'en rends pas compte, Finn, lui, le voit. Il sait l'importance que tu as et ne te laissera jamais ruiner ton avenir. C'est pourquoi il a donné sa démission.

— Il a *démissionné* ? C'est impossible. Finn ne démissionnerait jamais.

Surtout en sachant combien j'avais besoin de lui.

Et il devait bien le savoir, puisqu'il avait tenu tête à Elora pour moi. Il savait que j'aurais été perdue sans lui, et il ne pouvait me faire ça. C'était contre tout ce en quoi il croyait.

— C'est dommage, continua Elora, comme si mon refus de croire ce qu'elle disait ne méritait pas qu'on s'y arrête. Je m'en veux terriblement, parce que les signes étaient évidents. Et j'en veux à Finn, car il sait mieux que personne qu'il ne doit pas se compromettre. Je lui ai ordonné de faire ce qu'il pensait être le mieux pour toi. Il s'en va pour te protéger.

— Je n'ai besoin d'être protégée contre rien du tout ! dis-je en me levant. Il n'a aucune raison de partir, car il n'y a rien entre nous. Je n'ai d'aventure avec personne.

— Je parviendrais peut-être à le croire si je ne t'avais vue débouler ici en pleurs pour plaider sa cause, répliqua Elora sarcastiquement. Ou s'il m'avait fait la promesse de s'en tenir à sa mission. Je l'aurais alors gardé.

Elle baissa les yeux sur la méridienne et tira un fil décousu de la toile.

— Mais il n'a pas su me promettre cela. Il n'a même pas essayé de me convaincre.

Je voulus argumenter, mais je commençais à comprendre ce qu'elle voulait dire. Finn m'aimait et il l'avait admis devant Elora, tout en sachant comment elle réagirait. Il m'aimait tellement qu'il ne pouvait poursuivre sa mission. Il ne parvenait plus à séparer son travail de ses sentiments et il était en ce moment en train de faire ses valises à l'étage.

J'aurais voulu hurler pour blâmer Elora de toutes les choses horribles qui m'arrivaient depuis ma naissance, en lui disant que je laissais tomber la couronne, mais il n'y avait plus une minute à perdre. Il fallait que je visse Finn avant son départ, parce que je n'avais aucune idée de l'endroit où il allait.

J'arrivai devant la porte de sa chambre, haletante, les mains tremblantes, et cette familière sensation que me procurait la présence de Finn, de papillons me courant à travers le corps, s'emparait déjà de moi. J'étais amoureuse de lui, et je ne l'abandonnerais pas. Pas pour tout l'or du monde.

En ouvrant la porte, je le trouvai penché sur son lit, pliant ses vêtements et les déposant dans sa valise. Il me regarda, d'abord surpris par mon apparition, puis l'expression de ses yeux noirs se changea en quelque chose d'indéchiffrable.

Une barbe naissante commençait à lui couvrir les joues, ce qui rendait sa beauté encore plus sauvage. Il m'était presque insupportable de le regarder. Les boutons supérieurs défaits de sa chemise révélaient un triangle de poitrine que je trouvai étrangement provocant.

— Tu vas bien ?

Arrêtant ce qu'il était en train de faire, Finn s'approcha.

— Ouais, acquiesçai-je en avalant ma salive. Je viens avec toi.

— Wendy…

Son expression s'adoucit, et il secoua la tête.

— Tu ne peux pas venir avec moi. Ta place est ici.

— Non, je me fiche de tout ça ! insistai-je. Je ne veux pas devenir une stupide princesse, et ils n'ont pas besoin de moi. Je suis nulle en tout. Mon départ sera mieux pour tout le monde.

— Ils ont besoin de toi. Tu n'as pas idée à quel point.

Finn se détourna de moi.

— Sans toi, tout s'effondrera.

— C'est absurde ! Je ne suis qu'une stupide gamine qui ne sait même pas avec quelle fourchette manger ! Je n'ai aucun talent. Je suis bizarre, sotte et totalement à côté de la plaque, et ce garçon Kroner correspond *bien mieux* que moi à la situation. Si tu t'en vas, je n'aurai plus aucune raison de rester ici et ne le ferai pas !

— Tu as encore énormément de choses à apprendre, dit Finn d'un air las, comme pour lui même.

Il s'était remis à plier ses vêtements et, approchant de lui, je lui pris le bras.

— Je veux être avec toi et… je crois que toi aussi.

Cela me fit mal de prononcer ces mots à haute voix. J'imaginais qu'il allait éclater de rire, ou me dire que j'étais timbrée, mais au contraire, il tourna lentement les yeux vers moi.

En un rare moment de vulnérabilité, ses yeux noirs trahirent tout ce qu'il avait essayé de me cacher. Affection et chaleur humaine, et quelque chose de bien plus profond encore. Son bras était puissant sous ma main et mon cœur battait très fort. Il leva doucement la main vers ma joue pour la caresser, et je le regardai, pleine d'espoir.

— Je n'en vaux pas la peine, Wendy, murmura Finn d'une voix enrouée. Tu as un énorme destin devant toi que je ne peux pas empêcher. Je refuse d'y faire obstacle.

— Mais Finn, je…

Je voulais lui parler encore, mais il se dégagea.

— Il faut que tu t'en ailles.

Il me tourna complètement le dos, emballant à nouveau ses affaires pour ne pas avoir à me regarder.

— Pourquoi ? demandai-je, les larmes aux yeux.

— Parce que.

Finn alla prendre quelques livres sur l'étagère et, pour ne pas relâcher ma pression, je le suivis jusque-là.

— Ça n'est pas une raison !

— Je t'ai déjà tout expliqué.

— Non, absolument pas. Tu n'as fait que quelques remarques concernant l'avenir.

— Je ne te désire pas ! lança Finn.

C'était comme si on m'avait giflée. Je restai muette pendant un moment, écoutant seulement les battements de mon cœur qui me résonnaient jusqu'aux oreilles.

— Tu mens.

Une larme coula sur ma joue.

— Tu avais promis de ne jamais me mentir.

— Wendy, s'il te plaît, va-t'en ! gronda-t-il.

Le dos tourné, il soupira, sans bouger. Il était appuyé contre la bibliothèque, les épaules baissées.

Je sentis que je tenais là ma dernière chance d'arriver à le convaincre. Je lui posai la main sur le dos. Il essaya de se dégager, mais je n'ôtai pas ma main. Il pivota en m'attrapant le poignet et me repoussa, en me plaquant contre le mur.

Son buste contre le mien, les contours puissants de son corps jouxtant les lignes délicates du mien, je sentais son cœur cogner sur ma poitrine. Il m'agrippait toujours le poignet, retenant une de mes mains contre le mur.

Il me regardait, et je ne devinais pas ce qu'il allait faire, car son regard noir consumait tout. Soudain, il pressa brutalement ses lèvres sur les miennes.

Il m'embrassa désespérément, comme s'il ne pouvait respirer sans moi. Les poils courts de sa barbe griffaient mes joues, mes lèvres, mon cou, partout où il posait sa bouche. Il lâcha mon poignet, permettant ainsi que je l'entourasse de mon bras et l'attirasse encore plus près de moi.

Comme j'avais pleuré quelques instants plus tôt, je sentis le sel de mes larmes sur ses lèvres. Entrelaçant mes doigts dans ses cheveux, je pressai sa bouche encore plus fort contre la mienne. Mon cœur battait à tout rompre, et une chaleur intense m'envahit.

Il finit par arracher ses lèvres des miennes, ses mains qui me coinçaient contre le mur, toujours agrippées à mes épaules, puis il fit un pas en arrière. Respirant bruyamment, il garda les yeux baissés pour éviter de me regarder.

— Voilà pourquoi je dois m'en aller, Wendy. Je ne peux pas te faire ça.

— Me faire ça ? Mais tu ne me fais rien.

J'essayai de me rapprocher de lui, car il me tenait toujours à distance.

— Laisse-moi partir avec toi, c'est tout.

— Wendy…

Il leva la main vers ma joue, et essuyant une larme avec son pouce, il me dévisagea intensément.

— Tu me fais confiance, n'est-ce pas ?

J'opinai en hésitant.

— Alors il faut que tu me fasses confiance sur ce point. Tu *dois* rester et je dois partir. D'accord ?

— Finn !

— Désolé.

Finn me lâcha et s'empara de la valise à moitié faite qui reposait sur son lit.

— Je suis resté trop longtemps.

Il se dirigea vers la porte, et je courus après lui.

— Wendy ! Arrête !

— Mais tu ne peux t'en aller comme ça… l'implorai-je.

Il hésita un instant sur le seuil et hocha la tête. Puis, il ouvrit la porte et partit.

J'aurais pu le suivre, mais j'étais à court d'arguments. Son baiser m'avait laissée hébétée et désarmée, et je me demandais confusément si cela n'avait pas fait partie de son plan. Il savait que cette étreinte m'affaiblirait, m'empêchant de courir après lui pour continuer de discuter.

Après qu'il fut parti, je m'assis sur le lit toujours imprégné de son odeur et me mis à sangloter.

# VINGT ET UN

# Le bal

Lorsque Willa jaillit dans ma chambre pour me réveiller et m'aider à me préparer pour le bal, je ne crois pas que j'avais réussi à dormir de toute la nuit. J'avais les yeux rouges et gonflés, mais elle ne fit quasiment aucune remarque à ce sujet. Elle commença par essayer de me motiver, en expliquant à quel point tout allait être génial. Le fait que je n'en croyais rien ne la troublait nullement.

Tout ce que j'avais à faire nécessitait quelques rappels verbaux et matériels. Elle dut même m'expliquer comment rincer le shampoing de mes cheveux, et j'eus de la chance que la modestie ne soit pas son point fort.

Je ne parvenais pas à ajuster le déchirement de mon cœur avec l'enchantement d'un bal. Willa essayait de me stimuler, voire de me rendre nerveuse, à propos de cette soirée, mais ses efforts restèrent vains. Je fonctionnais au radar, tant j'étais hébétée.

Je ne parvenais pas à comprendre comment tout cela avait pu arriver. Quand j'avais rencontré Finn, je l'avais trouvé déplaisant, irritant même. Je l'avais envoyé promener à plusieurs reprises, en lui signifiant que je ne voulais pas de lui, et encore moins le voir dans mes parages.

Comment avais-je pu en arriver là ? J'avais vécu toute ma vie sans lui, et voilà que tout à coup, je ne pouvais me passer de lui cinq minutes.

Enveloppée dans mon peignoir, j'étais assise sur un tabouret pendant que Willa faisait je ne sais quoi dans mes cheveux. Elle avait proposé de les coiffer devant un miroir pour que je pusse voir la progression, mais je m'en fichais. Un vaporisateur à la main, elle suspendit son geste pour me regarder.

— Wendy.

Elle soupira.

— Je sais que Finn est parti et que ça te fait mal. Mais ça n'est jamais qu'une cigogne, et toi, tu es la *princesse*.

— Je ne sais pas de quoi tu parles, balbutiai-je.

J'avais pensé un instant pouvoir le défendre, mais j'étais trop furieuse d'avoir été abandonnée. Cependant, après un tel baiser, il n'était même plus question d'envisager de *le* quitter, jamais. Ça n'était qu'une immense torture que de devoir rester ici sans lui. Pour clore le sujet, je me contentai de baisser les yeux.

— Bien.

Willa leva les yeux au ciel et se remit à vaporiser ma coiffure.

— Quoi qu'il en soit, tu es toujours une princesse, et ce soir sera ta soirée.

Je ne dis pas un mot alors qu'elle continuait de tirer et de crêper.

— Tu es encore jeune. Tu ne vois pas combien il y a de poissons dans la mer, et encore moins dans ton océan. Les hommes les plus recherchés et les plus beaux vont te courtiser, et tu ne te souviendras même plus de cette stupide cigogne qui t'a amenée ici un jour.

— Je n'aime pas la pêche, grommelai-je sèchement.

Ce à quoi elle ne prêta pas la moindre attention.

— Tu veux que je te dise qui *est* le gros poisson ? Tove Kroner.

Willa émit un sifflement d'admiration.

— J'aurais aimé que mon père organise quelque chose pour lui et moi.

Elle soupira tristement en agitant une boucle de mes cheveux.

— Il est vraiment séduisant et riche.

Willa continuait comme si je lui avais demandé de m'en dire davantage.

— Le plus dingue, c'est qu'il est le plus fort de tous les markis. Comparés aux femmes, les hommes ne savent pas faire grand-chose. Ce sont les marksinnas qui ont en général tous les talents, et pourtant, Tove est plus doué que n'importe qui. Je ne serais pas surprise qu'il sache lire dans les pensées.

— Je croyais que personne n'en était capable, dis-je, étonnée moi-même de pouvoir simplement suivre ce qu'elle racontait.

Il y avait quelques semaines à peine, rien de ce qu'elle disait n'aurait eu de sens.

— Non. Très, très peu en sont capables. Si peu que c'est presque devenu une légende aujourd'hui.

Elle faisait doucement gonfler mes cheveux.

— Mais Tove fait figure de légende, donc cela a un sens. Et si tu joues ta carte, tu feras partie des légendes toi aussi.

Elle me fit pivoter sur le siège pour me voir de face et sourit en apercevant le résultat de son travail.

— Bon, maintenant, essayons la robe.

Je ne sais pas comment, mais Willa avait réussi à s'habiller en même temps qu'elle me préparait. Elle portait une longue robe bleu ciel qui tanguait à partir de ses hanches, et elle était si ravissante que je ne voyais pas comment j'aurais pu ne serait-ce que l'égaler.

Après m'avoir aidée à m'habiller, elle me poussa devant le grand miroir, assurant que j'étais trop ahurissante pour ne pas me voir.

— Oh, ouah! ne pus-je m'empêcher de m'exclamer en découvrant mon reflet dans la glace.

Jamais je n'avais eu si fière allure, et je doutais que cela pusse se reproduire un jour.

La robe n'était qu'un chatoiement de blanc argenté flottant autour de moi. Elle était fort élégante, sans bretelles, et le collier tout en diamant choisi par Willa la mettait en valeur. Mes boucles noires cascadaient joliment dans mon dos et de discrètes pinces en diamant brillaient dans mes cheveux.

— Tu vas assurer ce soir, princesse, me promit Willa avec un sourire complice.

Ce fut le dernier moment de calme de la soirée. À peine avions-nous mis un pied hors de ma chambre que nous étions entourées d'assistants et de serviteurs. Je ne savais même pas qu'Elora en avait autant. Ils me donnèrent un emploi du temps précis avec l'enchaînement de tout ce qui devait se passer, là où je devais me trouver et quand, qui je devais rencontrer, et ce que je devais faire.

Cette frénésie, qui dépassait déjà mon entendement, eut au moins pour mérite de m'empêcher de trop penser à Finn, car cela était un déchirement. Impuissante, je regardai Willa en me disant qu'un jour, il faudrait que je le lui rendisse avec profusion. Sans elle, je n'aurais jamais pu y arriver.

Il y eut d'abord tout un tas de présentations et autres salutations à un bout de la salle de bal. Elora était venue s'installer à côté de moi et, fort heureusement, Willa me tenait compagnie de l'autre côté, dans le rôle d'un genre d'assistante. Nous étions flanquées toutes trois d'agents de sécurité. Une longue file attendait de me rencontrer.

Willa donnait les noms et les titres au fur et à mesure que les gens approchaient. La plupart étaient célèbres dans le monde trylle, mais comme Elora avait décrété que tous ceux qui le souhaitaient pouvaient me rencontrer, la queue était interminable. À force de sourire et de répéter sans cesse «Ravie de vous rencontrer» et «Merci», j'avais des crampes aux mâchoires.

Après cela, nous nous dirigeâmes vers la salle à manger pour une réception triée sur le volet. La table ne pouvait recevoir que cent personnes (oui, cent *seulement*), et comme Willa avait dû s'asseoir cinq chaises plus loin, je me sentais perdue.

Dès que je sentais monter la panique, instinctivement, je cherchais Finn du regard, pour me souvenir seulement qu'il n'était pas là. J'essayais de me concentrer en m'efforçant de manger proprement, ce qui n'avait rien de facile étant donné la nausée et la douleur qui me tenaillaient, avec une douleur toujours intense aux mâchoires en raison des sourires forcés.

Ma mère était assise à ma droite, en tête de table, et Tove Kroner à ma gauche. Il ne dit pratiquement rien pendant le dîner, qu'Elora meubla en entretenant poliment la conversation avec l'actuel chancelier.

Ce dernier ne semblait pas se souvenir du jour où j'étais rentrée trempée de pluie, et j'en fus satisfaite. La façon dont il me regardait me flanquait la trouille, et j'eus du mal à lui sourire tant je craignais d'avoir la nausée.

— Buvez plus de vin, me suggéra Tove doucement.

Un verre à la main, il se penchait vers moi pour être entendu par-dessus le brouhaha. Ses yeux, couleur de mousse verte, croisèrent brièvement les miens avant qu'il ne les détournât pour fixer le vide.

— Cela détend les muscles.

— Pardon?

— À force de sourire…

Il désigna sa bouche et exécuta rapidement un sourire forcé.

— Ça commence à faire mal, n'est-ce pas?

— Ouais, acquiesçai-je en souriant le moins possible tant le coin de mes lèvres tirait.

— Le vin aide, croyez-moi.

Tove but une longue gorgée de vin, bien plus importante qu'il n'était correct, et j'aperçus Elora le dévisager pendant qu'elle conversait avec le chancelier.

— Merci.

Je suivis ses conseils, en buvant plus lentement que lui pour ne pas déclencher la colère d'Elora. Je ne pensais pas qu'elle aurait hurlé publiquement, mais je savais que je n'aurais rien perdu pour attendre.

Au fur et à mesure que le dîner progressait, Tove était de plus en plus agité. Il s'appuyait au dossier de sa chaise, laissant sa main traîner sur la table. Son verre de vin se mit à glisser vers ses doigts, pour s'éloigner de nouveau, sans qu'il l'eût touché. Je l'avais vu faire un tour similaire avec son bol de soupe la semaine précédente, et pourtant, je ne pouvais m'empêcher de l'observer.

— Vous semblez plutôt nerveuse ce soir, lâcha Tove en me regardant.

Comme je n'étais pas sûre qu'il avait senti que je l'avais vu faire son tour, je ne quittai pas mon assiette des yeux.

— Hum, un peu, opinai-je.

— Oui, je le vois bien.

Il se pencha en avant en posant ses coudes sur la table. J'imaginai qu'Elora devait blêmir.

— J'essaie de rester calme.

Je croquai distraitement un légume que je n'avais absolument pas envie de manger.

— J'ai l'impression de m'en sortir plutôt bien, vu les circonstances.

— Oui, vous vous en sortez bien, ça, je m'en aperçois.

Il se tapa doucement le côté du crâne de la main.

— Mais je ne sais pas comment l'expliquer… Je sais combien vous êtes tendue.

Il se mordit les lèvres.

— Vous projetez vos émotions avec tellement de force. Votre don de persuasion est très puissant.

— C'est possible, admis-je.

Son regard m'agaçait, mais je ne voulais pas le contredire.

— Un conseil : utilisez votre persuasion ce soir.

J'entendais à peine Tove par-dessus le brouhaha des conversations.

— Vous essayez de contenter tant de personnes que ça en devient épuisant. Comme on ne peut pas plaire à tout le monde, moi, je m'efforce de ne plaire à personne. Ma mère m'en veut énormément, mais...

Il haussa les épaules.

— Utilisez-la un peu et vous verrez. Vous allez tous les charmer, sans vous forcer.

— Utiliser la persuasion demande quand même un effort, murmurai-je, et serait tout aussi épuisant.

Je voyais bien qu'Elora tendait l'oreille pour nous entendre, et je ne crois pas qu'elle aurait apprécié nos propos.

— Hum, fit Tove en se reculant sur sa chaise.

— Tove, le chancelier vient juste de me dire que vous avez évoqué la possibilité de travailler pour lui au printemps, intervint Elora gaiement.

J'osai à peine la regarder, mais j'aperçus le regard noir qu'elle me jeta brièvement avant de retrouver une expression exagérément radieuse.

— Ma mère en parle, la corrigea Tove. Je n'en ai jamais parlé au chancelier, car ce poste ne m'intéresse pas.

Même s'il m'avait passablement fait frémir et que je ne comprenais pas toujours où il voulait en venir, j'appréciais de plus en plus Tove. Il disait ce qu'il avait envie de dire sans crainte des répercussions, et je trouvais cela épatant.

— Je vois.

Elora haussa un sourcil, et le chancelier se lança dans un commentaire sur le vin qu'il était en train de boire.

Tove, très énervé, s'arrangea pour avoir l'air de s'ennuyer pendant tout le reste du dîner, se rongeant les ongles et jetant des regards méprisants sur tout, sauf sur moi. Il avait quelque chose de tellement étrange et instable que je pensais qu'il n'appartenait pas plus à ce monde que moi. En même temps, je me disais qu'il devait y avoir bien peu d'endroits dans lesquels il s'intégrerait.

Nous nous dirigeâmes finalement tous vers la salle de bal. Entièrement décorée, elle était d'une beauté magique, et je ne pus m'empêcher de repenser à la courte danse que j'y avais effectuée, quelques jours plus tôt, avec Finn. Ce qui, évidemment, me rappela le baiser passionné que nous avions échangé la nuit précédente, et me rendit malade. Je me sentais défaillir et n'arrivais même plus à me fendre d'un sourire tant je pensais à lui.

Pour compliquer les choses, il devint rapidement clair que danser serait pour moi l'épreuve la plus terrible de la soirée. Le défilé des salutations avait été suffisamment pénible, mais pendant le bal, je devais en outre entretenir la conversation avec des hommes tous plus bizarres les uns que les autres, pendant qu'ils garderaient les mains posées sur moi.

Garrett réussit à me voler une danse, ce qui fut un soulagement. Chaque cavalier ayant succédé au précédent sans me laisser souffler, je venais de danser sans interruption pendant une heure. Il me félicita, mais pas à la façon hypocrite et perverse qui avait été celle de tous les hommes avant lui.

De temps en temps, j'apercevais Elora virevolter sur la piste, ou bien Willa, qui me décochait un sourire en tournoyant au bras d'un jeune homme séduisant. C'était injuste. Elle avait le droit de choisir qui elle voulait, alors que je n'avais d'autre option que d'accepter la proposition de chaque étranger qui m'invitait à danser.

— Vous êtes assurément la princesse la plus ravissante que nous ayons eue, me dit le chancelier après m'avoir pris la main.

Ses joues flageolantes étaient rouges d'épuisement, et j'aurais voulu lui conseiller de s'asseoir pour se reposer un instant, mais Elora aurait vraisemblablement désapprouvé cette initiative. Il me serrait de beaucoup trop près, me plaquant contre lui, la main posée sur mes reins tel un énorme jambon. Comme je n'aurais pu me dégager sans provoquer un scandale, je m'efforçai juste de sourire.

— Je suis certaine que ce n'est pas vrai, répondis-je distraitement.

Il transpirait tellement qu'il devait dégouliner sur ma robe. Le merveilleux tissu blanc argenté serait tout taché de jaune après ça.

— Non, vous l'êtes vraiment.

Les yeux écarquillés, il semblait la proie d'un étrange ravissement, tandis que j'aspirais à ce que quelqu'un vînt me prendre la main. Bien qu'on vînt à peine de commencer à danser, je n'en pouvais plus.

— En réalité, je n'ai jamais vu une personne aussi ravissante que vous.

— Cela, j'en suis certaine, est un énorme mensonge.

J'examinais autour de moi pour tenter de trouver quelqu'un, comme Willa, auprès de qui me débarrasser du bonhomme.

— Vous serez bientôt très courtisée, et j'aimerais que vous sachiez que j'ai beaucoup d'atouts. Je suis riche, très fiable et ma lignée sanguine est parfaite. Votre mère serait enchantée de cet arrangement.

— Je n'ai encore fait aucun plan…

Ne sachant que faire d'autre, je me redressai, pensant que si Elora me voyait, elle m'accuserait de mal me tenir. Mais cet homme plein de graisse m'avait mis la main aux fesses en me faisant je ne sais quelle demande en mariage, et il fallait que je lui échappasse.

Le chancelier baissa la voix.

— Je me suis laissé dire que j'étais également un excellent amant. Je suis certain que vous n'avez aucune expérience en la matière, mais je saurai assurément être un bon professeur.

Tandis que ses yeux plongeaient dans mon décolleté, l'expression de son visage devenait concupiscente. Je me retins de toutes mes forces pour ne pas l'écarter brutalement de moi et, dans ma tête, je me mis à hurler de terreur.

— Puis-je ?

Tove apparut à mes côtés. Le chancelier eut l'air très déçu, et avant qu'il eût pu formuler une parole, Tove avait posé la main sur son épaule et saisi la mienne, pour m'entraîner loin sur la piste.

— Merci.

Je soupirai avec gratitude pendant que nous valsions en nous éloignant d'un chancelier visiblement très perplexe.

— Je vous ai entendue appeler à l'aide.

Tove me sourit.

— Il semble que vous utilisiez votre persuasion plus que vous ne croyez.

Dans ma tête, j'avais imploré qu'on me secourût, mais je ne me souvenais pas avoir articulé le moindre mot.

— Vous m'avez entendue ?

Bouche bée, je pâlis.

— Combien d'autres ont pu m'entendre ?

— Uniquement moi, sans doute. Ne vous inquiétez pas. Personne ne ressent plus rien de nos jours. Le chancelier aurait pu le remarquer, s'il n'avait été aussi occupé à dévorer votre poitrine des yeux, ou si vous aviez était plus douée. Mais ça viendra.

— Je me fiche de savoir si ça viendra ou non. Je voulais juste me débarrasser de lui, grommelai-je. Désolée si je suis mouillée, mais je dois être couverte de sa sueur.

— Non, vous n'avez rien, m'assura Tove.

Nous dansions en respectant le bon écart entre nous, raison pour laquelle il ne pouvait sans doute pas se rendre compte que ma robe était humide, mais il y avait quelque chose de reposant à me trouver près de lui. Je n'avais rien à dire de particulier, ni à m'inquiéter de savoir si on me palpait ou si on me reluquait. Il me regardait à peine, ne disait presque rien et, pourtant, le silence entre nous me parut on ne peut plus agréable.

Elora interrompit finalement les festivités. La cérémonie d'intronisation devait avoir lieu dans vingt minutes, et elle avait dû remarquer qu'après toutes ces danses, j'avais besoin d'une pause. Chacun prit un siège autour des tables en bordure de la piste qui se vidait. On se pressait aussi autour de buffets couverts de boissons.

Je savais que je devais en profiter pour m'asseoir un instant, et comme je ne désirais rien d'autre que de souffler un peu, je m'installai dans un coin en m'appuyant contre le mur, derrière une pile de chaises.

— De qui cherches-tu à te cacher ? plaisanta Rhys en me débusquant.

Vêtu d'un smoking tape-à-l'œil, il avait l'air aussi fringant que s'il me retrouvait après une petite balade, tout sourire.

— De tous, dis-je en lui souriant à mon tour. Dis donc, tu es superbe.

— Marrant, j'allais te dire exactement la même chose.

Debout à côté de moi, les mains dans les poches, Rhys me souriait effrontément.

— « Superbe » n'est même pas le terme qui convient, tellement tu es… au-dessus de ça. Franchement, personne ne t'arrive à la cheville.

— C'est la robe.

Je baissai la tête, espérant qu'il ne découvrirait pas que je rougissais.

— Ce Frederique est incroyable.

— C'est vrai que la robe n'est pas mal, mais fais-moi confiance, c'est *toi* qui fais de l'effet.

Il replaça délicatement une mèche rebelle de mes cheveux, laissa un instant ses doigts en place et me regarda fixement, puis laissa retomber sa main.

— Alors, tu t'amuses bien ? me demanda-t-il.

— Dément.

Je ricanai.

— Et toi ?

— Je suis juste un peu amer de ne pouvoir danser avec la princesse, dit-il avec un sourire de travers.

— Et pourquoi ça ?

J'aurais adoré danser avec lui. C'eût été un bonheur après tout ce que je venais de vivre.

— Mänks, dit-il en pointant le doigt sur lui-même. Et je peux m'estimer heureux d'être admis ici.

— Ah oui ?

Je baissai les yeux en pensant à ce qu'il venait de dire.

— Je ne voudrais pas paraître désobligeante ou quelque chose de la sorte, parce que je suis heureuse que tu sois ici… mais, pourquoi es-tu ici justement ? Comment se fait-il que tu ne sois pas banni ou un truc aussi ridicule du genre ?

— On ne t'a pas mise au courant ? me demanda Rhys avec un sourire entendu. C'est moi le mänks le plus important de la région.

— Ah bon, et pourquoi donc ?

Ne parvenant à savoir s'il me taquinait, je penchai la tête pour voir si son expression devenait plus sérieuse.

— Parce que je t'appartiens, répondit-il tranquillement.

Il avait été invité parce qu'il était mon mänsklig, mon opposé, mais en me répondant, ça n'était pas du tout ce qu'il voulait dire. Pour la première fois, quelque chose dans son regard me fit vraiment rougir et je lui souris tristement.

Un des assistants d'Elora surgit à cet instant, interrompant ce que ce bref moment pouvait avoir d'unique. Il me demanda de reprendre ma place en bout de table, à côté de la reine. La cérémonie d'intronisation était sur le point de commencer. Un nœud se formait dans mon estomac. Je ne savais pas quel serait mon nom et j'étais déprimée à la pensée qu'on allait m'en changer.

— Le devoir m'appelle, dis-je.

Je souris à Rhys en m'excusant et me dirigeai vers le centre de la pièce.

— Hé !

Rhys m'attrapa la main pour m'arrêter et dire

— Tu vas être superbe. Ils sont déjà tous fous de toi.

— Merci.

Je serrai sa main avec gratitude.

Un fracas retentit soudain dans toute la pièce, suivi d'un énorme tintement que je ne compris pas. Le bruit nous encerclant, il était difficile de savoir d'où venait la déflagration. J'eus ensuite l'impression que le plafond tombait en pluie et je vis la toiture en verre s'effondrer d'un seul coup.

# VINGT-DEUX

# La chute

Rhys comprit avant moi ce qui se passait, et comme il me tenait toujours la main, il me tira violemment derrière lui. Dans le renfoncement où nous nous trouvions, nous étions à l'abri des chutes de verre, mais à en juger par les cris de douleur, les autres n'avaient pas cette chance.

Des silhouettes sombres tombaient par le trou de la voûte brisée et atterrissaient avec une grâce surprenante. Du sang et du verre fracassé couvraient le sol. Avant de les reconnaître, je me souvins des uniformes. De longs imperméables noirs identiques, comme ceux d'une brigade antigang.

J'eus l'impression que le mot se répandait comme une traînée de poudre à travers la pièce, sans que personne ne l'ait prononcé. *Vittra.*

En brisant et traversant le plafond vitré, les Vittras, à présent encerclés par les gardes trylles, avaient réussi à s'introduire dans le palais. J'aperçus Jen au beau milieu du groupe, ce pisteur qui avait pris un tel plaisir à me frapper. Il scrutait la pièce du regard.

— Vous n'avez pas été invités, que je sache. Allez-vous-en.

La voix d'Elora, imposante, réussit à couvrir le vacarme.

— Vous savez ce que nous voulons, et nous ne partirons pas avant de l'avoir.

C'était la complice de Jen, Kyra, que j'avais aussi déjà rencontrée. Sans sourciller, elle marchait pieds nus sur les morceaux de verre.

— Elle est forcément ici. Où la cachez-vous ?

Jen, qui venait de se retourner, m'aperçut derrière l'épaule de Rhys. Il sourit perfidement, et Rhys comprit aussitôt que nous étions en danger. Il se mit alors à me pousser vers la porte, mais avant que nous l'ayons atteinte, Jen avait bondi jusqu'à nous, et tout le monde s'excita. Les Vittras se ruèrent sur les gardes et autres Trylles.

Elora jeta un regard noir en direction de Kyra, qui s'écroula en se tordant de douleur. Personne ne l'avait touchée, et à en juger par l'aspect des prunelles d'Elora, je compris que l'agonie de Kyra avait quelque chose à voir avec les dons d'Elora.

Je vis Tove bondir sur la table à laquelle il avait été jusqu'ici assis et user de ses pouvoirs pour envoyer valdinguer les Vittras sans même les approcher. Des gens hurlaient. Je sentis un vent violent à travers la salle, probablement le fait de Willa, qui essayait d'aider comme elle pouvait.

L'instant d'après, Jen était devant nous, nous masquant le chaos de la salle de bal. Rhys se tenait planté solidement devant moi. Il fit un mouvement pour essayer de me défendre, mais Jen s'approcha et lui envoya un méchant coup de poing, qui le fit tomber.

— Rhys !

Je fis un pas vers Rhys, qui ne bougeait plus. Je voulais être certaine qu'il vivait toujours, mais Jen, m'attrapant par la taille, m'empêcha de bouger.

— C'est ça, ton protecteur maintenant ?

Jen éclata de rire.

— Est-ce que nous aurions effrayé Finn ?

— Laisse-moi tranquille !

Je lui donnai des coups de pieds en essayant de lui faire lâcher prise.

Ses bras m'agrippant toujours, nous tombâmes brutalement en arrière, comme si quelqu'un l'avait poussé. Il alla s'affaler contre le mur, ses bras s'écartant assez pour que je pusse m'éloigner de lui en rampant sur les mains et les genoux.

Interloquée, je me relevai en essayant de comprendre ce qui avait bien pu se passer. Tove, debout sur une table jonchée d'éclats de verre, levait les mains, les paumes tournées vers Jen.

Je lui souris, admirative, mais ma joie s'évanouit quand je constatai, en survolant la pièce du regard, que les Vittras avaient pris le dessus. Bien que les Trylles eussent surpassé les attaquants en nombre, peu se battaient. Les pisteurs repoussaient quelques Vittras de leurs poings, mais une grande partie de la royauté ne faisait pas grand-chose, en dehors de se planquer lâchement. De l'autre côté de la salle, un invité trylle avait commencé à se servir de feu, et je sentis le vent de Willa se propager. Garrett n'avait pas de vrais pouvoirs, mais il s'était lancé dans un combat au corps à corps contre les Vittras, qui semblaient pourtant physiquement bien plus forts que lui.

Outre Tove, Willa, Elora et le Trylle se servant du feu, aucun des autres Trylles ne semblait avoir de dons. En tout cas, ils ne se souciaient pas de les utiliser. La salle était complètement sens dessus dessous, mais ce n'était qu'un début, car davantage de Vittras commençaient à débarquer par le plafond.

— Voilà pourquoi vous devez travailler votre persuasion.

Tove me regardait posément tandis qu'un autre Vittra le chargeait par-derrière.

— Attention ! hurlai-je.

Tove se retourna et projeta sa main en arrière. Le Vittra fut propulsé à l'autre bout de la pièce. Je cherchais une arme quelque part quand Jen m'attrapa à nouveau par la taille. Je criai en me débattant aussi fort que possible, mais son bras autour de moi était aussi solide que du béton.

Tove avait encore les yeux braqués sur moi, mais comme deux autres Vittras le poursuivaient, il eut à peine le temps d'envoyer Jen valdinguer à nouveau contre le mur. Nous nous y écrasâmes encore plus durement et, cette fois, cela me fit mal, mais Jen lâcha prise.

Mon crâne vibrait et je clignai des yeux pour y voir clair. Une main prit la mienne pour me relever. Je ne savais si je devais l'accepter, mais je le fis, à l'aveuglette.

— Tove, essaie de faire un peu attention, entendis-je au-dessus de moi.

— J'essayais juste de la libérer ! rétorqua Tove tandis qu'il propulsait un énième Vittra à l'autre bout de la pièce.

Ce dernier gémit en atterrissant sur une table.

— Et puis je suis occupé, comme tu vois !

Me retournant pour découvrir qui venait de m'aider, j'eus soudain le souffle coupé. Finn, un chandail à capuche porté sous un manteau noir, contemplait le désastre autour de nous. Il était là et me tenait par la main, et je n'étais plus capable de penser ni de bouger.

— Finn ! m'exclamai-je en haletant.

Il finit par me regarder, un mélange de soulagement et de panique dans ses yeux noirs.

— Quel cirque ! grogna Tove.

Une table retournée séparait Tove de Finn et de moi. En se servant de ses talents, Tove l'envoya valdinguer sur un Vittra qui attaquait le chancelier, puis il se précipita vers nous. Tous les Vittras ayant l'air occupés, cela lui laissait un petit moment pour récupérer.

— C'est pire que je croyais.

Finn se pinçait les lèvres.

— Nous devons protéger la princesse, dit Tove.

Alors que je tenais fermement la main de Finn, j'aperçus Jen, qui faisait mine de se relever, mais Tove le plaqua à nouveau contre le mur.

— Je vais la sortir d'ici, dit Finn. Tu pourras continuer à te débrouiller ici ?

— Pas le choix.

Tove eut à peine le temps de répondre qu'on entendit un hurlement dans la pièce. C'était Willa. J'étais encore plus inquiète de ne pas l'apercevoir.

— Willa !

J'essayai de m'élancer pour voir où elle était, mais Finn m'agrippa et me tira en arrière.

— Fais-la sortir d'ici ! ordonna Tove en se dirigeant vers l'endroit d'où provenait le cri de Willa.

Finn me traîna hors de la salle de bal alors que je m'efforçais de voir ce qui se passait. Tove avait disparu, et je ne voyais plus ni Elora ni Willa. Comme Finn me tirait, mon pied heurta la jambe de Rhys, ce qui me rappela qu'il gisait inconscient et saignant à même le sol. J'essayai de m'approcher de lui en me dégageant du bras de Finn.

— Il va bien ! Ils ne le toucheront pas !

Finn essayait de me rassurer. Il me retenait toujours par la taille et il était plus fort que moi.

— Il faut que nous sortions d'ici !

— Et Rhys ? suppliai-je.

— Il préférerait que tu sois en sécurité ! insista Finn en parvenant à me traîner jusqu'aux portes de la salle de bal.

De là, je cherchai Rhys du regard et fus éberluée de voir le chaos dans lequel se trouvait la pièce. Subitement, tous les lustres s'écrasèrent au sol, et la seule lueur qui restait fut celle des objets en feu qui se consumaient. Les gens hurlaient de toutes parts, leurs cris se répercutant contre les murs.

— Le tableau, murmurai-je en revoyant en un éclair la peinture que j'avais aperçue dans le salon d'Elora.

C'était ça. C'était exactement la même scène.

Et je n'avais rien pu faire pour éviter qu'elle se produise. Je n'avais été capable de la comprendre que trop tard.

— Wendy ! s'écria Finn, tâchant de me faire bouger un peu.

Il lâcha ma taille et me prit la main pour me tirer d'un coup sec hors de la salle. De ma main libre, je soulevai ma robe pour éviter de me prendre les pieds dans l'ourlet pendant que nous courions dans le couloir. J'entendais encore le bruit du carnage qui s'échappait de la salle de bal, et je n'avais aucune idée de l'endroit où nous allions.

Je n'avais même pas eu le temps de lui poser la question, ni de lui exprimer la joie que j'éprouvais d'être de nouveau avec lui. Ma seule consolation était que si je mourais ce soir, au moins j'aurais passé les dernières minutes de ma vie avec Finn.

Après avoir tourné le coin du hall d'entrée, Finn s'immobilisa. Trois Vittras débarquaient devant les portes du palais, mais ils ne nous avaient pas encore vus. M'entraînant avec lui, Finn bifurqua, se précipitant à travers le hall vers un des petits salons.

Il referma calmement la porte derrière lui, ce qui nous plongea dans une semi-obscurité. La lune luisait à travers une vitre. Finn courut nous mettre à l'abri entre une bibliothèque et le mur. Il me tira fermement contre lui, me protégeant de son corps.

Nous entendions les Vittras au-dehors. Le visage blotti contre la poitrine de Finn, je retenais mon souffle, priant pour qu'ils ne surgissent pas dans la pièce.

Quand ils passèrent non loin de nous, Finn me serra davantage contre lui et j'entendis son cœur qui battait lentement. Prise entre panique et crainte, je me rendais compte que Finn me tenait dans ses bas. Je levai les yeux vers lui, apercevant à peine sa silhouette dans la lumière filtrant par les fenêtres près de nous.

— J'ai déjà vu tout ça, murmurai-je en levant les yeux vers lui. Ce qui s'est passé dans la salle de bal, Elora l'avait peint. Elle savait que cela devait arriver !

— Chut, dit Finn doucement.

Je baissai la voix.

— Mais pourquoi n'a-t-elle rien arrêté ?

— Elle ne savait ni quand ni comment cela allait se produire, expliqua Finn. Elle savait seulement, et tout ce qu'elle a pu faire a été de renforcer la sécurité.

— Alors pourquoi es-tu parti ? demandai-je doucement.

— Wendy…

Il écarta quelques mèches folles de mon visage, et sa main s'arrêta un moment sur ma joue pendant qu'il me regardait.

— Je ne suis jamais vraiment parti. J'étais juste en bas de la colline. Je n'ai jamais cessé de te surveiller. J'ai su ce qui se passait au même moment que toi, et j'ai accouru.

— Nous allons nous en sortir ?

— Je veillerai à ce qu'il ne t'arrive rien. Je te le promets.

Je levai les yeux vers lui, cherchant son regard dans l'obscurité. À cet instant, je ne désirais rien tant que de rester dans ses bras pour toujours.

La porte s'ouvrit brusquement et Finn se tendit. Il me poussa derrière lui contre le mur en m'entourant de ses bras pour me dissimuler. Je retins ma respiration pour empêcher mon cœur de battre trop fort. Il y eut un silence de quelques secondes, et tout à coup, le plafonnier s'alluma.

— Tiens, tiens, on dirait que la cigogne prodigue est revenue, dit Jen avec un sourire en coin.

— Tu ne l'auras pas, dit Finn fermement.

Il s'écarta de moi juste assez pour pouvoir faire face à Jen. Je jetai des coups d'œil de chaque côté de lui, observant Jen, qui faisait des demi-cercles en approchant de nous. Il marchait d'une façon étrange, qui m'était familière et que j'avais déjà vue quelque part. J'avais vu ça dans *Animal Planet*. Et c'est alors que je compris que Jen guettait sa proie.

— Peut-être que non, concéda Jen. Mais t'écarter de mon chemin rendrait probablement les choses plus faciles, sinon pour moi, du moins pour quelqu'un d'autre. Car nous ne cesserons de venir la chercher.

— Et nous ne cesserons de la protéger.

— Tu tiens à mourir pour elle?

Jen haussa un sourcil.

Dans la salle de bal, Tove avait insisté sur le fait qu'ils devaient me protéger, et je ne me doutais pas qu'il tenait autant à moi. Était-ce uniquement parce que j'étais la princesse? Elora avait-elle enduré de semblables attaques quand elle était revenue chez elle, au début?

Je m'accrochai au dos de la veste de Finn en observant les deux garçons se défier. Je ne comprenais toujours pas ce que je pouvais avoir de si important pour que tant de Vittras soient prêts à tuer pour m'avoir et pourquoi, d'après Finn, tant de Trylles étaient prêts à mourir.

— Aucun de vous ne doit mourir, dis-je.

J'essayai de me défaire des bras de Finn, mais il me repoussa derrière lui.

— Je vais partir, OK? Je veux que plus personne ne souffre à cause de tout cela, dis-je.

— Pourquoi n'écoutes-tu pas la fille? suggéra Jen en agitant les sourcils.

— Pas cette fois.

— Comme tu voudras.

Jen, visiblement las des parlottes, se jeta sur Finn.

Au moment où il fut arraché de mes mains, je hurlai le nom de Finn. Enlacés, ils plongèrent ensemble sur le balcon à travers la baie vitrée, en projetant des éclats de verre partout. Je m'élançai, pieds nus, sans m'en soucier.

Jen réussit à asséner quelques coups, mais Finn, qui semblait plus fort, était aussi plus rapide. Quand Finn frappa Jen, celui-ci tituba en reculant.

— On dirait que tu t'es entraîné, s'étonna Jen en essuyant un peu de sang frais de son menton.

— Si tu abandonnes maintenant, je n'en penserai pas moins de toi pour autant, répliqua Finn.

— Bien essayé.

Jen bondit, balançant un coup dans l'estomac de Finn, qui, pourtant, tint bon.

Je m'emparai d'un gros morceau de verre sur le balcon et tournai autour d'eux en essayant de trouver un créneau pour attaquer. Je réussis surtout à m'ouvrir un doigt, mais ne m'en aperçus pas. Jen, qui avait fini par envoyer Finn au sol, fondit sur lui pour le frapper au visage. De toutes mes forces, je me mis alors à le frapper dans le dos avec le morceau de verre.

— Aïe! cria Jen, qui avait l'air plus énervé que blessé.

Je restai debout derrière lui, haletante. Ce n'était pas la réaction à laquelle je m'attendais, et je ne savais plus quoi faire.

Jen tourbillonna et me frappa si fort au visage que je fus projetée vers l'extrémité du balcon. Avant de me relever en m'agrippant à la rambarde, j'eus à peine le temps d'apercevoir le vide au-dessous de nous.

Finn, qui avait lui aussi réussi à se remettre sur ses pieds, aplatit Jen au sol. Le frappant aussi fort qu'il pouvait, il fulminait, les dents serrées.

— N'essaie. Plus. Jamais. De la. Toucher.

Au moment où Finn allait le frapper à nouveau, Jen lui attrapa le pied pour le projeter encore une fois au sol. J'entendis le son du crâne de Finn taper contre le ciment du balcon. Bien que résistant au choc, il fut assez étourdi pour que Jen eût le temps de se pencher sur lui et de lui entourer le cou de ses mains. Il souleva Finn en l'agrippant au collet.

Je sautai sur le dos de Jen, ce qui ne s'avéra pas aussi malin que prévu, puisqu'il avait toujours un énorme morceau de verre planté dans le dos. Sans m'empaler, l'éclat de verre me trancha tout de même le côté en traversant ma robe. Ce fut assez pour que j'aie mal et que je saigne, mais pas suffisant pour me tuer.

— Fiche le camp! grogna Jen.

Il jeta son bras en arrière pour me balancer un grand coup de coude dans l'estomac, ce qui me projeta loin de lui.

J'atterris sur mes pieds pour m'apercevoir que Jen pressait déjà Finn contre la rambarde. Son buste pendait au-dessus du vide, et si Jen l'avait lâché à cet instant, Finn aurait fait un plongeon mortel de plusieurs centaines de mètres.

Le souffle coupé l'espace d'un instant, je ne pouvais plus bouger. Je ne voyais plus que la peinture me représentant. Les échardes de verre brillant sous la lune. Ma merveilleuse robe, qui semblait d'un blanc éclatant à la lueur de la lune, avec une fente sanglante sur le côté. L'immensité sombre au-delà du balcon et mon regard terrifié, tandis que je tendais les doigts, comme pour l'atteindre.

— Ça suffit! implorai-je, des larmes ruisselant sur mon visage. Je viendrai avec toi! Mais je t'en prie! Laisse-le tranquille! *S'il te plaît!*

— J'ai du mal à te l'avouer, princesse, mais quoi qu'il arrive, tu viendras avec moi!

— Pas si je peux…

Finn parvenait à peine à articuler tant la pression des mains de Jen était forte sur son cou.

Finn souleva une jambe et la balança entre celles de Jen, qui geignit en relâchant sa poigne. Gardant le pied où il se trouvait, Finn commença à se pencher en arrière. Quand Jen comprit ce qu'il était en train de faire, Finn avait déjà avancé le bras pour attraper Jen par le manteau.

Ayant modifié la répartition du poids en un éclair de seconde qui sembla une éternité au ralenti, Finn bascula par-dessus la rambarde, entraînant Jen dans sa chute.

— *Non !* hurlai-je en plongeant en direction de la rambarde.

J'atterris sur le ventre et glissai sur le balcon, la main tendue, essayant d'agripper le vide.

# VINGT-TROIS

# Après-coup

J'avais tout juste atteint le bord du balcon que j'aperçus Finn flotter vers le haut, en toussant difficilement. Je le regardai, bouche bée, trop éberluée pour croire que c'était vrai. Il dériva un instant au-dessus de la rambarde, puis s'écroula lourdement sur le balcon.

Couché sur le dos, il toussa encore une fois, et je me précipitai pour m'agenouiller près de lui. Je touchai son visage afin de m'assurer qu'il était bien réel, et je sentis sa peau douce et chaude au contact de mes mains.

— C'était assez risqué, fit observer Tove derrière moi.

Je me retournai pour le regarder.

Il avait perdu sa veste, et sa chemise blanche, légèrement brûlée, était tachée de sang. Indépendamment de cela, je le trouvais plutôt en forme. Il approchait de nous.

— Mais non, tu finis toujours par y arriver, dit Finn.

Je compris alors qu'après la chute de Finn, Tove avait réussi à le rattraper en usant de ses pouvoirs et à le faire voler, puis atterrir sur le balcon en toute sécurité.

Je me retournai pour dévisager Finn, incapable de croire qu'il était vivant et de nouveau près de moi. J'avais la main posée sur sa poitrine, à la hauteur de son cœur, pour l'entendre battre. Il mit sa main sur la mienne en la tenant délicatement, mais il détourna le regard pour s'adresser à Tove.

— Qu'est-ce qui se passe là-bas? demanda-t-il en indiquant l'intérieur de la maison d'un mouvement de tête.

— Ils battent en retraite.

Tove était maintenant debout à côté de nous.

— Beaucoup ont été blessés, mais Aurora s'en occupe. Mon père s'est brisé quelques côtes, mais ses jours ne sont pas en danger. Je ne peux malheureusement pas en dire autant de tous les Trylles.

— Nous avons perdu beaucoup de monde? demanda Finn, l'air grave.

— Je ne sais pas encore combien, mais oui, nous en avons perdu un peu. Pourtant, nous aurions pu éviter ça si les markis et marksinnas avaient appris à se battre. Ils se déchargent de la tâche de protection sur les pisteurs, mais si les membres de la royauté voulaient simplement relever un peu les manches, ils parviendraient à…

Il secoua la tête en grimaçant.

— Personne n'aurait dû mourir aujourd'hui.

Finn se mordit les lèvres, puis me regarda.

— Que t'est-il arrivé? Tu es blessée?

Il posa la main sur mon flanc, là où je saignais sur ma robe. Je tressaillis au contact de ses doigts.

— Ce n'est rien. Je vais bien.

— Ma mère regardera ça. Elle vous soignera tous les deux, dit Tove.

Comme je le regardais d'un air sceptique, il ajouta

— Aurora est guérisseuse. Elle soigne avec son toucher. C'est son talent.

— Allez.

Finn me sourit faiblement et se redressa avec difficulté.

Il essayait de bouger comme s'il était parfaitement en forme, mais il avait tout de même pris pas mal de coups et ses mouvements étaient un peu hésitants. Tove l'aida à se relever, puis me tendit la main pour que j'en fisse autant.

Je plaçai un bras autour de la taille de Finn, qui mit le sien sur mes épaules, laissant à contrecœur un peu de son poids appuyer sur moi. Nous progressâmes prudemment vers la maison en marchant autour des débris de verre, et Tove nous donna plus de détails concernant l'attaque.

Contrairement aux pisteurs, qui avaient assuré la défense, la plupart des Trylles, moi comprise, avaient juste cherché à se défendre. Les Vittras n'avaient peut-être pas autant de dons que les Trylles, mais ils s'étaient battus bien mieux qu'eux. Heureusement, quelques Trylles, comme Elora et Tove, s'étaient montrés assez braves et intelligents pour combattre eux aussi. Ce qui leur manquait en puissance physique, ils le remplaçaient par des talents hors du commun.

Pourtant, Tove ne manqua pas de faire remarquer que, si tous les Trylles s'étaient levés pour se servir de leurs talents, peu importe lesquels, ou s'ils avaient juste utilisé leurs poings pour se défendre, les Vittras ne seraient pas restés bien longtemps. Nous aurions dû gagner cette bataille sans morts et presque sans blessés.

Les membres de la royauté trylle étaient devenus si suffisants qu'ils considéraient la défense comme une tâche de bas étage. Ils étaient trop obsédés par le système hiérarchique pour comprendre qu'ils devaient prendre aussi les choses en main, au lieu de laisser les pisteurs et les mänks faire tout le sale boulot.

La salle de bal était dans un état bien pire que lorsque nous l'avions quittée. Quelqu'un avait allumé des lanternes à chaque coin de la pièce, pour qu'on puisse au moins y voir clair.

Willa accourut en me voyant et se jeta sur moi pour m'entourer de ses bras. Je l'étreignis, terriblement soulagée de la savoir vivante. En dépit de quelques égratignures et bosses, elle semblait aller bien.

Elle se lança alors dans un récit vibrant pour expliquer comment elle avait réussi, à force de coups de vent, à renvoyer quelques Vittras d'où ils étaient venus, à travers le plafond. Je lui dis que j'étais fière d'elle. Je voulais en entendre davantage, mais les destructions autour de nous me soulevaient le cœur.

Quand Elora nous vit, elle interrompit Aurora, qui essayait de soulager un homme qui saignait abondamment, pour l'entraîner vers nous. Je remarquai, non sans satisfaction, que le chancelier avait une vilaine coupure au front, et j'espérai qu'Aurora n'aurait pas le temps de le soigner.

Elora ne semblait pas trop dans un sale état. Si je ne l'avais su, jamais je n'aurais imaginé qu'elle avait été présente pendant cette bataille. Aurora, par contre, même si elle était toujours aussi belle et fière, portait quelques traces du combat. Sa robe était déchirée, ses cheveux ébouriffés, ses mains et ses bras couverts de sang. C'était un sang qui ne devait d'ailleurs pas lui appartenir intégralement.

— Princesse.

Tandis qu'elle se dirigeait vers nous en contournant les débris de tables et en enjambant le corps d'un Vittra, Elora semblait réellement soulagée de me voir.

— Je suis heureuse de constater que tu vas bien. J'étais très inquiète à ton sujet.

— Oui, ça va.

Elle me toucha la joue, mais il n'y avait aucune chaleur dans son geste. Elle le fit comme j'aurais touché un étrange animal dont on m'aurait assurée qu'il était vivant, sans que j'y crusse vraiment.

— Je ne sais pas ce que j'aurais fait s'il t'était arrivé quelque chose.

Elle me sourit d'un air las, puis laissa retomber sa main et se tourna vers Finn.

— Je suis sûre qu'un merci est de mise, puisque tu as sauvé ma fille.

— Inutile, répondit-il plutôt sèchement.

Pendant un instant, Elora, qui s'adressait visiblement au cerveau de Finn, le regarda intensément. Puis, elle se retourna et partit, apparemment pressée par des tâches plus urgentes que celle de s'intéresser à sa fille.

Aurora pressa les bras de Tove en le regardant chaleureusement, ce qui me fit mal rétrospectivement, en revoyant la réaction de ma mère. Aurora aussi m'était apparue comme une reine glaciale, mais au moins était-elle capable de manifester une joie sincère en retrouvant son fils en vie.

L'instant fut bref, puis elle se dirigea vers moi. Elle agrandit le trou de ma robe en le déchirant un peu plus afin de pouvoir poser la main sur ma blessure. Je serrai les dents de douleur. Finn resserra les bras autour de mes épaules. Une sensation de chaleur pénétra mon flanc et, quelques instants plus tard, la douleur avait disparu.

— Comme neuve.

Aurora me sourit, mais elle semblait exténuée.

On aurait dit qu'elle avait vieilli d'un coup, depuis le moment où elle s'était approchée pour me toucher, et je me demandais combien d'énergie l'avait quittée après tout ce qu'elle venait de faire. Voyant Finn ployer un peu sur moi, je me rendis compte qu'il souffrait lui aussi, et comme elle repartait aider d'autres personnes, je l'appelai.

— Et Finn?

Surprise, elle se retourna pour me regarder. J'avais apparemment demandé quelque chose d'inconvenant, à quoi elle ne savait comment réagir.

— Non, non, je vais bien, dit Finn en faisant un geste pour l'éloigner.

— N'importe quoi, déclara Tove en lui donnant une tape dans le dos, et en faisant un signe de tête à sa mère. Celui qui a largement rempli sa mission aujourd'hui mérite bien aussi un peu d'aide, non? Aurora, tu ne veux pas t'en occuper?

Aurora jeta un regard indécis vers son fils, puis approcha de Finn.

— Bien sûr, dit-elle.

Elle chercha les blessures pour repérer ce qui devait être traité chez Finn. Levant les yeux, j'aperçus Rhys assis sur un coin de table. La tête et les yeux baissés, il appliquait un mouchoir rougi de sang sur son front.

— Rhys! criai-je.

Quand il releva la tête et m'aperçut, il sourit.

— Va le voir, suggéra Finn, qui grimaça lorsqu'Aurora intervint en plaçant une main sur un endroit douloureux. Elle s'occupe de moi.

— Je le tiens, dit Tove en s'installant à ma place sous le bras de Finn pour le soutenir pendant que je me dégageais.

Finn me fit un geste de la tête pour que j'y allasse. Il ne voulait visiblement pas montrer le degré de douleur que lui causait l'intervention d'Aurora.

Je ne souhaitais absolument pas quitter Finn, mais il me semblait que je devais au moins saluer la personne qui avait essayé de me sauver la vie. D'autant que Rhys avait été le seul homme, de toute la soirée, à me dire que j'étais belle sans me faire peur.

— Tu es toujours en vie! s'exclama Rhys en souriant.

Il voulut se lever, mais je lui fis signe de ne pas bouger.

— Je ne savais pas ce qui avait pu t'arriver.

Il regarda derrière moi et vit Finn. Son sourire s'altéra.

— Si j'avais su que Finn était revenu, je ne me serais pas inquiété.

— *Je* m'inquiétais pour *toi*.

J'approchai la main pour lui toucher prudemment le front.

— Tu as pris un sacré coup, là.

— Ouais, mais j'ai été incapable de répliquer, grommela Rhys en baissant les yeux. Et je n'ai pas pu l'empêcher de te capturer.

— Mais si! insistai-je. Sans toi, ils m'auraient enlevée avant que quelqu'un ait eu le temps de faire quoi que ce soit. C'est toi qui m'as sauvée.

— Vraiment?

Il me regardait de ses yeux bleus remplis d'espoir.

— Absolument.

Je lui souris.

— Tu sais, il y a bien longtemps, quand un type sauvait la vie d'une princesse, elle le remerciait avec un baiser, fit remarquer Rhys.

Son sourire était léger, mais son regard sérieux. Si Finn n'avait pas été quelques pas derrière moi à nous observer, je l'aurais probablement embrassé. Mais comme je ne voulais surtout pas gâcher le retour de Finn auprès de moi, je me contentai de hocher la tête en souriant.

— Quand j'aurai tué le dragon, alors? ajouta-t-il.

— Promis, acceptai-je. Pour le moment, une étreinte conclurait-elle l'affaire?

— Une étreinte de ta part n'est jamais une conclusion.

Je me penchai vers lui pour l'étreindre affectueusement. Une femme assise tout près regardait d'un air atterré la nouvelle princesse serrer ouvertement dans ses bras un mänsklig. Il faudrait décidément que les choses changent, quand je serais reine.

Après qu'Aurora eut terminé de remettre Finn sur pied, elle suggéra que nous allions tous deux nous reposer. La salle était un désastre, mais Tove insista pour que lui et sa mère s'occupent de tout. Je voulais protester et aider moi aussi, mais comme j'étais exténuée, je n'insistai pas.

Le fait de se servir de ses dons avait exalté la personnalité de Tove. Il avait réussi à briller et à maîtriser la situation sans peine.

J'avais l'impression de voir pour la première fois le vrai Tove, au lieu du gamin pris au piège du filet de ses propres pouvoirs.

En un sens, lui et moi fonctionnions à l'opposé. Je projetais énormément, raison pour laquelle ma persuasion était si forte, tandis qu'il recevait tout. Qu'il le veuille ou non, il percevait mes émotions. Sachant qu'il devait également sentir celles des autres, je me dis que son cerveau devait être constamment embrouillé par les émotions d'autres personnes.

Pour ma sécurité, Finn m'accompagna jusqu'à ma chambre. Avant d'avoir atteint l'escalier, il me tenait déjà la main. Je ne dis rien pendant presque tout le trajet, mais en approchant de ma chambre, j'eus envie de lui poser une question.

— Finalement… toi et Tove êtes plutôt copains, non ?

Je le taquinais, mais j'étais curieuse. Je ne les avais jamais vus s'adresser la parole, pourtant, une certaine familiarité semblait exister entre eux.

— Je suis un pisteur, répondit Finn, et j'ai pisté Tove. Il est un très gentil garçon.

Il me regarda en souriant un peu.

— Je lui avais dit de garder un œil sur toi.

— Si tu étais aussi inquiet pour moi, pourquoi n'es-tu pas resté au palais ? lui demandai-je plus abruptement que je n'en avais l'intention.

— Ne parlons pas de ça maintenant, répondit-il avec une lueur joueuse dans le regard.

Nous étions arrivés devant la porte de ma chambre.

— Parlons de quoi, alors ?

— De ce que tu es belle dans cette robe.

Me contemplant, Finn posa ses mains de chaque côté de ma taille.

Je ris et il me poussa contre la porte. Son corps était tellement pressé contre le mien que je pouvais à peine respirer tandis que sa bouche cherchait la mienne. Il m'embrassa aussi sauvagement que la première fois et j'adorai cela.

Je l'entourai de mes bras et me pressai contre lui encore plus fort. Il atteignit la poignée derrière moi pour ouvrir la porte, la poussa, nous faisant tituber en entrant dans ma chambre. Il me rattrapa avant que je ne m'écroulasse, me souleva sans peine et me porta dans ses bras.

Il me déposa délicatement sur le lit, où il se baissa pour s'allonger sur moi. Pendant qu'il me couvrait de baisers, sa barbe de trois jours me chatouillait le cou et les épaules.

S'asseyant, il retira sa veste et son chandail à capuche. Je m'attendais à ce qu'il enlève aussi son t-shirt, mais il s'arrêta et me regarda. Avec ses cheveux noirs un peu ébouriffés, il avait une expression que je ne lui connaissais pas. Il me dévisageait sans broncher, me faisant rougir de honte.

— Quoi?

— Tu es tellement parfaite, dit-il, comme si cela l'affligeait.

— Certainement pas.

Je rougis et éclatai de rire.

— Tu sais très bien que non.

— Tu ne peux pas voir ce que je vois.

Il se pencha à nouveau sur moi, son visage juste au-dessus du mien, mais il ne m'embrassa pas. Après une minute d'hésitation, il déposa un baiser sur mon front et mes joues, et puis, très tendrement, sur mes lèvres.

— Je ne veux pas te perturber.

— Mais comment me perturberais-tu?

— Hum.

Il sourit doucement et s'assit à côté de moi.

— Tu devrais te mettre en pyjama, cette robe ne doit pas être très confortable.

— Pourquoi aurais-je besoin d'un pyjama? dis-je en m'asseyant.

Je m'efforçai de faire comme si je flirtais, mais j'entendais dans ma voix un accent de panique. Dès que nous étions entrés, j'avais pensé que les choses iraient bien plus loin qu'une simple histoire de soirée pyjama.

— Je vais rester avec toi cette nuit, tenta de me rassurer Finn, mais il ne peut rien se passer entre nous.

— Pourquoi?

— Je suis là, dit-il en me regardant intensément. Ça ne suffit pas?

J'opinai et descendis prudemment du lit. Je me mis debout devant lui pour qu'il défît la fermeture à glissière de ma robe, goûtant le simple plaisir de sa main posée sur ma peau. Je ne comprenais pas ce qui se passait, mais tant qu'il serait près de moi, je prendrais avec bonheur tout ce qui se présenterait.

Je passai dans la salle de bain pour enfiler mon pyjama et revins grimper sur le lit. Il resta assis au bord pendant une minute puis, presque à contrecœur, se coucha près de moi. Je me blottis dans ses bras, la tête enfouie dans sa poitrine, pendant qu'il me tenait serrée contre lui.

Je n'avais jamais rien ressenti d'aussi bon, et j'essayai de ne pas dormir pour ne pas perdre une seconde de cette sensation. Mon corps finit pourtant par céder, et je m'endormis.

Au matin, je fus réveillée par Elora, qui pénétrait dans ma chambre pour la première fois. Elle portait un pantalon. Je ne l'avais jamais vue habillée ainsi jusqu'ici. J'étais toujours blottie dans les bras de Finn, ce qui ne sembla ni la surprendre ni l'irriter.

— J'espère que vous avez bien dormi.

Elora examina la chambre sans agacement, juste parce qu'elle n'avait encore jamais mis les pieds ici.

— Et je suis certaine que Finn s'est comporté en gentleman.

— Comme toujours, rétorquai-je en bâillant.

S'étant détaché de moi, il était sorti du lit. Je fronçai les sourcils, mais ne dis rien. Il n'était pas tellement étonnant qu'elle fût fâchée de nous trouver ensemble, et je ne fis aucune scène en voyant Finn ramasser son manteau et son chandail.

— Merci d'avoir protégé ma fille, lança Elora sans lui accorder un regard.

Finn s'arrêta sur le seuil de la porte pour me regarder, ses yeux noirs louchant un peu. Il hocha la tête, sortit et referma la porte derrière lui.

— Eh bien, tu as pris cela bien mieux que je ne l'aurais cru, dis-je en m'asseyant.

— Il ne reviendra pas.

— Quoi?

Je fixai la porte sans y croire.

— Comme il t'a sauvé la vie, je lui ai accordé une dernière nuit avec toi, pour qu'il puisse te dire au revoir. Je vais le faire transférer ailleurs dès que possible.

— Tu veux dire qu'il savait? questionnai-je, éberluée.

— Oui, j'ai passé un accord avec lui hier soir, répondit Elora. Il savait, mais ne t'a pas mise dans le coup et n'a pas non plus essayé de m'en dissuader.

— Mais… il m'a sauvé la vie! insistai-je.

Une effroyable douleur m'envahit. Ma souffrance hurlait que je ne pourrais survivre sans Finn.

— Il devrait être là pour me protéger!

— Il s'est trop investi émotionnellement et il n'est plus compétent pour ce travail, expliqua Elora sèchement. De plus, s'il restait dans le secteur, il serait banni de Förening. Il n'y tient pas et moi non plus.

Elle soupira.

— Je n'aurais même pas dû lui accorder cette nuit, et… je ne veux pas savoir ce que vous avez fait ensemble. Ne me dis rien et ne dis rien à personne. Est-ce clair?

— Il ne s'est rien passé. Mais je veux qu'il revienne. Il me protégera mieux que quiconque!

— Laisse-moi te préciser les choses ainsi : il ferait n'importe quoi pour que tu restes en vie, princesse.

Elora me regarda posément.

— Ce qui veut dire qu'il mourrait pour toi sans hésiter. C'est ce que tu veux ? Tu veux vraiment qu'il meure pour toi ?

— Non…

Les yeux baissés et le regard posé sur les couvertures du lit, j'abandonnai la partie. Je savais qu'elle avait raison. La nuit dernière, il avait failli mourir pour me sauver la vie. Si Tove ne l'avait fait revenir sur le balcon, il serait mort.

— Très bien. Il en va donc de son intérêt de ne pas rester près de toi, conclut Elora. Maintenant, il faut que tu te lèves et que tu te prépares. Tu as beaucoup à faire.

# VINGT-QUATRE

# Au revoir

Les jours suivants consistèrent en une interminable succession de réunions ayant trait à la défense. Il n'y avait jamais eu auparavant d'attaque aussi sévère contre Förening. Les morts se comptaient par dizaines, parmi lesquels de nombreux invités de la cour royale trylle. Chaque perte issue de la puissance trylle était considérable pour le royaume.

Elora et Aurora conduisirent les réunions, pendant que Tove et moi étions sagement assis en retrait. Il était le plus puissant et à ce titre, il aurait dû avoir son mot à dire, mais ça ne semblait guère lui importer.

Les vingt autres personnes qui semblaient être toujours présentes aux réunions prodiguèrent des conseils totalement inutiles. Tove déclara que notre meilleur système de défense consistait en l'utilisation de nos dons. Willa prit ce conseil à la lettre en s'inscrivant à des cours d'autodéfense et en apprenant à mieux maîtriser son talent sur le vent. Elora me parla à peine et ne prononça jamais une parole gentille à mon égard.

La seule chose positive fut pour moi d'avoir échappé à la cérémonie d'intronisation, et qu'Elora m'avait autorisée à garder mon prénom.

J'évoluais dans une sorte de brouillard. Il m'était égal de savoir si j'allais vivre ou mourir. S'ils attaquaient à nouveau, on verrait bien.

— Il va te falloir oublier cette journée, me dit Rhys.

J'étais allongée sur mon lit à regarder le plafond ; il se tenait appuyé contre le chambranle de la porte. Aurora n'ayant pas voulu se résoudre à guérir un mänks, il avait toujours une mauvaise entaille au-dessus du sourcil. Même si sa blessure semblait aller mieux, cela me faisait de la peine. C'était un rappel qu'il avait été blessé à cause de moi.

— Peut-être.

Je n'avais pas le sentiment que je l'oublierais et n'y tenais d'ailleurs pas.

— Oh, allez.

Rhys soupira et vint s'asseoir à côté de moi sur le lit.

— Je sais bien que tout ce qui s'est passé a vraiment été dur pour toi, mais ça n'est pas la fin du monde.

— Je n'ai jamais dit que ça l'était, marmonnai-je. C'est juste que je déteste cette maison. Je déteste ma mère, je déteste être une princesse et je déteste tout ici.

— Même moi ?

— Mais non, pas toi, bien sûr, affirmai-je en secouant la tête. Tu es la seule chose que j'aime encore ici.

— Quel privilège.

Il me sourit, mais comme je ne lui rendis pas son sourire, son visage s'assombrit à nouveau.

— Écoute, moi aussi, je déteste être ici. C'est un endroit dur à vivre, surtout avec Elora dans cette maison. Mais… qu'est-ce que tu veux que nous fassions d'autre ? Où veux-tu que nous allions ?

Ce fut à ce moment-là que l'idée germa en moi. Je ne voulais absolument pas de cette vie, et cette vie ne voulait pas non plus de Rhys. Il avait grandi dans l'indifférence la plus totale, ce qui avait rendu son enfance bien plus pénible que la mienne. Il méritait mieux. Depuis que j'étais arrivée, Rhys avait été parmi les rares personnes à se montrer sincèrement gentil avec moi et je lui devais beaucoup. Je ne pouvais que le lui rendre.

Comme il m'importait peu de vivre ou de mourir, aurait-on décidé de s'en prendre encore à moi, ce dont je doutais, je n'avais plus besoin de protection. Tove avait expliqué que le nombre des Vittras ayant diminué, une autre attaque de leur part était peu probable.

Mais quelque part loin d'ici, je savais que mon frère, Matt, était malade d'inquiétude à mon sujet. Lui et Maggie m'accueilleraient à bras ouverts et seraient même ravis de recevoir Rhys. Je ne sais pas comment je leur expliquerais qui il était, mais je trouverais bien un moyen.

Je n'étais pas une princesse et je ne voulais pas le devenir. Ça serait si bon de retrouver la maison. Cela ne résoudrait en rien le problème Finn, mais Matt et Maggie sauraient comment soulager un cœur brisé.

Montrant l'entaille de son arcade sourcilière, et le fait qu'il avait été autant incapable de se protéger que de me protéger, Rhys me fit remarquer que partir n'était sans doute pas la meilleure solution pour moi. N'ayant plus guère d'autre choix, je décidai à contrecœur d'user de persuasion avec lui. Je ne faisais du reste que le convaincre qu'il n'avait pas à s'inquiéter pour moi.

Au milieu de la nuit, je pris le parti d'agir. J'allai chercher Rhys pour que nous nous glissions hors du palais, ce qui s'avéra plus difficile que je ne l'imaginais. Des gardes et autres Trylles patrouillaient pour intervenir en cas d'une nouvelle attaque vittra. Même s'ils pensaient que c'était peu probable, ils ne voulaient prendre aucun risque.

En passant par la cuisine, Rhys et moi sortîmes par la porte arrière et traversâmes le jardin secret dont les fleurs s'épanouissaient, même en pleine nuit. Escalader le mur de briques qui entourait le périmètre du palais aurait été impossible sans l'aide de Rhys pour me faire la courte échelle. Après que je l'eus hissé en haut du mur, nous sautâmes de l'autre côté.

Sans prendre le temps d'épousseter la poussière de nos vêtements, nous courûmes le long du mur d'enceinte. Rhys passa devant, car il connaissait les lieux mieux que moi. Juste avant d'atteindre le garage, il fallut se cacher pour laisser passer un garde.

Une fois le garde disparu, nous nous précipitâmes dans le garage, où Rhys retrouva sa moto, qu'il ne démarra pas. Il la poussa dehors, sans démarrer le moteur ni allumer les phares pour ne pas attirer l'attention.

À la limite extérieure de la ville, il y avait cette porte surveillée par un gardien, et je doutais fort qu'il laisserait passer la princesse. Mais Rhys avait son plan. Il avait entendu parler d'un endroit, plus loin dans le talus, où la clôture en mauvais état avait favorisé la fuite d'autres mänks avant lui.

Il fallut que j'aide Rhys à tenir la moto bien droite pendant que nous la faisions descendre dans la pente, au milieu des arbres et des buissons. Le trou dans la clôture se révéla plus grand que prévu. Les Trylles ne l'ayant pas réparé, c'était ainsi qu'un grand nombre de Vittras avaient pu entrer. Tout à fait caractéristique de la part de ces Trylles, plus préoccupés par la sécurité du palais que par celle des habitants de Förening.

Nous réussîmes à faire passer la moto sans trop de mal, et ce fut au moment où nous la poussâmes pour remonter la colline que je commençai à ressentir toute l'exaltation et le soulagement de la fuite. En m'efforçant d'ignorer toute forme de tristesse ou de regret à la pensée de quitter ceux que j'avais rencontrés ici, comme Willa et Tove, j'essayai de me concentrer uniquement sur le fait que je partais. J'étais libre.

Une fois sur la route, Rhys fit démarrer la moto. Je m'assis derrière lui, et nous filâmes dans la nuit. J'entourai sa taille solidement de mes bras et blottis mon visage dans sa veste en cuir.

Le ciel avait la couleur bleutée du petit matin quand nous arrivâmes devant chez moi. Rhys n'avait pas encore eu le temps de couper le moteur que Matt jaillissait sur le perron en courant vers nous.

Même dans la pénombre de l'aube, je pouvais lire la détresse sur son visage. Je sautai de la moto et, sans prêter attention à Rhys, Matt me prit dans ses bras. Il me serrait si fort que cela me faisait presque mal. Mais cela m'importait peu. Enfouissant mon visage dans le creux de son épaule, je respirais son odeur familière et goûtais l'instant présent. Enfin, j'étais de retour *chez moi*.

Tournez la page pour découvrir en prime
une courte nouvelle inédite.

# Les attaques vittras
(Une histoire trylle)

## par
## AMANDA HOCKING

# Les attaques vittras
## (Une histoire trylle)


## UN

Loki se cala dans son siège, la tête contre l'appui-tête. C'était décidément bien trop tôt pour ce genre de chose, mais le seul moyen de convaincre Jen et Kyra de le laisser attendre dans le VUS avait été de se désigner comme conducteur complice.

S'ils revenaient en tenant cette fille prisonnière, et qu'il n'était pas assez éveillé pour accélérer et filer d'un seul coup, il serait dans de beaux draps. Pas avec Jen ou Kyra, puisqu'il leur était hiérarchiquement supérieur, mais Jen n'hésiterait pas à rapporter au roi que Loki avait tout fait rater.

Alors il attendit dans la voiture en écoutant le disque d'Hugo sur son iPod. Encore une chance qu'il l'ait pris. Le VUS qu'ils avaient volé ne contenait qu'une collection de CD de rap, que Loki, à peine installé, avait balancée par la fenêtre.

La voiture que le roi leur avait prêtée était tombée en panne à quelques kilomètres du palais. C'était de mise ces derniers temps. Loki avait dû voler un VUS afin qu'ils puissent continuer leur mission sans perdre de temps, parce que le roi n'autorisait aucun retard sur le programme. Il voulait la fille et il la voulait *maintenant*.

Loki avait défoncé la vitre côté passager, obligeant Kyra à accrocher à la place son manteau noir pour bloquer le vent. Cela n'empêchait pas les sons de passer, c'était pourquoi Loki gardait le volume de la musique suffisamment bas, pour ne pas alerter le voisinage.

L'horloge du tableau de bord indiquait un peu plus de cinq heures du matin, et il jeta un coup d'œil par-dessus son épaule pour voir la maison de la fille. Il s'était garé un pâté de maisons plus bas, de l'autre côté de la rue, si bien qu'il était horriblement mal placé pour observer leur proie.

Mais après tout, cela valait mieux, puisqu'il ne voulait pas la voir. Il ne voulait pas s'impliquer dans cette surveillance.

Le ciel était en train de s'éclairer, passant du noir au bleu dense. Loki ne voyait pas où Jen et Kyra pouvaient se cacher. Il se demandait comment ils faisaient, car il n'aurait pas supporté de rester accroupi dans l'herbe froide toute la nuit, en attendant d'enlever une stupide fille.

Jen vivait pour ce genre de trucs. L'ivresse de la chasse le faisait avancer. Mais Loki n'avait jamais aimé ça. S'il y avait une chose dont il ne se plaignait pas, c'était de n'avoir jamais été obligé de faire le pisteur.

Non seulement cela lui semblait-il un boulot solitaire et fastidieux mais, en outre, il détestait l'idée de devoir piéger des gens afin de les ramener de force au palais vittra pour les obliger à vivre ensuite comme eux. Ils menaient une vie tellement plus agréable dans le monde des humains, loin de la poigne de fer du roi et du totalitarisme de la société troll.

Loki s'était sérieusement débattu pour ne pas avoir à participer à cet enlèvement. Mais s'il refusait un tel ordre, cela fournirait au roi une bonne raison de le tuer, lui qui n'attendait que ça.

Assis dans le VUS, Loki eut soudain l'idée qu'il pouvait s'échapper. S'il pensait à la fuite quasiment depuis le jour de sa naissance, cela ne lui était jamais apparu aussi facile que maintenant. Il était seul dans l'auto et il suffisait qu'il filât, laissant Kyra et Jen se débrouiller avec la corvée.

Mais les mêmes dilemmes le bloquaient toujours. Où aller? Pour faire quoi?

Le roi finirait par le retrouver et le tuer, pour le simple plaisir d'exercer son pouvoir. Et même s'il ne le faisait pas, Loki ne connaissait personne au-dehors. Il avait toujours aimé se battre pour des choses en lesquelles il croyait, mais n'avait jamais réussi à croire en une cause assez belle à défendre pour s'enfuir.

Pour le moment, il n'avait pas le choix. Il fallait qu'il patiente, en obéissant au roi.

Un bruit ressemblant à des éclats de voix se fit étendre au-dehors. Il savait pourtant bien que Jen et Kyra ne seraient pas assez stupides pour attirer l'attention sur eux. Connaissant l'importance de cette fille pour le roi, pour l'ensemble des Vittras, ils feraient gaffe.

Il se renfonça dans son siège, ferma les yeux et chantonna *Hurt Makes It Beautiful* avec Hugo.

— Fonce! hurla Kyra en ouvrant brutalement la porte du passager.

— Quoi?

Loki se redressa et se retourna pour voir Jen s'installer à l'arrière. Seul.

— Où est la fille?

— Démarre, c'est tout! lança Jen d'un ton hargneux.

— Sérieusement?

Levant les yeux au ciel, Loki fit comme on lui disait.

Il démarra, et comme il ne roulait pas assez vite, Kyra appuya sur sa jambe pour lui presser le pied plus fort sur la pédale.

— Hé, du calme, lui dit Loki. C'est pas parce que le roi vous tuera tous les deux, que nous devons tous mourir maintenant.

Elle se détendit, et il bifurqua dans une rue adjacente, juste à temps pour apercevoir une voiture de police approcher, tout gyrophare allumé.

— Dis donc, tu es dans le bain autant que nous, décocha Jen.

Loki regarda Jen dans le rétroviseur. Chaque fois que Jen le fixait de ses yeux noirs, il craignait que ce dernier ne lise dans son âme pour lui en voler un peu.

— Dans tous les cas, tu es le responsable, dit Kyra. Le roi t'a chargé du boulot.

— C'est vrai, mais c'est à vous que je l'ai délégué, rétorqua Loki en les désignant tous les deux. Vous m'avez juré que c'était dans la poche. Avec une fille qui ne sait pas se servir de ses pouvoirs, comment avez-vous pu vous faire avoir ?

— Finn l'a chopée, déclara Kyra entre ses dents. À l'heure qu'il est, elle est probablement en route pour le palais trylle.

— Même si c'est la dernière chose que je fais, je tuerai cet enfoiré, grogna Jen.

— Finn ?

Loki secoua la tête sans comprendre.

— C'est quoi ça ?

— C'est un pisteur trylle, expliqua Kyra. Le meilleur d'entre eux.

— Tu le connais ?

Loki haussa un sourcil.

— Je ne savais pas que tu fréquentais les Trylles.

Kyra lui lança un regard furieux avant de répondre

— Nous sommes déjà tombés sur lui. Il essaie de nous empêcher de récupérer des substitués.

— Il n'est vraiment qu'un pisteur ? demanda Loki en l'observant du coin de l'œil.

— Il n'est pas *que* ça, insista Kyra. Il est un excellent combattant et il est très fort.

— Alors ? Vous avez donc pu l'écraser comme une fourmi, dit Loki. C'est ce que dira le roi très justement, car il n'y a aucune raison pour qu'un salaud de Trylle ait le dessus dans une bagarre.

— Tu l'aurais eu, *bien sûr*, si tu avais été là, fit remarquer Kyra.

Jen croisa les bras avec un sourire de contentement.

— Et c'est *ça* que nous dirons au roi.

— Ah vraiment ? dit Loki en jetant un nouveau coup d'œil dans le rétroviseur. Vous allez dire au roi que vous êtes si faibles et incapables que vous avez eu besoin de *moi* pour faire le boulot à votre place, c'est ça ?

Jen perdit son sourire sardonique.

— Je n'ai *besoin* de personne.

— C'est bien ce que tu viens de dire, répliqua Loki en souriant de plus en plus franchement. Admets-le, Jen, c'est tout. Admets que je suis plus fort et meilleur que toi, et j'accepte de tout prendre sur moi.

— Va te faire foutre, Loki.

Jen plissa des yeux en le dévisageant et Loki ne put s'empêcher d'éclater de rire devant son dépit.

— Quand le roi t'exécutera, ce qu'il fera, j'irai cracher sur ta tombe.

— Ça fait trois semaines que tu es sur le coup, Jen.

Laissant tomber son air amusé, Loki durcit le ton.

— Trois semaines, et tu n'as rien fait. Le roi m'a envoyé finir le boulot que tu as à peine commencé, et je t'ai laissé la main par égard pour ton grade.

— N'importe quoi, l'interrompit Jen en se penchant vers le siège avant pour crier plus fort dans les oreilles de Loki. Tu as été paresseux et tu ne voulais rien faire de tout ceci. Tu m'as « laissé » faire juste parce que tu ne voulais pas te salir les mains.

— Oh, désolé de ne pas prendre mon pied comme toi à la capture des jeunes filles, rétorqua Loki. Tu te rends compte que le roi va soit la torturer comme il fait pour nous tous, soit la tuer ? Tu l'emmènes là-bas pour qu'elle soit assassinée.

— On s'en fout ! répliqua Jen en se reculant dans son siège. Ça n'est pas mon problème et ça n'est pas le tien non plus.

— Depuis quand aurais-tu une conscience, de toute façon ? intervint Kyra.

— Je n'en ai pas.

Loki s'interrompit, réfléchissant à la raison pour laquelle il ne voulait pas s'impliquer dans tout ça.

— Je n'ai simplement jamais fait partie de ceux qui prônaient le meurtre.

— Quoi qu'il arrive, c'est elle ou nous.

Kyra haussa les épaules.

— Et quand j'ai un boulot à faire, je le fais.

— Tu veux dire, en dehors de celui-ci, que tu as complètement foiré. Et nous allons tous mourir dans d'horribles souffrances à cause de toi, tu le sais? demanda Loki.

Jen balança un coup de pied dans le dos du siège de Loki, qui freina brutalement, envoyant Jen se cogner la tête contre son appui-tête.

— Enfoiré!

Jen frappa Loki à la tête. Celui-ci se retourna pour lui rendre ses coups.

— Hé, les gars! hurla Kyra en attrapant le bras de Loki pour l'empêcher de frapper Jen. Ça suffit! Nous avons un vrai problème là, et vous battre n'arrangera rien.

— Rien n'arrangera rien, dit Loki d'un air sombre. Rien de ce que nous pourrons dire ne rendra le roi plus indulgent avec nous.

# DEUX

— Tout est la faute de Loki, dit Jen dès qu'ils arrivèrent aux quartiers du roi.

Loki leva les yeux au ciel en soupirant bruyamment.

— Tout n'est *pas* ma faute, dit Loki sèchement. Je n'ai strictement rien à voir dans leur échec.

Au cours du long trajet de retour au palais vittra en Ondarike, Loki, Jen et Kyra avaient imaginé ce qu'ils diraient au roi en concoctant ensemble un récit. Même en sachant que celui-ci serait furieux quoi qu'ils racontassent, une bonne version pouvait faire toute la différence entre torture et exécution.

Ils s'étaient finalement mis d'accord sur une histoire vraisemblable qui leur sauverait probablement la peau. Ils diraient que les Trylles avaient pris les devants et que, lorsqu'ils étaient arrivés devant la maison de la fille, les Trylles l'avaient déjà enlevée.

Bien entendu tout ceci tomba à l'eau puisque, comme à son habitude, Jen la joua à l'individuel. C'était d'ailleurs ainsi qu'il avait réussi à grimper les échelons de l'armée vittra. Il semblait clair que le roi éprouvait plus de respect pour ceux qui donnaient des coups de poignard dans le dos.

— Il n'a rien fait du tout, insista Jen. C'est bien ça le problème.

Le roi leur tournait le dos, son manteau de velours rouge flottant jusqu'au plancher. Ses longs cheveux noirs lui tombaient sous la ceinture, et bien que plutôt mince, il en imposait par sa prestance. Même Loki trouvait difficile de ne pas courber l'échine devant lui.

Kyra, qui avait fait une révérence en entrant, n'avait même pas pris la peine de se redresser complètement. Jen, les mains dans le dos, se tenait droit comme un petit soldat, tandis que Loki gardait les bras croisés sur la poitrine.

Hormis eux trois et le roi, la seule personne présente dans la pièce était la reine Sara. Elle était assise dans l'un des fauteuils, son loulou de Poméranie, Froud, sur les genoux, mais ni elle ni lui n'avaient émis un son. Le souffle court, tous attendaient la réponse du roi.

Le bureau du roi était haut de plafond, et les murs recouverts d'acajou sombre donnaient l'impression qu'il était étroit. Comme il n'y avait aucune fenêtre, chaque fois que Loki y entrait pour rencontrer le roi, il était pris de claustrophobie. À peine meublée, la pièce contenait un grand bureau et quelques fauteuils à hauts dossiers rouges.

Une bibliothèque couvrait l'un des murs de haut en bas. La plupart des livres relataient l'histoire des Vittras et des trolls, et seul un petit choix de titres avait trait à autre chose. Un jour où Loki avait été laissé seul dans le cabinet, il avait commencé à les examiner. Il était tombé sur une copie de *Mein Kampf*, et sur un livre truffé d'images horribles consacré aux méthodes de torture les plus efficaces et à la façon de découper des gens vivants.

— Est-ce exact, Loki ? demanda le roi, sa voix roulant comme le tonnerre.

— Que je n'ai rien fait ?

Loki fit non de la tête.

— Bien sûr que non, sire. Puisque je dirigeais l'équipe, j'ai délégué…

— Il attendait dans la voiture pendant que nous cherchions la fille, interrompit Jen, un couinement déplaisant dans la voix. Il n'a rien fait du tout au moment où les Trylles l'ont emportée.

Relevant ses yeux noisette, Loki fixa durement Jen du regard.

— Oui, j'attendais dans la voiture, mais je t'avais demandé de m'appeler si tu avais besoin d'aide.

Il crachait presque ses mots.

— Et tu n'as jamais appelé, même pas quand tu as laissé un pisteur embarquer tout seul la fille.

— Nous ne l'avons rien laissé faire du tout ! cria Jen. Et si tu avais été avec nous, tu aurais pu nous aider à le neutraliser !

— Mais tu me disais que tu n'avais pas besoin d'aide, rétorqua Loki. Tu ne voulais même pas que le roi me laisse partir avec vous. Tu as insisté en disant que tu pouvais te débrouiller sans moi, raison pour laquelle je t'ai accordé le bénéfice du doute.

— T'ai-je envoyé avec lui pour que tu lui accordes le bénéfice du doute ? demanda le roi, se tournant enfin vers eux pour les regarder.

— Non, dit Loki en baissant les yeux. Mais j'étais juste là, dans la voiture. J'imaginais qu'ils sauraient au moins assurer une simple traque.

— Je t'avais pourtant bien dit que non.

Le roi fit quelques pas en direction de Loki en le fixant de ses yeux sombres.

— Je t'avais dit qu'ils étaient incompétents, incapables de s'en sortir, et que tu étais meilleur et plus fort qu'eux. Sans parler de tes dons magiques sur les esprits.

— Je sais, mais je ne pensais pas qu'ils la laisseraient filer comme ça.

Loki, qui avait finalement osé regarder le roi dans les yeux, montrait Jen du doigt et Kyra à côté de lui.

— Je veux dire, ils étaient deux face à cette imbécile de gamine ! Je ne pouvais pas supposer qu'ils ficheraient tout en l'air aussi bêtement.

— Mais moi, je le supposais.

Les yeux pleins de rage, le roi toisait Loki.

— Et je t'avais demandé de réparer leurs bêtises. L'as-tu fait ?

Tendu, Loki répondit

— Non, sire, je ne l'ai pas fait.

Le roi hocha une fois la tête. Il se retourna, comme s'il allait s'éloigner, mais au lieu de cela, il revint vers Loki et lui flanqua une claque si énorme que, pendant une seconde, Loki vit tout en noir et s'écroula.

Sara sursauta, mais ne dit rien. Au cours de toutes ces années, elle avait appris qu'elle ne pouvait rien faire pour empêcher le roi de passer ses colères sur Loki.

Allongé au sol, Loki se frottait la mâchoire. Il avait cru pendant un instant que le roi lui avait fracassé le menton, et ce n'aurait pas été la première fois que le roi lui brisait les os. Même si ce n'était pas le cas cette fois-ci, cela ne signifiait pas qu'il se sentait bien.

Ravi par la souffrance de Loki, Jen se mit à ricaner, mais le roi l'arrêta.

— Dehors ! gronda-t-il en se tournant vers Kyra et Jen. Sortez d'ici, avant que je n'en fasse autant avec vous !

Ils se dépêchèrent de sortir en balbutiant des excuses et refermèrent la lourde porte en chêne derrière eux.

Bien qu'ayant toujours mal, Loki aurait pu se relever, mais il préféra n'en rien faire. Rester au sol était plus prudent. Se mettre debout ne ferait que donner un nouveau prétexte au roi pour le frapper.

— Et ne t'avise pas de te moquer de moi une autre fois, grommela le roi. Je t'ai tout donné, alors que tu n'as fait que trahir ma confiance. Tu n'es qu'un prince paresseux et mal élevé.

— Je ne suis pas prince, lui fit remarquer calmement Loki.

— Et tu le ne seras jamais ! hurla le roi, comme si cela devait constituer une menace.

Loki roula sur le dos en soupirant.

— Je ne veux pas l'être.

— Tant mieux ! Parce que tu ne seras jamais rien ! jura le roi dans sa barbe avant de marcher vers Loki et de lui envoyer un coup de pied dans les côtes.

Loki se recroquevilla en se tenant le ventre. Pendant un instant, il ne put ni respirer ni bouger. Il ne put rien faire d'autre que sentir la douleur électriser tout son corps.

— Oren ! s'écria Sara.

Ses mains étaient agrippées aux bras de son fauteuil, mais elle ne se leva pas.

D'un geste de la main vers Sara, et comme en signe d'impuissance, le roi manifesta son exaspération.

— J'utilise la contrainte, mon amour, dit-il.

Sara sentait bien, au ton de sa voix, qu'il réprimait son désir de hurler et s'efforçait de parler posément.

— Je voudrais sa tête sur un plateau.

Il agitait le doigt vers Loki, qui se tordait de douleur.

— Mais il est toujours en vie, et ceci, uniquement par respect pour toi et pour son titre. Mais crois-moi, s'il continue à me tenir tête, cela ne durera pas.

— Je sais.

Sara se leva en déposant son chien sur le siège.

— Et je t'en remercie, mon roi.

Elle fit quelques pas vers son époux en gardant un ton de voix très doux.

— Je comprends à quel point tu es furieux et pourquoi tu tiens à capturer la princesse. Tu sais combien je le désire tout aussi ardemment.

Le roi laissa échapper un profond soupir et sembla s'adoucir autant qu'il était possible que le roi pût s'adoucir.

— Je sais, affirma-t-il. J'oublie parfois tout ce que la princesse représente également pour toi.

— Il se peut que ta colère envers Loki soit légèrement mal orientée, dit Sara.

Le roi ouvrit la bouche pour argumenter, mais elle leva la main.

— Il t'a déçu, je sais. Mais tu pourrais diriger ta fureur contre les Trylles, plutôt que contre ton propre peuple, non ?

— Que suggères-tu ? s'enquit le roi en l'examinant plus attentivement.

— Rien que tu n'aies déjà proposé, mon amour.

Elle posa ses mains sur la poitrine du roi et lui sourit.

— Tu as dit que pour l'avoir, rien ne t'arrêterait. Tout n'est pas perdu. Elle est chez les Trylles, et il t'est déjà arrivé d'engager des guerres contre eux. Pourquoi pas cette fois-ci ?

Ayant considéré ce que venait de dire son épouse, le roi hocha la tête.

— Loki, aboya-t-il sans le regarder. Rassemble les meilleurs pisteurs du royaume et tous nos Vittras les plus forts. Nous allons lancer une attaque contre les Trylles.

Loki se releva en se tenant les côtes. Il étira sa mâchoire, qui lui faisait mal, et fit craquer les os de son cou.

— Même les gnomes, sire ?

— Non, pas encore. Gardons-les en réserve, pour le cas où nous aurions absolument besoin de les utiliser.

# TROIS

Loki se tenait debout au fond de la pièce pendant que le roi revoyait ses plans de bataille pour l'attaque du palais trylle de Förening avec l'armée qu'il avait montée. Puisqu'il avait déjà lancé auparavant des attaques contre les Trylles, certaines avec succès, il n'y avait aucune raison pour que celle-ci ne se déroulât pas aussi bien.

Ce n'était pourtant pas la seule mesure prise par le roi. Sara l'avait convaincu de garder quelques personnes en réserve, autrement dit lui-même et Loki. La reine pensait qu'il n'était pas utile de leur faire affronter ce type de danger. Même si Oren et Loki étaient les plus puissants des Vittras, l'armée que le roi venait de rassembler serait suffisante pour vaincre les Trylles.

À force de complaisance envers eux-mêmes, les Trylles s'étaient affaiblis ces dernières années, raison pour laquelle le roi les méprisait autant. C'est pour cela aussi qu'il ne lançait pas dans cette bataille ce qu'il avait de mieux. Selon lui, ce n'était pas nécessaire.

Il en savait assez sur la société trylle pour ne pas ignorer que le bal d'intronisation de la jeune fille devait avoir lieu très bientôt, et les espions, qu'il avait disposés dans les camps voisins, lui diraient exactement quand. Le roi aurait aussi bien pu la capturer avant, quand la vigilance trylle était plus relâchée autour du palais, mais il souhaitait que son intervention produisît un effet spectaculaire. Il tenait à ce que les trolls de toutes les tribus prennent conscience de sa véritable puissance, et pour cela, il avait prévu attaquer lors de cette soirée, même si la sécurité trylle serait renforcée.

À la fin de la réunion, le roi partit régler quelques exercices de combat avec son armée vittra. Comme Loki ne partait pas en mission, il resta sur place, adossé à une bibliothèque dans le fond des appartements du roi.

— Comment te portes-tu ? demanda Sara quand ils ne furent que tous les deux dans la pièce.

— Oh, tu sais, comme toujours après une bonne raclée, répondit Loki en souriant de travers.

Elle se mordit les lèvres.

Se rapprochant, elle posa sa main sur son flanc, là où elle souhaitait le guérir, mais Loki se dégagea en se tortillant.

— Loki, je connais la force du roi. Mieux que quiconque, dit Sara.

Il l'avait vue, elle aussi, ces dernières années, recevoir son quota de bleus, plus encore sans doute que lui n'en avait jamais reçu de la main du roi. Il la regarda un instant, puis détourna vite le regard.

— Ça va, ajouta-t-il même si c'était faux.

— Tu devrais me laisser te soigner.

Elle approcha encore plus près, mais il fit un pas en arrière.

— Tu as peut-être une rupture d'organe ou une côte cassée. Pourquoi ne veux-tu pas que je t'aide ?

— Parce que c'est bien fait pour moi, dit-il en soupirant et en passant une main dans ses cheveux blonds.

— Loki, tu ne peux pas dire ça. Tu sais bien que tu ne mérites pas cela. Oren se met en rogne à propos de tout, mais tu ne dois pas prendre ses crises tellement à cœur.

— Jen et Kyra, j'aurais dû les aider, dit-il calmement. Comme Oren m'avait demandé de le faire. Il m'avait dit qu'ils ne s'en sortiraient pas, et je le savais. Mais je ne les ai pas assez aidés. Je savais qu'elle nous échapperait.

— Non, ça, tu ne pouvais pas le prévoir, rétorqua Sara en essayant de le rassurer.

— Je le savais.

Il s'interrompit un instant.

— J'espérais même qu'elle le ferait.

Bouchée bée, Sara ouvrit grand les yeux.

— Loki !

— Oh, écoute Sara !

Loki la regardait, passablement irrité.

— Je sais bien que tu veux cette fille à tout prix, mais qu'est-ce que ça changera pour vous de l'avoir ici ? Tu crois vraiment que cela améliorera ton existence ? Ou celle du roi ?

— Nous nous en porterons tous mieux, dit Sara avant de baisser les yeux. Tout le monde va mieux ici lorsque le roi est heureux.

Loki éclata d'un rire bourru.

— Parce que tu crois vraiment qu'elle va le rendre heureux ? J'ai passé ma vie au service du roi, et en vingt-trois ans, je ne l'ai jamais vu heureux. *Rien* ne le rend heureux.

— Tu ne peux pas comprendre.

Sara s'écarta de lui en hochant la tête.

— Et je ne peux pas croire que tu l'aies laissée filer intentionnellement.

— Pourquoi serait-ce si difficile à croire ? demanda Loki. Le roi la traitera comme il te traite, et tu le sais très bien. Je voulais juste voir quelqu'un s'en sortir, pour une fois. Je souhaitais qu'une personne échappe au piège dont toi et moi sommes prisonniers.

Sara continua de s'éloigner de Loki, la traîne de sa longue robe rouge traînant derrière elle. Ses cheveux noirs étaient, comme à l'ordinaire, tirés en arrière en une sévère queue de cheval. Elle faisait son possible pour se montrer aussi forte et imposante que son mari, mais il y avait quelque chose de doux et même de fragile en elle.

Loki se demandait parfois comment le roi avait fait pour ne pas la briser, mais lorsqu'elle se retourna vers lui, ses yeux bruns emplis de larmes, Loki comprit que c'était fait. Physiquement, elle semblait la même, mais à l'intérieur, Sara n'était plus la femme qu'elle avait été quatorze ans plus tôt.

— Tu ne comprends pas, dit-elle avec emphase. La princesse changera tout, et pas seulement pour moi. Pour nous tous. Elle a ce pouvoir.

— Sara, soupira Loki en faisant quelques pas vers elle.

Il posa la main sur son bras nu, et elle le regarda, les lèvres tremblantes.

— Depuis que tu as épousé Oren, tu essaies de changer les choses et, de mon côté, j'essaie depuis toujours, tu sais. Mais rien de ce que nous faisons n'arrange quoi que ce soit. Il ne lâchera jamais une miette de son pouvoir, et ce n'est pas une jeune fille qui va transformer les choses pour nous.

— Tu as peut-être abandonné, mais pas moi.

Elle s'essuya les yeux en s'écartant de lui.

— Jamais je ne cesserai de penser que nous pouvons nous améliorer.

— Ce n'est pas ce que je…

Il s'interrompit.

— Peu importe.

— Mais je ne comprends pas. Si tu crois vraiment avoir agi comme il fallait en la laissant partir, pourquoi prétends-tu que tu mérites ce qu'Oren vient de t'infliger ?

— À cause de tout ce désordre, dehors.

Loki fit un geste incertain vers la porte, à travers laquelle ils entendaient les gémissements et grognements des soldats.

— Ils vont partir en guerre pour elle. Des gens seront tués, d'autres blessés, alors que j'aurais tout simplement pu la ramener et éviter tout cela.

— Oui, tu aurais pu, décocha Sara. Tu ne réfléchis jamais assez.

Il grommela en s'affalant sur une des chaises.

— Ne me donne pas de leçons, Sara, tu n'es pas ma mère.

— Ta mère était bonne et elle t'aurait réprimandé bien plus fort que moi, répliqua Sara. Cesse de te montrer aussi peu réfléchi. Tout ce que tu fais a des conséquences.

— J'essayais juste de bien faire !

— Tu croyais vraiment bien faire en la laissant filer ? lui demanda Sara, l'air sceptique.

— Oui, d'une certaine façon.

Sara se frottait le front, comme si le fait de parler avec Loki lui donnait mal à la tête.

— Tu es si naïf, parfois.

— J'espérais…

— Je ne veux pas entendre ça ! cria Sara en levant la main vers lui. Tu l'as laissée partir ! Et c'est impardonnable.

Loki ne répondit rien. La voix de la reine tremblait de douleur et il n'y pouvait rien. Il avala sa salive, baissa les yeux pour regarder ses genoux et la laissa poursuivre.

— Cette attaque contre les Trylles devrait fonctionner. Et si ça n'est pas le cas, tu feras ce que le roi te demande de faire pour la ramener. Non, d'ailleurs, ça n'est pas suffisant. Tu feras tout ce qu'il est possible de faire, même si tu dois contourner ou outrepasser les ordres du roi.

» Parce que je ne sais pas ce qui t'arrivera, Loki, si tu la laisses s'échapper encore une fois. Je ne me mettrai plus en travers de la colère du roi pour toi.

Elle inspira profondément.

— Tu comprends ?

— Oui, dit-il calmement, les yeux toujours baissés.

— Loki ? Est-ce que tu me comprends bien ?

— Oui !

Il leva la tête et put saisir toute la détermination dans le regard de Sara. Elle laisserait le roi le tuer s'il ne ramenait pas la princesse.

— Bien.

Elle lissa ses cheveux en arrière et s'éloigna.

— Maintenant, tâche de te préparer. Ils pourraient bien avoir besoin de toi pendant leur entraînement.

Craignant de tenir plus longtemps tête à Sara, Loki fit ce qu'elle ordonnait. Le plus étrange était qu'il lui avait avoué la vérité en pensant qu'elle comprendrait. Il croyait qu'elle aurait reconnu avec lui qu'il avait bien fait en laissant la princesse échapper à tout cela, mais Sara était bien trop aveuglée par ses propres besoins.

Sans alliés, Loki n'avait plus le choix. Si, par son attaque, le roi ne parvenait pas à capturer la jeune fille, il serait obligé d'aller la chercher lui-même.

# QUATRE

— Nous aurions dû avoir des nouvelles d'eux depuis un moment, dit Sara en arpentant le bureau du roi, Froud sur ses talons.

— La route est longue entre ici et Förening, lui répondit le roi, sa voix rauque essayant d'apparaître réconfortante. Il faut leur laisser le temps d'attaquer, d'autant que le bal d'intronisation ne commençait qu'il y a quelques heures.

Loki, assis derrière le bureau du roi, feuilletait un livre de berceuses vittras. Elles étaient toutes très perturbantes, évoquant pour la plupart l'histoire d'un enfant désobéissant emmené par les gnomes d'une tribu rivale pour être dévoré ou réduit en esclavage.

Il retrouva celle que sa mère avait l'habitude de lui chanter et qui était la moins horrible de toutes. Elle racontait l'histoire d'un humain transformé en oiseau et qui cherchait à voler un bébé vittra. Mais au moins, pour finir, le bébé survivait.

À la vérité, il aurait préféré se trouver n'importe où plutôt que dans ce bureau, à attendre de savoir comment la bataille allait tourner, et s'ils ramèneraient la princesse. Mais le roi comme la reine lui avaient ordonné d'attendre avec eux. Le roi se tenait stoïquement assis sur sa chaise alors que Sara faisait les cent pas.

La tension dans la pièce était intenable, et ce livret de berceuses, pas assez distrayant. Il eut envie d'aller chercher le livre de tortures, plus apte à le distraire de ses pensées, mais il se dit qu'il valait mieux ne pas contempler toutes les horreurs que le roi finirait par lui infliger un jour.

— Et s'ils ne réussissent pas à l'avoir ? demanda Sara en se tournant vers son mari et se tordant les mains.

Sa peau, si lisse, était incroyablement blafarde.

— Ils l'auront, répliqua Oren, le regard braqué sur les portes de ses appartements.

— Mais si ça n'est pas le cas ?

Sara semblait sur le point de pleurer, et Loki leva le nez de son livre.

— Oren, c'est peut-être notre dernière chance.

— Allez, ça n'est pas comme s'ils allaient la tuer, dit Loki pour la rassurer. Même si nous ne réussissons pas à la capturer cette fois-ci, les Trylles ne vont pas l'abîmer. Ils vont juste la garder en lieu sûr, il n'y a rien à craindre.

Le roi acquiesça.

— Loki a raison, pour une fois.

Bien qu'elle ne fût pas convaincue, Sara hocha la tête. Elle retourna faire les cent pas, Froud piétinant la traîne de sa robe.

Loki se replongea dans ses berceuses, mais il ne parvint pas beaucoup plus loin dans sa lecture. Ils entendirent soudain un grand vacarme dans le hall d'entrée, puis des pas qui couraient. La porte du bureau s'ouvrit brusquement.

Quand Kyra jaillit dans la pièce, Loki se leva. Elle avait un air réellement terrifiant. Ses cheveux courts étaient brûlés. Ses vêtements et sa peau étaient maculés de sang mêlé à de la crasse, à l'exception de deux traînées sur ses joues, à l'endroit où elle avait pleuré.

— Nous ne l'avons pas eue.

La voix de Kyra tremblait, son visage aussi.

— Ils sont plus puissants que nous. Ils ont tué Jen.

— Ils ont tué Jen ? demanda Loki sans y croire.

Il n'avait jamais aimé ce type, mais il l'avait toujours considéré comme un bon pisteur.

— Ils sont bien plus forts que nous croyons, poursuivit Kyra.

— Où est-elle? questionna Sara, comme si elle n'avait pas entendu ce que Kyra venait de dire. Où est la princesse?

— Elle est encore à Förening.

Kyra jeta nerveusement un regard vers le roi, craignant qu'il ne se mît à la frapper.

— Elle va bien, mais elle est toujours avec eux.

— Combien de pertes déplorons-nous? demanda le roi, qui jusque-là semblait se maîtriser.

— Je ne sais pas, admit Kyra. Beaucoup.

— Hum.

Le roi se leva, joignant ses mains derrière le dos.

— Très bien. Nous allons devoir nous lancer dans une action bien plus féroce pour la capturer.

Il sourit, et Kyra eut un mouvement de recul, trouvant que c'était bien plus terrifiant que lorsqu'il fronçait les sourcils.

— Cela prendra le temps qu'il faudra, poursuivit le roi, mais je vous assure que Wendy nous appartiendra un jour.

# À PROPOS DE L'AUTEURE

AMANDA HOCKING fait partie des auteurs à succès du *USA Today* avec la trilogie des Trylles et ses six autres romans publiés à compte d'auteure. Après avoir vendu plus d'un million de livres, originellement parus sur Internet sous forme de livres en ligne, sa production est considérée, à l'ère numérique, comme l'exemple d'un formidable succès d'autoédition.

Elle vit dans l'État du Minnesota, où elle travaille à la rédaction de son prochain livre. Rendez-vous sur son site Internet au www.amandahocking.blogspot.com ou www.trylleseries.com (les deux sites sont en anglais seulement).

**DÉCHIRÉE**

un

# Retour

Quand Rhys et moi débarquâmes devant la maison de mon « frère », Matt, à huit heures, il était heureux… au sens où il était surtout content que je sois en vie et que je n'aie pas disparu pour toujours. Bien que furieux, il écouta, ébahi et en contenant sa rage, la vague explication que j'avais inventée.

Au moins, je n'eus affaire qu'à lui. Tante Maggie, ma tutrice légale, n'était pas là quand nous arrivâmes, et Matt me dit qu'elle était partie me chercher dans l'Oregon. Allez savoir pourquoi elle s'était imaginé que j'avais fui là-bas.

Rhys et moi, assis sur le canapé défraîchi du salon entouré des caisses qui n'avaient toujours pas été déballées depuis notre emménagement dans cette maison deux mois plus tôt, observions Matt arpenter la pièce de long en large.

— Je ne comprends toujours pas, dit-il en s'arrêtant pour nous regarder, les bras croisés.

— Il n'y a rien à comprendre, insistai-je en désignant Rhys. C'est ton frère ! Et rien qu'à le voir, ça semble assez évident.

J'avais les cheveux foncés et des yeux acajou. Matt et Rhys avaient tous les deux les cheveux blonds et des yeux bleu saphir. Leur expression avait quelque chose de bien plus ouvert, et tous deux souriaient facilement. Comme frappé de stupeur, Rhys contemplait Matt les yeux écarquillés.

— Qu'est-ce qui te fait croire ça ? demanda Matt.

— Je ne vois pas pourquoi tu ne me ferais pas confiance.

Je soupirai en laissant retomber ma tête contre le dossier du canapé.

— Je ne t'ai jamais menti !

— Tu as juste fugué ! Je n'avais pas la moindre idée de l'endroit où tu te trouvais. C'est une trahison d'importance !

La colère de Matt ne masquait pas la douleur qu'il ressentait encore, et son visage portait les traces de son stress. Il avait les traits tirés, les yeux rouges, fatigués, hagards, et il devait bien avoir perdu cinq kilos. Je suis sûre qu'il s'était complètement effondré après ma disparition. Je me sentais coupable, mais je n'avais pas eu le choix.

Matt s'était toujours trop inquiété de ma sécurité, dommage collatéral à la tentative d'assassinat sur moi par sa mère et tout. Toute sa vie tournait autour de ma personne d'une façon, tout compte fait, assez malsaine. Il n'avait ni emploi, ni amis, ni vie personnelle.

— J'ai été obligée de fuir ! OK ?

Je passai la main dans mes boucles emmêlées et secouai la tête.

— Je ne peux pas t'expliquer pourquoi. Je suis partie pour ma sécurité et la tienne. Je ne suis même pas sûre que je devrais être ici aujourd'hui.

— Sécurité ? Que fuyais-tu donc ? Où étais-tu passée ? interrogea désespérément Matt pour la énième fois.

— Je ne peux pas te le dire, Matt ! J'aimerais bien, mais je ne peux pas.

Je n'étais pas certaine d'être légalement autorisée à lui parler des Trylles. Je supposais que tout ce qui les concernait devait rester secret, même si personne ne m'avait expressément interdit de parler d'eux à des étrangers. Sachant que Matt ne me croirait pas de toute façon, je ne voyais pas bien l'intérêt de le mettre au courant.

— Tu es véritablement mon frère, dit Rhys à voix basse en se penchant en avant pour mieux regarder Matt. Ce que c'est bizarre.

— Ouais, en effet, accorda Matt, pourtant mis mal à l'aise par le regard insistant de Rhys.

Se tournant vers moi, il dit d'un ton grave :

— Wendy, puis-je te parler ? En privé ?

— Bien sûr.

Je jetai un coup d'œil à Rhys.

Me comprenant, Rhys se leva en demandant où étaient les toilettes.

— Par là, après la cuisine, répondit Matt en pointant du doigt vers la droite.

Une fois Rhys parti, Matt s'assit face à moi sur la table basse et baissa la voix.

— Écoute, Wendy, je ne comprends rien à ce qui se passe. Je ne sais pas jusqu'à quel point tu me dis la vérité, mais ce garçon m'a l'air complètement givré. Je ne veux pas de lui à la maison et je ne sais pas ce qui a pu te passer par la tête de vouloir l'amener ici.

— Il est ton frère, dis-je avec lassitude. Sérieusement, Matt, jamais je ne te mentirais sur un sujet aussi important. Je suis certaine à cent pour cent de ce que j'avance.

— Wendy…

Matt se frotta le front en soupirant.

— Je vois bien que c'est ce que tu crois. Mais comment peux-tu en être si sûre ? Je crois que ce gamin te raconte des histoires.

— Non, pas du tout. Rhys est la personne la plus honnête que je connaisse, à part toi. Ce qui est logique, puisque vous êtes frères.

Je me penchai davantage vers Matt.

— S'il te plaît. Donne-lui une chance. Tu verras.

— Et sa famille ? demande Matt. Qui l'a élevé pendant toutes ces années ? Il ne leur manque pas ? Sont-ils aussi ta « vraie » famille, ou quelque chose du genre ?

— Fais-moi confiance, il ne leur manquera pas. Et je te préfère à eux, dis-je en souriant.

Matt secoua la tête comme s'il ne savait vraiment plus que penser. Sachant qu'une grande partie de lui refusait de faire confiance à Rhys et voulait le chasser de la maison, je n'en avais que plus d'admiration pour sa retenue.

— J'aurais aimé que tu sois honnête avec moi à propos de tout ça, dit-il.

— Je suis aussi honnête avec toi que je le peux.

Quand Rhys revint des toilettes, Matt s'éloigna un peu de moi et lui jeta un regard plein de méfiance.

— Tu n'as de photos de famille nulle part, fit remarquer Rhys en regardant autour de lui.

C'était exact. Nous n'avions aucune décoration, rien qui soit accroché aux murs, et nous ne tenions pas particulièrement à nous rappeler la famille. Matt, surtout, qui n'était pas exactement attaché à notre… enfin, à sa mère.

J'avais dû expliquer à Rhys que sa mère, dérangée mentalement, était enfermée dans une clinique psychiatrique. Ce genre de choses est difficile à avouer à quelqu'un, en particulier à un garçon aussi impressionnable que Rhys.

— Ouais, nous sommes comme ça, dis-je en me levant. Bon, nous avons roulé toute la nuit. Je suis crevée. Pas toi, Rhys ?

— Euh, ouais, moi aussi.

Rhys sembla un peu surpris par ma suggestion. Même s'il n'avait pas dormi, il n'avait pas l'air fatigué du tout.

— Nous devrions dormir un peu et parler ensuite.

— Oh.